RÉQUIEM

KARL ALFRED LOESER

Réquiem

Romance

Tradução
Jess Oliveira
Raquel Alves

COMPANHIA DAS LETRAS

Grafia atualizada segundo o Acordo Ortográfico da Língua Portuguesa de 1990, que entrou em vigor no Brasil em 2009.

Título original
Requiem

Capa e ilustração
Kiko Farkas/ Máquina Estúdio

Preparação
Dafne Skarbek

Revisão
Natália Mori
Érika Nogueira Vieira

Dados Internacionais de Catalogação na Publicação (CIP)
(Câmara Brasileira do Livro, SP, Brasil)

Loeser, Karl Alfred, 1909-1999
Réquiem: Romance / Karl Alfred Loeser ; tradução Jess Oliveira, Raquel Alves. — 1ª ed. — São Paulo : Companhia das Letras, 2025.

Título original: Requiem
ISBN 978-85-359-4015-2

1. Romance alemão I. Título.

25-255355 CDD-833

Índice para catálogo sistemático:
1. Romances : Literatura alemã 833

Aline Graziele Benitez — Bibliotecária — CRB-1/3129

Todos os direitos desta edição reservados à
EDITORA SCHWARCZ S.A.
Rua Bandeira Paulista, 702, cj. 32
04532-002 — São Paulo — SP
Telefone: (11) 3707-3500
www.companhiadasletras.com.br
www.blogdacompanhia.com.br
facebook.com/companhiadasletras
instagram.com/companhiadasletras
x.com/cialetras

Sumário

Escrito durante exílio no Brasil, provavelmente no ano de 1938
Edição do manuscrito por Peter Graf

1.

Fritz Eberle abaixou o arco; manteve o corpo curvado sobre o instrumento por alguns instantes enquanto seus olhos continuavam fixos nas cordas do violoncelo. Por segundos, o silêncio tomou conta do recinto e então, repentina e inesperadamente, aplausos irromperam. As pessoas batiam palmas e gritavam "bravo", levantavam-se das cadeiras, bradavam alvoroçadas de entusiasmo, e a mãe, a roliça esposa do padeiro Eberle, apressou-se orgulhosa em direção ao filho para abraçá-lo, envolvendo o artista nos braços diante dos olhos de todos. Até mesmo o sr. Arthur Eberle, diretor da escola de música e organizador daquele "primeiro recital público dos alunos" estendeu a mão para o sobrinho Fritz e de lhe deu tapinhas animados nas costas enquanto dizia em alto e bom som: "Muito bem, meu garoto! Continue assim". Palavras que trouxeram lágrimas aos olhos da mãe já exultante.

Foi um sucesso indiscutível, a melhor performance da noite. É bem provável que a duração e a generosidade das palmas tenham se originado da ausência de motivos para aplaudir as outras performances no resto da noite, mesmo que o concerto tivesse se arrastado por mais de duas horas. Depois de uma série infindável de apresentações despropositadas, sofríveis e medíocres, o desempenho mediano do jovem Eberle teve o efeito de uma redenção, como uma gota d'água que parece o mais maravilhoso refresco para um peregrino com sede.

O público ainda não queria se acalmar, e o diretor Eberle se sentiu obrigado a lançar um olhar severo ao redor e cofiar o bigode de maneira enérgica. Era afinal evidente que o público já não pensava mais na apresentação que acabara de ouvir, mas fazia bagunça só pela bagunça e pela alegria de finalmente bater as mãos. Os dois senhores lá atrás no canto, por exemplo, que gritavam "Bravo!" enquanto martelavam suas canecas de cerveja na mesa, eram sem dúvida os mesmos que mais cedo gritaram descaradamente "mais alto" durante a apresentação da única aluna de canto da escola Eberle, deixando a pobre menina toda desconcertada.

Enquanto isso, Fritz, triunfante, foi trazido à mesa na qual seu pai o esperava: "Bem bacana", disse ele com sinceridade, acreditando já ter elogiado o suficiente. O mestre padeiro era um grandalhão desajeitado, diante do qual o filho, franzino e de peito estreito, quase desaparecia. Por isso, era mais medo do que afeição o que Fritz sentia em relação ao seu pai, e o elogio expressado antes, aquelas duas palavras mais de desdém do que de apreço, confundiram-no mais do que o aplauso estrondoso. Agora, ainda temeroso diante do velho, Fritz o olhava timidamente com seus olhos azuis. A mãe, os tios, as tias e os primos que estavam presentes não ficaram nem um pouco satisfeitos com o comportamento do mestre padeiro. Já estava mais do que na hora de deixar sua postura rigorosa, ainda mais agora que o filho queria se tornar artista.

De repente, o barulho à volta deles cessou pois o próprio Arthur Eberle pegou o violino e então, como num encerramento deslumbrante, tocou a abertura da comédia de Kéler Béla. Todos os olhos brilharam, e houve suspiros de alívio! Parecia até que Eberle havia deixado passar o bando de incompetentes para depois poder resplandecer ainda mais. A forma como acariciava as cordas com o arco, como colocava os dedos sobre elas e jogava a cabeça, não se esquecendo de conquistar a plateia com um sorriso, foi incomparável. Os pais presentes ficaram encantados por ter um músico tão ágil e habilidoso ensinando seus filhos. As performances inferiores e mal preparadas vistas anteriormente não mancharam sua reputação; pelo contrário, intensificaram ainda mais a boa impressão que ele mesmo suscitou, o que, por sua vez, levou as pessoas de bem a exortar seus filhos a se dedicarem a imitar o professor; pois Arthur Eberle sabia o que estava fazendo. Era só ouvir agora para notar que era impossível ser culpa dele que as crianças não tivessem feito nenhum progresso. Após alguns acordes magníficos, simplificados com maestria, Eberle abaixou o arco e o violino. A peça havia terminado e, com ela, o concerto. Dessa vez, os aplausos foram espontâneos, sem adição de piadinhas ou deboche. Por todos os lados, os visitantes se aglomeravam em torno do organizador, parabenizando-o pela iniciativa, pois era sempre um incentivo para os alunos poder se apresentar em público, mesmo que suas performances ainda não estivessem maduras para o palco. E Arthur Eberle acenava com a cabeça, sorria, concordava ou recusava, apertava calorosamente as mãos que lhe eram estendidas e sempre compartilhava da mesma opinião de seus clientes.

Eberle era um negociante de mão-cheia. Chamar os pais dos alunos de clientes foi algo que o próprio professor de música inventou e que esclarecia muito bem sua postura. Ele havia fundado a escola de música poucos anos antes e já estava obtendo lucros consideráveis. Não era muito difícil abrir uma empresa como essa. Arthur Eberle não fizera nada além de colocar um piano em sua bela sala e mandar gravar no vidro, em letras cursivas: "Conservatório de Música Arthur Eberle". Desfrutava de uma ótima reputação por ter sido músico militar. E isso foi suficiente para compensar sua completa falta de musicalidade. Eberle tocava violino tal qual um carpinteiro trabalha a madeira, de forma limpa e dedicada, mas sem qualquer emoção. Saber tocar algumas melodias também ao piano, no clarinete e no trompete deu-lhe coragem para expandir seus negócios. Com o tempo conseguiu reunir um número considerável de alunos. Embora aprendessem pouco, pagavam a mensalidade pontualmente no primeiro dia de cada mês. Havia delegado as aulas de piano a sua esposa. A filha de funcionário público de baixo escalão, uma alma bem-comportada, serviu com admirável destreza ao papel nada fácil de professora de música. Embora se tornasse uma figura muito estranha sentada em frente ao instrumento, com seus braços curtos e grossos e as mãos vermelhas que pareciam mais afeitas ao trabalho doméstico, ela ainda conseguia manter sua autoridade, mesmo não tendo noção alguma de como tocar piano. As aulas de piano iam de vento em popa, pois os alunos se acomodavam nas aulas da senhora Eberle. Não precisavam aprender nada, nem prestar atenção, já que a boa mulher evitava qualquer censura pois tinha um medo persistente de se envergonhar. Então se limitava a ficar de olho nas horas e de vez em quando dar um tapinha nos dedos dos alunos mais novos.

Para celebrar o acontecimento extraordinário, a sra. Eberle convidou toda a família para um café em sua casa, que pouco a pouco se encheu de gente. Após prestar contas na cervejaria do Wilhelm, onde o recital havia acontecido, Arthur também apareceu. Foi recebido com entusiasmo, o que visivelmente lhe fez bem, pois acariciou de leve o bigode e fitou com os olhinhos astutos e cheios de orgulho contido a sua esposa roliça, que havia se adornado com toda a pompa de um chapéu fora de moda e uma gola de pele que havia herdado. Nesse meio-tempo, as pessoas já haviam chegado ao ponto de dizer que Fritz era um gênio a ser descoberto, e, considerando que horas antes ninguém o havia notado, pode-se dimensionar o quanto o jovem sardento desfrutava o sucesso. Na verdade, ele devia sua formação musical apenas a uma coincidência; ao fato de o violoncelo que Fritz agora tocava ter sido apreendido por seu pai há muito tempo de um empresário falido. Por anos, ele ficou ali encostado, empoeirado e meio esquecido, até ser descoberto pelo menino. Seu maior prazer era dedilhar aquelas cordas e ouvir as notas graves que pareciam vir de algum outro lugar. E, vendo hoje, essa coincidência não parecia quase uma predestinação?

O mestre padeiro Eberle, que até então havia falado bem pouco, tomou a palavra: "Eu não entendo por que meu filho, sendo já um artista, não deveria ganhar algo com isso". É preciso ter em mente que Fritz ajudava seu pai na padaria, mas não levava jeito para a coisa. O velho adoraria ter emprestado seu filho a outro empreendimento, mas, diante de terceiros, o garoto se comportava de maneira estúpida. Ele se deixava ser perseguido e excluído até por pessoas mais jovens. Fritz era um ser humano apático, daqueles que falam pouco, não por ser reservado, mas por não saber o que dizer. Ficava feliz quando podia passar horas com o seu violoncelo e, assim como quando era criança, se sentia estranhamente seguro ao ouvir os sons graves que saíam da barriga do instrumento. Faltava-lhe, contudo, qualquer tipo de ambição musical, mas esta começou a crescer, pelo menos em pensamento, desde que Fritz fora surpreendido por aplausos e se dera conta de que outras pessoas gostavam do seu modo de tocar. O mestre padeiro, ao notar que seu filho estava sendo ouvido, se empolgou. Havia tempos tinha percebido que Fritz não seguiria os seus passos. Não é que o garoto tivesse pouco apreço pelo ofício de padeiro, pelo contrário. Mas era notória a natureza tranquila e dada a devaneios do menino.

Nesse momento, seu irmão Arthur se intrometeu na conversa: "Ninguém pode avaliar isso melhor do que eu. Acolhi Fritz quando ele ainda não sabia nada, e sob meus cuidados ele deu, por assim dizer, os primeiros passos. Eu sei o potencial que ele tem. Mas não consigo entender o que você quer dizer quando afirma que ele deveria ganhar algo com isso". Todos se perguntavam exatamente o mesmo. Após o longo discurso do mestre padeiro, as pessoas ficaram ainda mais inclinadas a considerar Fritz um artista, embora antes a família toda apenas risse do garoto estúpido. "Mas por onde ele deveria começar?", perguntou o pai Eberle com a voz muito alta, batendo várias vezes na mesa. "É tão difícil assim entender? Músico é o que ele tem de ser; sempre há lugar para um violoncelista decente." Arthur encolheu os ombros: "Talvez ele devesse tocar em um café? Tocar música para dançar?".

"Não, isso não, primeiro porque paga mal e segundo porque ele muito provavelmente não está apto para isso. No Teatro Municipal! Ele não foi um dos primeiros a se afiliar ao partido? Ele já não lutou quando ser patriota ainda era uma traição?" Os familiares se entreolharam um pouco surpresos. Tudo o que se sabia até então era que Fritz havia se enfiado em um uniforme marrom porque achava divertido e porque os colegas de sua idade também se vestiam assim. Fora isso, só sabiam que ele havia participado de uns treinamentos aqui e acolá. Na verdade, o que mais os surpreendeu naquele dia foi que o padeiro falasse do filho com tanto entusiasmo, destacando-o e elogiando-o, sendo que o pai sempre fora o primeiro a rir e fazer piadas sobre o rapaz.

O orgulho paterno que o mestre padeiro demonstrou só parcamente em vinte e dois anos irrompia agora. Era como se só nesse momento reconhecesse o filho que sempre tivera. Antes o menino era como uma sombra sobre a qual não se podia falar e não havia nada para contar. Se alguém perguntava: "O que seu filho faz?", Eberle pai ficava em silêncio e dava de ombros. E perguntava dos filhos dos outros. Mas agora Fritz parecia demonstrar alguma capacidade, uma que não era para qualquer um. Com as bochechas vermelhas, o pai estava lá, encarando o irmão, pronto para discutir. Arthur, por outro lado, estava incomodado, achando o irmão um tanto ridículo e sentindo seu próprio prestígio se esvair. Quando estava prestes a responder com rispidez que não deveria colocar essas coisas na cabeça, pois, apesar de Fritz estar tocando muito bem, isso estava fora de cogitação, ele deparou com a expressão do rapaz, que o encarava com admiração tímida e submissa. Olhou em volta e percebeu todos os rostos fixos nele. Ainda não havia falado, o que lhe pareceu ser o mais sensato a fazer. E, em seu lugar, ouviu-se mais uma vez a voz do mestre padeiro: "Até onde sei, os judeus ainda estão ocupando a orquestra municipal. Por quê? Se existem tantos talentos entre nós? Você tem boas relações, Arthur, você é *Standartenführer*!* Deve ser fácil para você colocar o Fritz lá".

Foi o que bastou. Arthur olhou lisonjeado para sua esposa, que o venerava. Nos últimos tempos, vinha tendo pouca satisfação em seu posto de liderança e, por isso, era raro vê-lo de uniforme. Mas o fato de ainda gozar do antigo respeito em meio à família foi uma agradável surpresa para ele. Arthur se levantou, deu alguns passos, franziu a testa pensativo. Um artista entre seus alunos? A ideia não era ruim. Por melhor que fosse seu negócio musical, nunca havia alcançado sucesso artístico. As crianças iam e vinham, aprendiam a arranhar um pouco o violino, a tatear o piano, mas não havia nenhuma que levasse aquilo a sério. Sem dúvida se esforçara muito com Fritz, mesmo tendo ele próprio pouca noção de violoncelo. Se o menino chegasse ao Teatro Municipal... Diabos! Isso seria algo para se orgulhar e uma bela de uma

* Comandante de Estandarte do Nacional Socialismo alemão. (N. T.)

propaganda. Talvez ele não toque tão mal assim; a sua apresentação de "Devaneio" de Schumann lá na cervejaria não foi de todo ruim. Bom, não era uma peça difícil, mas tocá-la bem já era alguma coisa.

Ele não respondeu, só se virou de repente para Fritz e lhe perguntou, colocando as mãos sobre seus cabelos loiros claros: "E então, é o que você quer?". O rapaz olhou para ele sem reação: "Sim, tio", mas um mal-estar enorme se instalou nele, enquanto crescia uma angústia por ter de realizar novas tarefas. Arthur Eberle ficou satisfeito. Sentia-se, com razão, a personagem principal, falava com benevolência, virando-se afavelmente de um lado para o outro. "Sim, se uma coisa como aquela não pudesse possibilitar pelo menos um anseio por um sucesso ideal, toda essa comoção não teria sentido." Depois, surpreendeu as pessoas com detalhes, como impostos sobre entretenimento, aluguel de salão, ingressos vendidos e não vendidos, custos do programa, e assim por diante.

Fritz via e ouvia tudo como se estivesse muito longe; estava atordoado e desejou em silêncio que aquela noite, talvez a noite mais feliz de sua vida, nunca terminasse.

2.

Os dias passavam lentos e iguais. Fritz continuava ajudando seu pai, e Arthur Eberle parecia não pensar mais na história. Se Fritz não tivesse voltado a tocar no assunto, não teria dado em nada.

Uma mudança perceptível havia ocorrido no rapaz tímido e retraído. Agora, andava com a cabeça erguida e já se atrevia a olhar as pessoas nos olhos. Assim, foi até seu tio e tocou no assunto. O professor de música e *Standartenführer* se sentiu constrangido. Meu Deus, não era para ser assim! Naquela noite era só disso que se falava, todos lhe dirigiam a palavra e o viam como um verdadeiro oráculo. É claro que o concerto mexeu com os corações e as mentes, mas daí ao garoto acreditar piamente que eles o colocariam na orquestra municipal, como se fosse a coisa mais fácil do mundo, já era demais. Como o rapaz achava que essas coisas aconteciam, quis saber o tio, num tom benevolente, será que ele achava que acontecia num piscar de olhos? "Coisas boas levam tempo, meu garoto." Mas Fritz queria saber se o tio já tinha começado a organizar alguma coisa, e, enquanto falava, sentia a coragem e a confiança irem embora aos poucos. E se o tio não cumprisse com a sua palavra? E se voltassem a zombar dele? Não, ele não queria mais se dar por satisfeito, não com as frequentes respostas evasivas e de consolo que recebia de todos os lados. Sua ambição despertou, tardia e mórbida, e o incitou. Arthur Eberle segurou o rapaz pelos ombros e falou, tentando trazê-lo à consciência: "O caminho de um artista é cheio de espinhos. Mestres não surgem do nada. É preciso praticar, praticar mais ainda e continuar praticando". Então levantou o dedo indicador carnudo, de forma incisiva, e pediu ao sobrinho que avaliasse bem se era forte o suficiente para um empreendimento tão difícil.

Fritz não queria saber de nada disso. Por que ele ainda deveria trabalhar tanto? Já não tinha alcançado um sucesso estrondoso? Não tinha recebido tantos aplausos? Ah, o bom tio estava procurando desculpas, disse a si mesmo enquanto se afastava não muito contente. Tudo bem, se o professor não iria cumprir com sua palavra, o próprio Fritz daria um jeito. Ele mesmo? "Eu", outrora uma palavra como tantas outras, começava lentamente a tomar forma. Eu. De repente, essa sílaba minúscula ganhou vida, tinha um sabor doce. Mas o que deveria fazer? Os caminhos não estavam bloqueados, as portas não estavam fechadas? O fato de ser capaz de algo e o desejo de realizar alguma coisa não bastavam; era preciso chamar a atenção das pessoas para si, convencê-las... E será que *eu* vou conseguir levar tudo isso adiante?, ele pensava. Falava com esse "eu" como se fosse um estranho, o que também era estranho. Mas será que ele percebia? Apenas poucos conhecem algo desse ser misterioso na primeira pessoa: "Ah", disse ele, matutando, "se ao menos eu encontrasse a ponta da linha, conseguiria desenrolar o novelo".

E novamente os dias se passaram e nada aconteceu. Seus pensamentos giravam sempre em torno do mesmo ponto, espiralavam e o corroíam, mas continuava sem saber o que fazer. O ano ainda estava começando, era 15 de janeiro. A neve congelada cobria as ruas, brilhando como vidro e cintilando sob a luz do sol de inverno. A cada passo de Fritz Eberle a neve estalava embaixo de seus pés. Seguia para casa. A Bergstrasse, onde a Padaria e Confeitaria Eberle vendia seus deliciosos produtos de panificação em uma ampla vitrine, se estendia em uma grande curva até a Bismarckstrasse. As árvores na calçada, que no verão pareciam a imagem da esperança e da alegria, agora estavam tristes e depenadas. Seus galhos, acostumados a carregar folhas verdes, curvavam-se sob o peso da neve. Fritz andava rápido, imerso em pensamentos, mas reto feito um poste, como tinha aprendido no treinamento de campo, e levava seu instrumento em uma capa de lona, debaixo do braço.

Quando abriu a porta da padaria, quase esbarrou numa cliente que ia em direção à rua. Uma mulher pequena e delicada. Sob um gorro escuro que cobria uma de suas orelhas escorriam cabelos loiros; em seu rosto pálido e magro havia dois grandes olhos escuros estranhamente cintilantes. Espantada, olhou para Fritz enquanto ele tentava passar por ela balbuciando um pedido de desculpas. A sra. Eberle, que estava atrás do balcão e olhava com orgulho para o filho, sentiu-se compelida a se explicar. Como comerciante competente e eficiente que era, a mãe de Fritz viu surgir a oportunidade de conquistar como cliente essa mulher de casaco de pele nunca vista por ali antes e puxou assunto: "Meu filho", disse ela, meio explicando, meio apresentando.

"Ah", exclamou a jovem, e um rubor fugaz cobriu suas bochechas. "Seu filho toca violoncelo?" Fritz ficou parado. Queria responder alguma coisa, dizer que não apenas "tocava violoncelo" despretensiosamente, mas que estava estudando e que estava levando isso a sério. A moça grã-fina talvez o fizesse encontrar a ponta do novelo. Não seria afinal essa a oportunidade de conseguir puxar o fio? Mas ele não teve a chance de falar. Antes que pudesse transformar seus pensamentos em palavras, sua mãe já havia dado a resposta completa. Ah, sim, seu filho tocava violoncelo, já fazia aulas havia anos e estava progredindo, e perguntou se aquela senhora também entendia do assunto. Violoncelo era, afinal, um instrumento tão lindo; sempre que seu filho tocava, e ele não tocava mal, ela sentia uma coisa estranha. Ridículo, simplesmente ridículo. Fritz foi tomado pela raiva. Sua mãe, sem dúvida bem-intencionada, fizera dele uma marionete.

Mas não conseguiu intervir nem se defender, era lento demais. Sempre sentiu isso, mas nunca de forma tão explícita, opressora e humilhante como agora. Fosse em conversas entre pessoas mais velhas ou mais jovens, com amigos ou desconhecidos, sempre se encontrava com a boca aberta, com as palavras roubadas e a fala cortada. E mais uma vez ele teve de observar e ouvir como sua mãe, mais eloquente do que ele, o ridicularizava.

O sorriso, que caía tão bem na moça, ressurgiu, e ela dirigiu um olhar caloroso à estátua parada ao seu lado. "Eu entendo um pouquinho", disse ela. Sua voz suave e ao mesmo tempo firme emanava um calor tão raro que quase fazia um bem físico escutá-la. "Na verdade, meu marido é, quer dizer... talvez vocês já tenham ouvido falar do nome Krakau?"

Com um aceno amigável para os dois, ela deixou o estabelecimento; o sorriso ainda estava em seus olhos enquanto descia os dois degraus para a rua e, virando à direita, caminhava devagar pela neve.

3.

Krakau. Passou a ser assombrado por esse nome. Ele o viu em um painel de anúncios, listado entre outros como solista em um concerto; o leu no jornal, na seção de críticas e resenhas, deparou-se com ele em letras garrafais nos cartazes do Teatro Municipal. Até nas conversas de seus pais ou de estranhos; mesmo quando estava com colegas e camaradas da *Sturmtrupp*,* podia estar certo de que o nome Krakau seria mencionado em algum momento.

E esse Krakau era judeu. Toda vez que esse nome soava em seu ouvido, ele estremecia, era como se estivessem cutucando uma ferida aberta. O que aprendeu sobre Krakau, parte pelos jornais, parte por conversas e boatos, era o seguinte: Erich Krakau tinha por volta de trinta e seis anos, embora sua aparência jovial

* As *Sturmtruppen* foram tropas especiais de assalto usadas durante a Primeira Guerra Mundial pelo Exército alemão para invadir as trincheiras inimigas. A *Sturmtrupp* de que Eberle faz parte aparece aqui no contexto do Terceiro Reich e não tem o mesmo vínculo institucional que as tropas originais. (N. E.)

fizesse muitos acreditarem que ele era bem mais novo. Era casado havia alguns anos com uma mulher mais jovem que, como todos sabiam, não era judia. Não tinham filhos. Dois anos antes, havia sido nomeado integrante da orquestra do Teatro Municipal por indicação do maestro Jung, que era seu amigo íntimo. Na época, esse ocorrido gerou rebuliço. Com exceção dos jornais de extrema direita, a imprensa parabenizou a direção artística pela aquisição, pois a reputação de Krakau o precedia. O violoncelista era conhecido para além das fronteiras nacionais, havia feito concertos nas capitais europeias e muitos profetizavam para ele um futuro brilhante. E depois que foi possível vincular um artista de renome internacional a essa cidade relativamente pequena da Vestfália, o evento foi comemorado com forte patriotismo local. E, a partir daí, era inconcebível um concerto na cidade que não contasse com sua participação. Ele tocou em grandes bailes, eventos beneficentes e matinês. Quando em 1933 se instaurou a transição e, por toda parte, os judeus foram retirados de seus postos, foi reconhecido de boa graça que Krakau havia sido soldado da linha de frente e ficaram felizes por mantê-lo no seu posto.

Esse fato não foi encorajador para Fritz, pois Erich Krakau não só era o único violoncelista judeu, mas também o único judeu na orquestra municipal. Como ele conseguia se manter ali, resistindo sozinho e sem ajuda?

Mas em vez de desistir de seu plano sem futuro, agarrou-se com mais firmeza ainda a suas ideias. Chegou ao ponto de não conseguir mais dormir e começar a fantasiar, revirando-se de um lado para o outro na cama, com os olhos arregalados.

4.

Nas noites de sábado, a *Sturmtrupp* da qual Fritz fazia parte se encontrava regularmente no restaurante Tília Verde, que ficava bem afastado, nos limites da cidade. Fritz não perdia essa noite por nada, não apenas por obrigação, mas também porque aqueles eram seus únicos amigos. Quando vestia aquele uniforme, sentia que era alguém diante de si e de seus pais, e, logo após o jantar, deixava a casa com pressa. Antigamente seu pai reclamava por conta desse eterno vaivém de bares, como ele chamava. O próprio Eberle pai não era nem de longe um abstêmio, e sabia valorizar um bom copo de cerveja, mas acreditava que isso ainda não era coisa para um jovem imaturo. Mas, com o tempo, o velho foi se acostumando, pois viu que o uniforme trazia muitas vantagens a seu filho. Por isso, acabava até mesmo dando algumas moedas para que seu garoto não passasse por filho de gente pobre e fazia vista grossa quando Fritz chegava em casa tarde da noite. Na verdade, o coitado do Fritz não tinha muita resistência, mas continuava bebendo ainda mais, pois não queria de jeito nenhum ficar em desvantagem com relação aos seus camaradas.

Naquela noite, quando entrou pelos fundos do restaurante — um pouco atrasado — foi recebido com um "Olá" bem alto. Fritz não estava acostumado com isso, já que geralmente ninguém notava quando aparecia. Como falava pouco e nunca se destacava, quase não percebiam sua presença. Mas naquele dia sua ausência chamou atenção, pois sua cadeira permanecera vazia. Um deles havia tido a ideia de pregar uma peça no loirinho do Eberle; bastante inofensiva, claro, mas que prometia trazer boas risadas. Haviam percebido que Fritz observava a garçonete que os atendia com olhos cobiçosos. Então, já que nunca o viram com nenhuma garota, tiveram a ideia de fazê-lo acreditar que Anna havia perguntado diversas vezes por ele e, com isso, tivesse dado a entender que estava apaixonada. Anna havia sido inteirada do plano e também estava disposta a participar. Ela levava uma vida desregrada, aparecia com um namorado diferente a cada semana e, a depender das circunstâncias, às vezes com vários ao mesmo tempo.

Anna ficaria a sós com o jovem Eberle no quarto ao lado e o incitaria a trocar carícias. Aí os camaradas abririam a porta de repente e os pegariam no flagra. Um entretenimento inofensivo, próprio desse grupo juvenil. De fato, a suposição de que a garçonete Anna não deixaria Fritz Eberle indiferente não estava de todo equivocada. O garoto pálido, que ficava ainda mais tímido na presença de garotas, sempre se sentia peculiarmente animado na presença de Anna. Ele próprio podia não ter consciência disso, mas quando a garçonete estava por perto, ele ficava um pouco mais bem-disposto e seus olhos chegavam a ganhar um brilho suave. Ela usava saias que só iam até o joelho, apesar de não estar mais na moda, mas ela sabia o que estava fazendo. Todos os homens eram apaixonados por suas pernas, por que deveria cobri-las? E quando ela caminhava mexendo levemente seus fartos quadris, fazia o sangue dos rapazes ferver.

Quando Fritz enfim apareceu e foi ruidosamente recepcionado pelos seus camaradas, ficou zonzo, incapaz de responder às perguntas e falas que voavam em sua direção. Como que ele pôde ter feito aquilo com a Anna, por que havia deixado ela esperando assim, ele que visse o quão triste e abatida ela estava. "Como assim a Anna?", gaguejou Fritz. "Que Anna é essa?" "Olha como ele finge", berraram os camaradas, "fica se fazendo de sonso." E acrescentaram que não precisava fazer os amigos de tolos, pois todo mundo já tinha percebido que havia algo entre os dois. Os camaradas riam e davam tapinhas em seu ombro, parecia que uma tempestade se abatia sobre ele. O sangue lhe subiu à cabeça, suas bochechas ficaram coradas, mas ele ainda não sabia o que dizer. Sem reação, Fritz se dirigiu para seu lugar sob os aplausos dos companheiros. Eles gritavam, sapateavam, berravam: "Anna, Anna".

E então ela chegou. Trazia um copo de cerveja na mão e um sorriso tímido no rosto. As bochechas um pouco coradas, os seios salientes sob a blusa fina, mais à mostra do que velados. Ela olhou para ele como se os dois compartilhassem de um segredinho. Fritz, com o rosto todo vermelho, tomou o copo de cerveja da mão dela e o esvaziou num gole só. Aplausos eufóricos aprovaram seu ato viril. Mas mal se virou e já havia outro copo cheio de cerveja diante dele. "Ei, Fritz", gritou um deles. "Um brinde às mulheres." E o outro: "Às mulheres!". Fritz se juntou ao coro, levantando o copo e acenando em concordância. Parecia um sonho tudo o que lhe aconteceu. Foi mesmo ele que esbravejou, que, competindo com os outros, virou um copo atrás do outro, deu murros na mesa e berrou "Diabos!" igual ao camarada grandalhão e fortão Noltens. Aquele ainda era o tímido e introvertido Fritz Eberle?

Quando ele se levantou, Anna já estava diante dele, bem perto, tão perto que ele podia sentir sua respiração. Ela exalava um cheiro excitante, que o fez vacilar. Quis dizer algo, mas a garota colocou o dedo em seus lábios e furtivamente tomou sua mão.

"Vem", sussurrou ela bem baixinho em seu ouvido, puxando-o para o quarto anexo.

No dia seguinte, ao acordar com a cabeça pesada, Fritz foi pouco a pouco se lembrando e o sangue lhe subiu à cabeça, pois a experiência, que havia começado tão maravilhosa, terminou de maneira bastante infame. No quarto reservado havia um sofá verde, uma coisa velha e frágil que rangia e fazia um barulho horrível; mas foi bem ali que ela o beijou. Ah, e logo sentiu como se fogo corresse em suas veias. E daí o que ele fez? Ele a beijou de volta e a verdade era que não conseguia ficar satisfeito. Então foi além, sussurrou no ouvido dela que a amava, mais do que tudo neste mundo, que ele a queria e que eles não deveriam mais se separar. Mas quando ele, encorajado por ela, foi ficando mais ousado, os camaradas irromperam no quarto. Parecia que estavam desde o início escutando toda a conversa por detrás da porta. Como os bons amigos riram, Deus do céu, Fritz nunca tinha visto eles se divertirem tanto como na noite anterior, quando gargalharam às suas custas. E o que Anna, a moça, fez? Ficou vermelha de vergonha que nem ele? Se escondeu, tentou disfarçar o susto e sua surpresa? Que nada, ela riu junto, como se a coisa toda tivesse sido combinada. Ela era uma sem-vergonha, isso sim! Levantou num salto, arrumou a saia sem qualquer constrangimento e o advertiu em tom de brincadeira com o dedo em riste: "Fritzinho, Fritzinho". E então se dirigiu aos camaradas: "Ele me ama, viu meninos, ah, e se bobear, logo nos casamos".

Em um salto, Fritz levantou da cama. A lembrança era vergonhosa demais. Ao ouvir os passos pesados de seu pai, se assustou. O que o velho diria? Já eram quase dez horas e ele ainda não estava vestido. Mas, contrariando seus receios, o pai não estava zangado. "Ora essa, será que o senhor meu filho ficou bêbado feito um gambá?" Graças a Deus ele estava fazendo piadas, então devia estar de bom humor. Fritz respondeu que, na verdade, as coisas haviam ficado um pouco complicadas e não o haviam deixado ir embora antes que... "Sim, sim", interrompeu o pai, "antes que você ficasse sóbrio. É, você está começando a virar homem." O velho soltou uma gargalhada estrondosa e se virou para ir embora. "Ah sim", disse ele se voltando novamente para Fritz, "alguém te deixou uma cartinha." "Para mim? Uma carta?" "Sim, sim, não se faça de desentendido. Não seria de uma garota?" E quando viu que Fritz havia ficado vermelho, voltou a rir. "Menino, menino, eu tô dizendo que você está começando a criar barba no rosto."

Como se revelou, a carta era da funcionária da taberna, Anna, que, num alemão um tanto incorreto, pedia que Fritz a encontrasse naquela tarde, às quatro horas, na muralha da cidade. Ao final, dizia que esperava que ele tivesse se recuperado do susto da noite anterior, e encerrava com as palavras: "Até muito breve, sua Anna". Praguejando, Fritz jogou o pedaço de papel no chão. Ela queria continuar com aquela palhaçada? Não era suficiente o insulto da noite anterior, cuja mera lembrança já o deixava vermelho? *Sua Anna*. Que escárnio ultrajante. E o modo como ela o olhou, como se jogou no sofá. Fritz reviu diante de seus olhos como voltou para casa depois da chacota, sozinho, pelas ruas escuras. O vento frio cortante que levantava a neve seca do chão e a soprava em seu rosto. Ah, ele jamais esqueceria esse caminho de volta.

E, para coroar tudo, essa carta! Será que pensaram que ele se deixaria enganar outra vez? Que mistura de comiseração e escárnio. De repente, se sentou e enterrou a cabeça dolorida pela ressaca entre as mãos. Uma pena intensa de si mesmo tomou conta dele. Todos o atacavam. Desde seu pai até seus camaradas, ninguém queria o bem dele. E quando pensou que uma garota pudesse talvez gostar dele, uma única alma nesse vasto mundo, foi ridicularizado. Soluçou alto, esquecendo-se totalmente de que era um homem, um homem adulto. A humilhação havia sido grande demais e o álcool ainda fazia efeito: ele chorou.

Seu corpo tremia com os soluços que ele se esforçava para conter. Ele não era ninguém, absolutamente nada, desprezado e rejeitado. Mas, de repente, seu instrumento lhe veio à mente e as lágrimas secaram. Levantou a cabeça. Será que ele era de fato uma nulidade? Que não servia para nada? Não, no seu concerto, até mesmo o pai reconhecera isso, o pai e todos os familiares. Ele se levantou e parecia até ter esquecido a dor de cabeça. "Eu vou mostrar pra vocês. Eu vou mostrar pra todos vocês", disse várias vezes, pra si mesmo, em voz baixa, por entre dentes cerrados. Um sentimento até então adormecido despertava agora poderosamente em seu peito. E enquanto Fritz se erguia, seus olhos emanavam um brilho flamejante. Ele começou a sentir ódio.

5.

O médico dr. Spitzer tirou os grandes óculos redondos de aro de chifre e os guardou na caixinha, que fechou com um clique alto, e se voltou para Krakau, que o seguira ansioso até o hall de entrada. "Antes de tudo, meu caro sr. Krakau, recomendo repouso. O senhor talvez fique decepcionado por eu não lhe receitar nenhum medicamento, não lhe enviar à farmácia, mas uma coisa eu lhe digo: antes de mais nada, ela precisa descansar e o resto se resolverá com o tempo." Krakau olhou para o médico como se não tivesse entendido muito bem. O dr. Spitzer franziu a testa e disse: "Não digo repouso naquele sentido usual, isto é, que sua delicada esposa precisa passar o tempo todo deitada na cama, que ela não pode nem dar uma volta para espairecer. Pelo contrário, isso é até apropriado na condição dela, nessa condição tão delicada". O dr. Spitzer deixou transparecer um leve sorriso e, verdade seja dita, Krakau não gostou nada daquele sorrisinho condescendente. No entanto, aquele homem forte e alto inspirava confiança, as pessoas se sentiam seguras sob os cuidados dele.

"Olhe", continuou o dr. Spitzer, "eu me refiro à paz interior, e com isso quero dizer: sem emoções fortes, sem sustos. Sim, o senhor deve cuidar para que o barulho, a pressa, a luta e as exigências do dia a dia não cheguem até ela. O senhor precisa ser um guardião da paz da sua esposa. Krakau, meu amigo, o senhor está me entendendo? Ou não?" Ao ver Krakau abaixar a cabeça sem dizer nada, o médico colocou a mão amigavelmente em seu ombro, tentando encorajá-lo: "Que cara é essa, Deus do céu, isso lá é motivo para desanimar? Por um acaso estamos falando de alguma doença? São só alguns nervos à flor da pele, que, associados à gravidez, requerem um pouco de repouso, nada grave. Sua esposa é uma pessoa peculiar. Nunca vi nada igual, de verdade, e olha que já vi de tudo na minha vida. Eu poderia compará-la a uma papoula. Não pense que estou me tornando uma pessoa sentimental, cinquenta e dois anos não é mais idade para isso. Mas tenho pensado com frequência nessa comparação com as papoulas. Você não pode tocá-las com muita força, senão elas perdem as pétalas, uma simples rajada de vento já é o suficiente para destruir essa magnífica flor vermelha". Krakau queria interrompê-lo, mas o médico não o deixou falar. Tirou a mão do ombro de Krakau e começou a andar de um lado para o outro no corredor. "É possível que ela viva em um sonho, num conto de fadas que ela mesmo escreve? Uma maravilha, mas isso é só autopreservação. Assim como as papoulas se escondem entre as longas hastes dos milharais, para que o vento hostil não as atinja, ela se esconde em seus sonhos, pois teme a realidade."

"O senhor não está exagerando, caro doutor? Concordo que Lisa tenha uma natureza delicada e rara, por assim dizer." Krakau gesticulava, como se quisesse expressar com as mãos o que não conseguia com palavras. Falava devagar, com pausas frequentes, e ficava procurando as palavras corretas: "Entretanto, já observei um senso prático, uma concretude de pensamento muitas vezes nela, não, não, eu não concordo com o senhor, ela não está vivendo em sonhos, ela conhece a vida e...".

"A realidade, o senhor quer dizer." O dr. Spitzer ficou muito agitado: "É curioso que quase nenhum homem conheça bem a própria esposa. Se ela entende de compras, conhece a realidade. Se ela cuida bem da casa, não é sonhadora. Pai amado! Que confusão de conceitos". Ele foi até Krakau e o sacudiu: "Aposto com você que ela não sabe nada da agitação que vem transtornando nossas vidas há alguns anos". Krakau fez um gesto de descaso com as mãos. "Ah é", continuou o dr. Spitzer, "duvido que ela saiba que temos um novo governo, um novo chanceler no poder. Talvez ela até tenha ouvido que alguns judeus foram expulsos daqui e dali; mas será que ela sabe que sendo esposa de um judeu pode também estar em maus lençóis e que o seu próprio marido pode ser atingido e ameaçado? Aposto que disso ela não tem noção."

Krakau sorriu de um jeito deveras singular, como se a coisa dissesse unicamente respeito a ele. Ao sorrir, levantou um pouco o lábio superior de forma a mostrar os dentes branquíssimos e bem alinhados. "Ora, eu também não sou nenhum fã de preocupações desnecessárias. Por que ela deveria esquentar a cabeça com isso?" A agitação do médico diminuiu por um instante. "Krakau, e quanto ao senhor?", perguntou o médico, observando-o com os olhos semicerrados. "Bom", prosseguiu ele sorrindo, "continue vivendo em seu conto de fadas, em seu sonho. Eu só espero que o despertar não seja brusco."

O médico se dirigiu lentamente à porta. Vestiu o casaco de pele com dificuldade, colocou o chapéu preto e rígido na cabeça e tirou um par de luvas de couro do bolso. Enquanto isso, Krakau permaneceu o tempo todo ali do lado, sorrindo, um tanto ausente. Observava tudo com atenção, mas não disse uma palavra. O dr. Spitzer, já com a mão na maçaneta, se virou outra vez e falou despreocupado, como se não atribuísse peso às próprias palavras: "Aliás, não estranhe se, mais cedo ou mais tarde, um colega vier visitá-los no meu lugar". O músico se sobressaltou pela primeira vez: "Como assim um colega?". "Sim, veja bem, é uma questão de realidade, o senhor não vai entender muito bem." Em seguida, limpou a garganta e continuou a falar: "É que eu vou para o estrangeiro".

"Ah, o senhor não está falando sério!"

"Já não me agrada mais ficar aqui, preciso mudar de ares." Agora era a vez de Krakau ficar agitado. Cruzou as mãos atrás das costas, se balançou um pouco para a frente e para trás e falou algo bem baixinho, mas com uma estranha tensão em cada palavra. Isso era um disparate, simplesmente um disparate. Como ele ia fazer? Deixaria tudo para trás, seu apartamento, sua clínica, isso não era tão fácil assim. "Minha clínica?", respondeu o dr. Spitzer. "Me sobrou um total de cinco pacientes, todos judeus. Vou viver disso? Ah, já é ridículo, mas imagine se um dos senhores ou até mesmo mais de um ficar saudável, imagine que catástrofe isso não seria para mim?" Ele riu, mas teve um efeito lamentável. Sua risada era mais como um suspiro seco, uma mistura de gemido, riso e tosse.

"Mas o senhor foi um soldado da linha de frente, assim como eu."

Mas o que é que aquilo queria dizer também? Sim, ele havia recebido autorização formal para continuar exercendo sua profissão; haviam permitido que ele continuasse atuando, ao contrário de muitos outros colegas que foram privados de toda e qualquer possibilidade de buscar um ganha-pão. Mas na verdade ninguém mais tinha coragem de se consultar com ele. "O que devo fazer, Krakau, esperar pelo quê? Será que deveria fazer como o tabelião, dr. Nathansohn, que agora vende café e chá de porta em porta?" Krakau ficou desconcertado. Deu várias batidinhas com a palma da mão na testa e, em seguida, passou nervosamente os dedos sobre o lábio superior. "Sua esposa, seus filhos?"

"Eles irão comigo. Olhe, provavelmente sou um pouco mais velho que o senhor, mas ainda arrisco. Não, não, eu sei", continuou ele, quando viu que Krakau queria lhe contestar. "O senhor está em segurança, não tem nada a temer. Mas se, em qualquer momento, alguém colocar na cabeça que vai derrubá-lo, então o senhor estará acabado, condenado." Ele estendeu a mão para Krakau. "Mas", acrescentou, "não diga nada à sua mulher sobre isso. Ela não deve ser despertada de seu sonho. Pense nas pétalas da papoula-vermelha." As últimas palavras foram proferidas pelo médico com um sorriso sutil, quase terno, e então a porta se fechou atrás dele.

Krakau ficou sozinho; sozinho com pensamentos e imagens que pareciam cair sobre ele vindos de todos os lados. Estariam aquelas imagens, há muito tempo afastadas e banidas com sucesso de sua mente, evidenciando que sua hora havia chegado? Afundou-se pesadamente em uma poltrona e cobriu o rosto com as mãos. Krakau era, como o dr. Spitzer havia diagnosticado, uma pessoa que apenas com muita relutância lidava com as coisas da realidade. Não por covardia, mas coisas reais o distraíam, roubavam seu precioso tempo e, além disso, eram na maioria das vezes desagradáveis. Ah, e destruíam a harmonia. A verdade era que Erich Krakau nunca havia passado necessidade de verdade, nunca se vira na situação de ter de encarar de frente essas coisas horríveis. Desde a infância havia se acostumado a considerar a música como a coisa mais elevada e a única verdade. Foi assim que seu pai, também um músico talentoso e apaixonado, o criara. Sons eram alimento para seu espírito e todo o resto ficava em segundo plano. Mais tarde, foi fácil para ele, dado seu talento excepcional, viver do seu instrumento. Ele sempre era requisitado, sempre ganhou dinheiro, até mais do que precisava. Mas nunca se tornara arrogante. Cada minuto livre do seu tempo pertencia ao trabalho, era assim desde quando começou, vinte e oito anos antes, e muitas vezes era possível ouvi-lo repreendendo-se com raiva por seus erros... Não fazia isso para obter reconhecimento ou elogios — embora não fosse desprovido de vaidade —, mas porque levava a música muito a sério. À consciência de sua própria capacidade e de sucessos alcançados combinavam-se um esforço obstinado e uma autocrítica implacável, que o faziam sempre considerar suas conquistas insuficientes ou, como costumava dizer, bobagens. Krakau dava muito valor à sua aparência, orgulhava-se de suas mãos compridas, estreitas e elegantes, bem como de seus cabelos pretos e ondulados, que emolduravam a testa larga do músico.

Na verdade, havia apenas duas coisas no mundo para Erich Krakau: a música e a esposa, que ele amava e protegia como um idólatra. Qualquer outra coisa era supérflua, mero enfeite, absolutamente desnecessária.

Eis então, de repente, bem no seu nariz a famigerada realidade. O dr. Spitzer a trouxe consigo, debaixo de seu grosso casaco de pele, e esqueceu de levá-la de volta. Esqueceu? Não, ele a tinha deixado diante de Krakau de propósito. E, com isso, vieram os pensamentos trajados com o cinza da preocupação. Uma imagem emergiu, vinda de mais ou menos um ano antes: no ensaio da orquestra, alguém se levanta, atrás dos segundos violinos, e faz um discurso. Fala do povo alemão, de unidade, de pátria e de convicção. Os colegas escutam, alguns se olham envergonhados, outros parecem impacientes. O que esse sujeito quer, aonde ele quer chegar? O que isso tem a ver com música, com o ensaio para um concerto sinfônico? Mas o homem continua. Passa a falar dos destruidores, dos inimigos da pátria, dos judeus. Também esse teatro, essa orquestra são parte de algo maior, e a limpeza deve ser garantida. E, falando cada vez mais alto, ele exige: os integrantes judeus devem ser extirpados. Um silêncio sepulcral se segue às palavras. O maestro Jung fica pálido, Krakau fica pálido, mas um deles fica vermelho, vermelho de raiva. O trompetista Kretschmer, um velho grisalho, se levanta num salto e protesta. Aqui se faz música e não política, e parece bastante curioso o fato de que justamente aqueles que menos entendem, de uma hora pra outra, abram suas grandes bocas para dizer por aí que a bela Alemanha se tornou um grande chiqueiro. No dia seguinte, Kretschmer não apareceu mais; correu o boato de que havia sido levado para um campo de concentração e nunca mais foi visto; da mesma forma o violinista Robinsohn, que era judeu, nunca mais foi visto. Também ele, Krakau, não queria mais aparecer naquele período, mas Jung e os outros o convenceram, e, com o passar do tempo, nada mais aconteceu.

"Mas que nada!", disse ele, de repente, em voz alta, e se levantou. "Eu realmente me deixei amedrontar." A serenidade, a despreocupação, que acreditava ter recuperado, eram recentes. Curvou os lábios para assoviar, mas sentiu um gosto tão repugnante na língua que desistiu.

6.

Sobre Fritz Eberle, a única coisa que há para se dizer é que ele não foi ao encontro, pois não queria ser feito de bobo pela segunda vez. No entanto, em seu coração havia uma pequena e tímida voz que dizia que a carta era sincera e que Anna realmente o esperava. É claro que ele gostou de ouvir aquela voz, mas foi esperto o suficiente para não se deixar levar por ela. E a própria ideia de que Anna poderia estar esperando por ele em vão só fez com que fosse tomado por um sentimento de satisfação. Errada estava ela e, portanto, tinha também de arcar com as consequências dos seus atos.

Em vez de encontrá-la, foi sozinho a um café e ficou refletindo sobre o caso, de pernas cruzadas e com uma expressão séria. Puxou um cigarro do maço. Analisando tudo à luz e sóbrio, as coisas pareciam bem diferentes. Quem disse que Anna estava mancomunada com os camaradas, que ela tinha dado um sinal a eles? Isso não ficou comprovado. Eram apenas suposições sem provas concretas. Além do mais, ainda havia a possibilidade de ela ter sido sincera. Fritz começou a suar e pediu, sem pensar, uma segunda cerveja. Então ela esperaria por ele, em vão, é claro, porque ele não iria ao encontro. Tudo o que ele fez naqueles minutos foi não despregar os olhos dos ponteiros do relógio pendurado bem na sua frente. Passava um pouco das três e meia, ainda daria tempo de chegar sem se atrasar. Será que deveria ir? E de repente viu mais uma vez o rosto dela rindo com os companheiros, todos se divertindo com o espanto dele; e então mergulhou outra vez na indecisão.

Pouco a pouco, a sala se encheu. Ao seu redor havia um burburinho de vozes, barulho de xícaras, copos, colheres e pratos. Garçons pra cima e pra baixo fazendo saudações educadas e servis, recebendo e trocando dinheiro, trazendo bandejas e jarras com equilíbrio e rapidez. Acima do palco, à esquerda, uma pequena banda começava a afinar seus instrumentos. E o olhar de Fritz continuava preso nos ponteiros do relógio, que se deslocavam devagar, mas de forma inexorável e uniforme, em direção ao número quatro.

Com o bater da hora cheia, a tensão se dissipou. Agora era tarde demais. De repente foi tomado por uma grande tristeza. Fritz baixou a cabeça e, com as mãos úmidas e cheia de sardas, virou o copo que estava à sua frente. Pra que levantar o olhar? Por todos os lugares só havia casaizinhos de mãos dadas sussurrando, enquanto seus olhos falavam alto o que suas línguas só ousavam dizer baixinho.

Uma voz perguntou bem perto de seu ouvido: “Posso?”, e Fritz, meio sonhando, assentiu. Ele ouviu uma cadeira sendo arrastada para perto dele, alguém se sentando, e a mesma voz fazendo um pedido ao garçom. E então a voz silenciou; só um pigarrear ocasional dava a entender que o dono daquela voz gostaria de iniciar uma conversa, mas era Fritz sentado ali, e não alguém com que se pudesse conversar. Pois com Fritz não dava para iniciar nada, ele ainda estava de cabeça baixa e parecia ter se esquecido de tudo ao seu redor.

Contudo, ele ouviu os sons que encheram a sala de repente, graves e quentes sons de violoncelo; o burburinho no café diminuiu, muitos ouviam, outros cantavam a melodia baixinho. Era "Devaneio", de Schumann. Essa apresentação teve um impacto catastrófico em Fritz. Ele queria compartilhar aquilo com alguém. Senhor Deus! Ele também tocava aquela música, no mínimo tão bem quanto aquele sujeitinho ali, que não passava de um músico de bar. Podiam perguntar às muitas pessoas que assistiram ao concerto, aos familiares e a todos os incontáveis desconhecidos o que acharam da sua interpretação da mesma peça. No ímpeto dos sentimentos, superou a costumeira inibição e começou a conversar com seu colega de mesa. "'Devaneio', de Schumann", disse baixinho, mas ainda de uma forma que o outro pudesse compreender. O estranho concordou: "Uma bela peça".

Fritz Eberle apontou para si: "Eu também toco essa música". E com uma energia repentina: "O senhor entende alguma coisa de música?". O colega de mesa se endireitou na cadeira, mostrando-se ofendido, mexeu o café e disse de maneira despretensiosa: "Não sei se entendo alguma coisa, sou apenas um crítico".

Crítico? Fritz o encarou. Na sua frente, bem em sua mesa, um crítico. Ah, esse era o momento pelo qual havia esperado. Era irônico, tudo sempre acontecia quando já se tinha perdido as esperanças. Por mais que fixasse os olhos no estranho, Fritz não o enxergava. Não enxergava o sórdido, o pegajoso, a roupa maltrapilha e manchada, a gravata desgastada, só via o que queria ver. "Sim, sim", o desconhecido sorriu, satisfeito com a impressão que havia causado. "A propósito, meu nome é Wendt, Heinrich Wendt."

Não foi difícil para o sr. Wendt fazer Fritz Eberle falar, pois o garoto só estava esperando uma oportunidade para abrir o coração. Além disso, Wendt não tinha nada melhor para fazer, além de escutar as histórias não tão divertidas do jovem angustiado. Fritz falou, expôs a sua situação, falou da destreza como violoncelista, do seu objetivo e da impossibilidade de alcançá-lo.

Wendt era baixinho e vesgo. O estrabismo era parte dele, assim como seu cabelo loiro ralo e o bigode desgrenhado e descuidado. Em outras palavras, o estrabismo havia se tornado parte de sua natureza, isto é, do seu caráter. Era assim que ele levava a vida, com um olho no peixe e o outro no gato. Tinha a estranha capacidade de focar ao mesmo tempo dois pontos diferentes, mirando, inofensivo, longe enquanto na realidade observava com nitidez o seu parceiro. Havia algum tempo, ele ganhava a vida fornecendo a jornalecos escândalos sobre grandes empresários, banqueiros ou outras pessoas de vida pública. Ele também não hesitava em oferecer aos seus personagens a chance de comprar o material a ser publicado por preços exorbitantes. Em geral, não se saía mal, fez muito dinheiro com esse lucrativo negócio. Infelizmente, tinha o hábito de sempre gastar muito mais do que ganhava, o que lhe rendera dívidas. Quando, com a revolução nacional, aqueles jornalecos, meros jornais de esquina, que costumavam receber e comprar seus textos, se tornaram grandes empreendimentos, Wendt achou que sua hora de brilhar havia chegado. Mas deu com os burros n'água. Não precisavam mais do servo fiel; muito pelo contrário, foram feitos esforços para apagar toda a memória do passado não tão glorioso. E o vesgo Wendt só os lembrava dos pontos mais obscuros. Ele levou um belo de um pontapé, na verdade vários pontapés, pois pertencia àquele grupo de pessoas que se deixa humilhar diversas vezes antes de ir embora de uma vez. Seu senso de honra não foi ferido, pois não dispunha de um. A criação de Wendt não o ensinou a ter honra, e o pouco que tinha acabou descartando muito cedo, por não ser algo prático. Desde então, ele ia mal das pernas. O homem ganhava a vida por meio de negócios ocasionais. Certa feita, até tentou entrar no movimento ilegal de radicais de esquerda, embora um certo sentimento de vingança também tenha desempenhado um papel nisso. Mas as pessoas o conheciam bem demais e, por isso, se recusaram a trabalhar com ele. Assim, vivia esperando por uma oportunidade, uma chance de fazer parte de algo e se redimir.

O fato de ter se apresentado como crítico a Fritz Eberle havia sido mais um ímpeto de criatividade do que de um momento de reflexão. Afinal, tinha o dom de sentir o que as pessoas queriam e desejavam ouvir dele. E já que não era nada, podia fingir ser qualquer coisa, e como não tinha aprendido nada e não sabia fazer nada direito, fazia de tudo. Mas se havia algo que o sr. Wendt não era, era estúpido — nem a pior pessoa do mundo poderia dizer isso dele.

Quando Fritz fez uma pausa em seu relato, Wendt acenou para o garçom e pediu cigarros, depois olhou para o relógio e declarou laconicamente que ainda lhe restava mais meia hora. Fritz Eberle continuava sentado com as bochechas bastante vermelhas. Sentia-se esgotado, como depois de um dia de trabalho pesado. De fato, aquele desabafo havia sido necessário para ele. Tal como no caso de uma ferida que, se não for tratada a tempo, volta-se para o interior do corpo causando doenças, havia chegado o momento em que todo seu sofrimento ameaçava se voltar para dentro e ficar ali encapsulado. Mas como seu companheiro estava tão indiferente e pouco tocado por seu relato, ele ficou decepcionado. Sentiu-se como alguém que, após sonhar com uma chuva torrencial, acorda e se surpreende ao ver tudo seco. Mas justamente por conta dessa calma inabalável, admirou o sr. Wendt e aguardou ansioso por sua reação.

"Sim", disse Wendt, depois de ter acendido o cigarro, "essa é uma história muito interessante, mas eu não vejo nenhuma possibilidade..." Fritz sentiu como se, após um golpe repentino, tudo estivesse desmoronando. Para quê todo aquele esforço se seu colega estava dando a mesma resposta de milhares de outros. Impossibilidade, chegava a ser cômico.

Em seu pensamento estrondoso, Wendt falou com sua voz melosa, sem entonação nem ênfase. "Hoje em dia tem muitos músicos por aí querendo fazer parte da orquestra municipal, mas não conseguem nada. E são indivíduos que já fazem música há anos, décadas, músicos profissionais."

Não importava, respondeu Fritz, e sentiu como a inquietação interior eliminava os últimos traços de timidez. Ele sabia muito bem que tinha gente sem emprego. Mas por que não priorizavam os que desde o começo lutaram pela causa nacionalista, por que preferiam empregar judeus? Wendt escutou. "Judeus?" Fritz se curvou sobre a mesa e, quase sussurrando, disse: "Eu sei que o Erich Krakau...". Mas foi interrompido pelas risadas de Wendt. Ele riu com uma espontaneidade da qual ninguém acreditaria que ele era capaz. "Krakau? Não lhe ocorreu ninguém mais? Só nascendo de novo para ser como ele, ou melhor." "Não é disso que se trata", retrucou Fritz por entre os dentes. E assim, inconsciente do que fazia, Fritz acabara de caracterizar todo o seu caso, toda a sua época; pois, de fato, naqueles dias não se tratava de capacidade ou de mérito, tratava-se muito mais de pertencer ao movimento, aos antigos combatentes e, acima de tudo, de ter boas relações. Wendt engoliu o resto de sua risada. De súbito, Fritz lhe pareceu mais interessante; ele viu o ódio fazer seus olhos opacos cintilarem e então teve uma ideia repentina. Vislumbrou uma oportunidade de negócio. A coisa toda pareceu tão distorcida que ele mal sentiu vontade de se ocupar com isso. Mas aquele tipo de coisa era a sua especialidade. Talvez pudesse, com isso, até mesmo refazer seu nome, isto é, se advogasse a favor dos novos ideais e enviasse os judeus para a forca. Ele bateu na mesa:

"Se eu lhe ajudar, quanto o senhor me paga?". Fritz não compreendeu de primeira, pois, até o momento, não havia sequer pensado em pagamento, e por isso não foi capaz de dar uma resposta imediata; mas pensou melhor e disse que não tinha quantias significativas à disposição, e também não conseguia pensar em um pagamento adequado. Disse isso enquanto o sr. Wendt foi ficando cada vez mais ruborizado, transparecendo seu nervosismo. Wendt então semicerrou os olhos e propôs um acordo. Caso conseguisse a vaga com a sua ajuda, Fritz deveria ceder a ele metade de seus honorários. Wendt não achou esse percentual exorbitante, considerando que, sem a sua contribuição, Fritz não tinha qualquer perspectiva de concretizar seu plano.

Fritz concordou e, dado seu entusiasmo, teria oferecido ainda mais. Wendt, por outro lado, estava satisfeito com a estupidez do novo cliente, e ficou pensando como poderia arrancar de antemão um pouco de dinheiro dele, pois lhe pareceu deveras incerto ter de esperar até que o jovem conquistasse a vaga. *Um mestre padeiro sempre tem dinheiro*, pensou consigo mesmo, *e vou ficar desapontado se não ajudar o velho a diminuir o peso do seu cofrinho.* Como ele não tinha muito a perder, estava convencido de que havia fechado um bom negócio. Providenciaria tudo, disse enquanto se levantava para sair. Fritz ficou animadíssimo e tentou segurar Wendt pela manga. "O que eu preciso fazer?", perguntou o garoto. "Nada. Aguarde até eu entrar em contato com você. Eu tenho o seu endereço. Até breve, meu rapaz."

O sr. Wendt partiu antes mesmo de Fritz ter chance de responder adeus. Durante um bom tempo, ele ficou sentado lá, mudo, sem saber ao certo se deveria ficar feliz ou ansioso. Sentiu mesmo um alívio por não precisar fazer nada por hora; por ter passado seu fardo a alguém mais forte que se encarregara de fazer o esforço por ele. O rapaz balançou a cabeça. Tudo aquilo não era tão irreal e improvável como um sonho? Ainda há pouco não havia esperanças, e agora tudo estava encaminhado.

O sonho agradável, no entanto, tomou um rumo desagradável quando Fritz descobriu que teria de pagar pelo café e os cigarros do sr. Wendt, que na pressa havia se esquecido completamente de acertar a conta.

7.

Lisa deu um sorriso para o marido enquanto saía. Pela manhã, havia se sentido bem, se levantado da cama e tomado o café da manhã com o esposo. Ela até havia se sentado à sua frente, como não fazia há muito tempo. Como era diferente um dia como aquele, como a casa ficava animada quando a pequena mulher caminhava pelos cômodos com passos leves.

Ninguém estava mais feliz do que Erich Krakau, que, com o instrumento nas costas, já estava virando a rua na altura da muralha da cidade quando alguém o segurou de repente pela manga.

"Saudações, sr. Krakau, tão apressado e tão distraído."

"Meu caro dr. Spitzer", disse Krakau apertando calorosamente a mão do médico. "Então o senhor ainda está por aqui", acrescentou ele, sorrindo. Em vez de concordar com um sorriso, o dr. Spitzer colocou o dedo em cima dos lábios e pediu para o violoncelista falar baixo. "Eu parto hoje à noite", disse ele quase sussurrando, "e tenho motivos suficientes para manter essa decisão em segredo." Quando Krakau o olhou surpreso e incrédulo, ele continuou: "Isso fica entre nós, pelo amor de Deus, eu não quero que ninguém saiba da minha viagem".

"Mas e quando o senhor já tiver partido?"

"Aí podem colocar tranquilamente no jornal: 'Dr. Spitzer, o conhecido médico e sonegador de impostos, foge'. Ou talvez, 'o judeu Spitzer atravessa a fronteira como um bandido sob noite e neblina'. Estou convencido de que não pouparão calúnias e difamação... Façam o que quiserem, pouco me importa."

O bom humor de Krakau, que havia melhorado ainda mais com a luz do sol e com o maravilhoso vento fresco do inverno, caiu por terra. Que diabos fazia as pessoas sempre se martirizarem e se fazerem infelizes? Não era suficiente trabalhar e se ocupar de seu ofício, era preciso destruir tudo de maneira tão violenta? "Se eu fosse o senhor", ouviu o médico falar novamente, "não hesitaria tanto. Um homem como o senhor, um artista, o senhor tem o mundo ao seu dispor. O que o impede? O senhor precisa mesmo ficar atuando para imbecis que não entendem nada e ainda por cima o insultam?"

Krakau balançou a cabeça: "Pense em minha esposa. Eu não posso me lançar ao incerto agora. Fico feliz que aqui tenho uma subsistência".

"Subsistência?", disse o dr. Spitzer articulando a palavra lentamente, como que testando o valor de cada letra. Krakau continuou, mais irritado e aborrecido do que antes: "O senhor sabe para onde vai, doutor, já eu...".

"Mas é claro que não, claro que não. O que o senhor está pensando? Eu tenho um bom amigo em Paris, que vou visitar primeiro. O que vem depois? O senhor acha então que já montaram um consultório para mim em Paris ou Amsterdam, ou disponibilizaram uma cátedra na Sorbonne? Não sei de nada, absolutamente nada."

"Mas o senhor tem família."

"Mas não há previsão de que eu possa exercer minha profissão no exterior, talvez eu tenha que mudar de carreira. Sim, mas eu prefiro ser um cuidador de porcos em uma roça em que eu possa respirar livre e erguer minha cabeça do que ficar aqui, onde o ódio e a mesquinhez me perseguem e me tiram até o ar para viver."

"Hoje em dia", retrucou Krakau com um sorriso indiferente, "fala-se muito, muitas histórias são contadas e muito se exagera. Não é necessário fugir assim." O dr. Spitzer sorriu. "De toda forma", continuou Krakau, "não acho que as pessoas aqui são tão más quanto dizem. Há calúnia em ambos os lados, isso faz parte do jogo político."

O médico fixou os olhos em Krakau, examinando-o por alguns instantes, depois, voltando a seu tom alto e bem-humorado de costume, disse: "Então, até a próxima. A propósito, estou convencido de que da próxima vez nos cumprimentaremos em uma outra cidade, da qual hoje não conseguimos adivinhar o nome". A passos largos, mas sem pressa, seguiu seu caminho sem olhar para trás.

O que Krakau ouviu causou uma impressão maior do que ele mesmo queria admitir. "Não se deve saudar uma segunda-feira com sorrisos", disse ele baixinho para si. Era um tanto supersticioso, mas não muito, tudo dentro dos limites reservados a um artista do palco. De repente, teve a sensação de um perigo iminente. Um sentimento que não podia ser definido com facilidade. Estava lá assentado em algum lugar dentro dele, não podia ser visto nem tocado, mas estava lá dentro à espreita, implacável. Praguejou alto e com isso desejava lutar contra o desconforto, como alguém que cospe quando algo incomoda na garganta. No entanto, isso não ajudou em nada. Assim que adentrou o teatro, faltava-lhe a leveza costumeira. Temia que aquele dia, apesar de ter começado tão bem, ainda lhe reservasse mais desagrados.

No princípio nada de extraordinário aconteceu. O ensaio transcorreu sem incidentes, os colegas o cumprimentaram calorosamente, como de costume, de forma que Krakau, embora estivesse mais desconfiado que o usual, aos poucos foi se acalmando e recuperando seu humor. Quando por fim saiu da sala de ensaios acompanhado por Jung, e já ia subindo as escadas para a coxia, o diretor artístico, com uma expressão preocupada, veio ao encontro deles e chamou o maestro.

"Recebi uma carta", disse em voz baixa o homem alto e magro de olhos cinzentos que pareciam hostis, mas que não eram desprovidos de bondade. "Um texto muito peculiar." Não era seu costume fazer uso de tantas palavras, então, desajeitado, continuou: "Na verdade, eu queria jogá-la fora, mas há uma coisa ali que me deixou perplexo. Gostaria muito de ouvir sua opinião, Jung".

Entregou a Jung um papel de carta pautado, certamente de um bloco bem barato, mal dobrado e um pouco sujo. Enquanto Jung lia, sua expressão se transformava. Primeiro parecia que ia rir, mas aos poucos foi ficando mais sério e, por fim, consternado. Em um primeiro momento, ao devolver a carta, não disse uma palavra. Demorou um tempo e, então, falou: "Nunca me deparei com tamanha mistura de ignorância, bajulação, audácia e ameaça".

Krakau havia ficado parado ali, pois estava conversando com Jung antes de serem interrompidos, mas também porque um instinto involuntário o obrigou a permanecer e ouvir. Uma pausa pairou sobre os homens, durante a qual nenhum deles se atreveu a pensar alto. Jung enfim disse: "Que insolência". Mas qual seria a sugestão do maestro, perguntou o diretor artístico, com as mãos nos bolsos, ao baixinho Jung. Afinal, era preciso se posicionar de alguma maneira.

"O melhor posicionamento seria rasgar esse pedaço de papel sujo."

Krakau perguntou do que se tratava e Jung disse com um gesto apaziguador: "Nada de mais, alguém pedindo uma vaga como violoncelista. Mas a escrita dele é...". O maestro se calou de repente ao ver o diretor artístico entregando a carta a Krakau, sem dizer nada.

Krakau leu:

Prezado senhor diretor artístico,

O abaixo assinado é há anos estudante de música e, em seu instrumento, o violoncelo, desenvolveu habilidades incríveis. Com a presente carta, ele se permite concorrer a uma vaga na Orquestra Municipal. A objeção por falta de vaga no momento eu gostaria de contestar desde já, uma vez que no agora que vivemos os combatentes da causa nacional devem ter prioridade. Eu mesmo estou há longos anos no movimento e tenho meus contatos. Meu professor, Arthur Eberle, é líder da Estandarte 101, associada à SA, o que, acredito, deve já dizer o suficiente. Pelos motivos elencados, posso ter esperanças de receber em breve uma resposta satisfatória.

Atenciosamente,
Fritz Eberle

Krakau baixou a mão. Foi tomado mais uma vez pelo estranho pressentimento que tivera após a conversa com o dr. Spitzer, embora na carta não houvesse, de fato, nada grave.

Os cavalheiros perceberam então que estavam sozinhos no degrau da escada. O teatro havia se esvaziado. Os músicos foram desaparecendo um após o outro, e tudo ia ficando cada vez mais quieto. Em silêncio, o diretor artístico se dirigiu ao seu escritório. Jung e Krakau o seguiram. E, ao passarem pelo corredor, somente o barulho de seus passos ecoava pelas paredes.

Jung foi o primeiro a quebrar o silêncio. "A escrita típica de um mentiroso", disse ele. "Na minha opinião, o remetente tem tanta noção da profissão de músico quanto eu tenho de seu ofício." O diretor artístico se sentou diante de sua mesa. "Como assim? O senhor sabe qual é o ofício dele?"

"Bem, ele parece pertencer a uma grande corja de vigaristas e desonestos."

"Mas maestro", disse Krakau, sem nenhuma ironia, tentando apaziguar a situação, "eu não sei o que o senhor leu nessa carta patética." E quando o diretor artístico perguntou como deveriam proceder, espontaneamente sugeriu que chamassem o escritor daquelas linhas para uma audição. "Se ele tiver habilidade, vamos perceber." Não havia sarcasmo em suas palavras, muito pelo contrário. Ele sentiu que a carta continha uma provocação contra ele, e, por isso, se obrigou a julgar de forma objetiva e imparcial. "Pois muito bem, essa é uma ótima ideia", disse Jung.

"O senhor está falando sério?", replicou o diretor artístico. Ele ficava enojado só de pensar que o estranho "abaixo assinado" viria para uma audição e que, talvez, no final, usasse o mesmo tom arrogante e acusatório, insistindo em seu partido e suas conexões. "Eu não quero me meter com esse tipo de gente." O maestro interrompeu o diretor artístico com uma agitação peculiar: "Vamos deixar o sr. Eberle vir, mas que ele saiba diante de quem vai tocar: nosso violoncelista *spalla* Erich Krakau. E, eventualmente", acrescentou Jung com um risinho, "o nosso maestro Jung também estará presente para dar seu voto, pois temo que o senso de justiça do sr. Krakau possa resultar em um julgamento muito brando nesse caso."

8.

A sra. Eberle estava cheia de afazeres. A manhã foi tão agitada que a presença do sr. Wendt na padaria nem foi notada de início. Ele havia tirado o chapéu e estava despretensiosamente em pé no canto, esperando a vez na fila. Dessa forma, era natural que a sra. Eberle pensasse que ele era um caixeiro-viajante e, tão logo ele começou a falar, ela o interrompeu, dizendo: "Não precisamos de nada". A mulher baixa e gorda, com as bochechas rechonchudas, tinha suas peculiaridades. Considerava ambulantes, por exemplo, inimigos pessoais, sempre em busca de tirar seu dinheiro e sua paz. Ela comprava deles apenas em situações de muita necessidade e só de representantes que sabiam negociar. Então o "Não precisamos de nada" não era apenas um modo de falar, mas uma certeza.

Wendt não estava preparado para aquela recepção; ficou sem reação por um instante, perdeu a presença de espírito e começou a gaguejar: "Tenho a honra de falar com a sra. Eberle?".

"Não sei se é tanta honra assim, mas eu sou a sra. Eberle." Essas palavras, pronunciadas num tom meio irritado, fizeram as feições de Wendt relaxarem até se abrir um sorriso. Porém a sra.

Eberle, achando que era um deboche, ficou furiosa. Como toda alma mesquinha, sempre se sentia atacada e insultada. Não se podia achar uma mulher bonita ou feia em sua presença sem que ela ficasse ofendida. Não era permitido falar sobre limpeza ou sujeira, verdade ou mentira, nem amor ou ódio, sem atingi-la. Se coisas boas eram ditas, ela pensava que queriam lhe mostrar quão boas as outras pessoas eram; se lhe falassem coisas ruins, ela vestia a carapuça. Em suma, a única maneira de se dar bem com ela era deixando-a falar.

No momento em que Wendt fazia uma tentativa — inútil — de interromper a torrente de palavras que saía da boca da boa senhora, que explicava de maneira detalhada e beligerante por que um vendedor de porta em porta não era muito diferente de um malandro ou de um vagabundo, Fritz entrou na padaria. Wendt, que o havia visto apenas uma vez, quase não o reconheceu. Exceto pelo rosto taciturno e apático, os olhos opacos em nada pareciam com aqueles atiçados pelo ódio que Wendt guardara em sua lembrança. Fritz vestia roupas brancas de padeiro, sapatos de madeira e uma touca branca. Com muito esforço, carregava um cesto com pãezinhos frescos que precisava despejar atrás do balcão. Nervoso por causa da voz ríspida da mãe, o rapaz jogou boa parte dos pães no chão. Apressou-se para recolhê-los, olhando de soslaio e timidamente para a mãe a fim de constatar se ela havia percebido o descuido dele. Nisso, passou os olhos de raspão por Wendt, que continuava ali calado, chapéu na mão, tentando explicar o que realmente queria, que não estava vendendo nada e que o negócio que o trouxera ali tinha uma natureza completamente distinta e de importância muito maior para a família Eberle do que para ele mesmo. No entanto, essas breves insinuações reforçaram ainda mais a suspeita da mulher de que diante dela estava um agente de seguros de vida, que ela considerava o pior e mais perigoso de todos os males.

Quando viu o confiante sr. Wendt em uma posição tão submissa diante de sua mãe, Fritz se assustou. O que o atingiu em cheio, porém, não foi um susto agradável, de expectativa, mas o medo puro, cruel e infantil. Nesse meio-tempo, a mãe percebeu os pães espalhados por todo o chão e tomou fôlego para repreender o descuido do filho, quando Fritz se dirigiu com timidez e com a voz um pouco rouca ao estranho: "Sr. Wendt?". E ao dizer essas palavras, corou, pois seu entorno, sua mãe e sua vestimenta o envergonhavam. Mas Wendt, feliz por encontrar seu cliente, exclamou: "Ah, aí está ele. Meu Deus, sr. Eberle, eu quase não o reconheci". Surpresa, a sra. Eberle esqueceu o que ia dizer. E o que ouviu no decorrer da conversa aumentou ainda mais seu espanto. Era um disparate, algo inacreditável.

Aquele era o mesmo Fritz que havia pouco ela queria repreender como um menininho? A conversa era sobre negócios, empreendimentos sérios e importantes, que, ela percebeu maravilhada, seu Fritz havia iniciado e que pareciam bem encaminhados. O próprio Fritz falou pouco e estranhamente não sentiu qualquer satisfação. A covardia, que até então havia sido abafada pelo ódio e pelo desejo por reconhecimento, irrompeu com uma violência brutal.

Para Heinrich Wendt aquilo era um triunfo, pois a mesma sra. Eberle que momentos antes o considerara um caixeiro-viajante atrevido e quase o enxotara agora o conduzia à sala de estar com toda reverência e pedidos de desculpa. Por que ele não disse logo que queria falar com Fritz quando chegou? Assim não o teriam feito esperar. Então se dirigiram a um cômodo onde a família se reunia somente em ocasiões especiais e se sentaram à mesa coberta há muito tempo por uma toalha vermelha e felpuda. Wendt, agora mais seguro, cortou com um simples gesto as numerosas desculpas da mulher pela bagunça do lugar. "Tenho pouco tempo", disse ele, tentando se dar ares de importante, assim que reconheceu o ambiente pequeno-burguês daquela família. Percebeu que causava uma boa impressão e isso lhe era de extrema importância. Ficava inspirado diante de um público que o ouvia, que realmente o escutava com atenção. *Esse tipo de pessoa*, pensou ele em silêncio, *traz mais proveito do que os ricos.*

Quando Wendt, recorrendo ao seu principal trunfo, apresentava a carta do diretor artístico solicitando que Fritz fosse até o Teatro Municipal para uma audição, Eberle pai apareceu, coberto de farinha e vestido com o uniforme de trabalho, como seu filho. Após ter sido colocado a par de quem era e do que se tratava a visita, o mestre padeiro correu até Wendt e apertou sua mão: "Os amigos do meu filho são meus amigos", disse ele num sonoro tom grave. Sua risada ainda tomava conta do recinto quando Wendt continuou, com uma expressão séria: "Até aí o levei, meu jovem amigo. Os próximos passos, o senhor precisa dar sozinho". Fritz assentiu. Teria se expressado melhor se seus pais não estivessem presentes. A insegurança que sentia na presença do pai nunca o abandonara, nem mesmo agora, diante dos olhos cheios de orgulho dos seus velhos. "Vou lá, sim", disse ele com dificuldade e em voz baixa, "acha que devo ir?" Cheios de expectativa, os olhos dos três se voltaram para Wendt. A visita então se recostou na cadeira, apreciando o momento. Com destreza escondeu debaixo da mesa as barras puídas de sua calça e virou o pescoço de forma que não desse para ver o rasgo na gola da camisa. Então pegou seu porta-cigarros e fingiu uma grande surpresa ao descobri-lo vazio. Com expressão amigável, aceitou um dos bons charutos de domingo do Eberle pai e o acendeu com pompa. "O que eu acho?", respondeu Wendt. "Acho que senhor também pode ficar em casa, claro." De repente soltou uma risada alta e perturbadora: "Ou talvez o senhor espere que venham buscá-lo aqui".

Os pais concordaram com Wendt. De fato, fora uma pergunta bastante estúpida a que Fritz acabara de fazer. "Afinal, o que

que tem de mais nisso?", perguntou o pai com agressividade. "Você vai fazer a audição e pronto."

"É só uma formalidade", Wendt se dirigiu aos pais com um sorriso astuto. "É preciso manter as aparências. É natural que não se possa contratar seu filho sem algum trâmite, alguma formalidade. Os senhores entendem. Mas pela carta fica evidente que a vaga é praticamente dele. Eu conheço essas pessoas, sei o que esperar delas." A sra. Eberle transbordou de espanto e gratidão. Chamou Wendt de um autêntico pau pra toda obra e quis saber como ele conseguira aquilo em tão pouco tempo. "Menino, agradeça logo ao sr. Wendt." Mas Fritz não reagiu às palavras da mãe. Continuou sentado, mudo e inerte, e depois de um tempo parecia que a conversa ia morrer. O comportamento do garoto estava estranho demais. Ele não se alegrou. A concretização de seus desejos se aproximava, mas ele estava sem reação. Wendt quebrou o silêncio com sua voz melosa: "Já corre por aí o boato de que Krakau deve ir embora em breve".

"Krakau?" O rosto da sra. Eberle perdeu a cor. Nos últimos tempos, a pequenina mulher do músico vinha com muita frequência à padaria e sempre perguntava sobre o Eberle filho. "A sra. Krakau é uma boa cliente."

"E ele é um bom violoncelista", acrescentou Wendt, "mas o que isso importa? Ele precisa dar no pé." O rosto fino e pálido da sra. Krakau apareceu diante dos olhos da esposa do padeiro. Ela até podia ouvir sua voz suave e melodiosa com a qual perguntara se Fritz, seu filho, também tocava violoncelo. E lembrou-se dela, um pouco corada, finalizando a conversa com a frase: "Talvez vocês já tenham ouvido falar do nome Krakau?". Pareceu-lhe injusto. Krakau era um bom violoncelista e ela, uma boa cliente. É claro que o seu Fritz deveria se tornar músico, mas precisavam demitir Krakau? Ela não falou nada sobre isso, sentiu que tais considerações não seriam apropriadas ali. *Devem ter seus motivos*, disse para si mesma, *e Wendt deve saber o que faz*. Então olhou com uma admiração quase reverente para o grande e importante homem sentado ali. Não seria uma grande honra que seu filho tomasse justamente o lugar de Erich Krakau?

Quando os pensamentos da sra. Eberle chegaram a esse ponto, uma palavra proferida na conversa dos homens dissipou suas últimas preocupações e tranquilizou sua consciência: judeu. Nem sequer tinha pensado nisso. É claro, Erich Krakau era judeu. Então era mais que natural que ele precisasse se retirar. Revestida por um sentimento desagradável, sentiu-se como uma aluna que demora muito tempo em um cálculo e, ao finalizar, vê que a resposta não bate com a solução. O rosto delicado da mulher estava lá novamente. *Mas agora eles são estrangeiros*, disse para si mesma enfaticamente, esforçando-se com obstinação para acreditar nisso. *Não importa se eles são bons ou decentes, se sabem ou não fazer algo*. Era o que diziam os senhores do alto escalão do governo, o que saía nos jornais e também o que todas as pessoas inteligentes e importantes explicavam diariamente. Eles são parasitas, diziam, forasteiros, a cultura deles é diferente demais da nossa e nunca vai se adaptar direito ao jeito alemão.

"Mas", a voz grave de seu marido se impôs em sua linha de raciocínio, "eu, por exemplo, conheci um judeu que era uma pessoa decente."

"Eu sei", disse Wendt rindo, "todo alemão conhece pelo menos um judeu que não é um trapaceiro. Se colocarmos na ponta do lápis seriam pelo menos sessenta milhões de judeus. Mas essa não é a questão. Trata-se de princípios, da solução necessária para a questão judaica." Mas o Eberle pai não se intimidou. Ele contou uma longa história sobre um conhecido, um senhor judeu, que lhe oferecera seis sacos da melhor farinha de trigo na época da guerra, quando tudo era racionado e era preciso andar até os pés se encherem de bolhas para encontrar, em algum lugar, um saco daquela porcaria de farinha mista. "Só Deus sabe como o homem conseguiu, mas ele me forneceu os seis sacos de farinha.

E pelo mesmo preço que eu pagaria por aquela mistura intragável. Uma coisa eu digo ao senhor: aquele era um sujeito extremamente correto. Ele acabou não recebendo o valor que merecia e que a farinha custava, mas pensou em seus semelhantes."

Se Eberle tivesse que responder qual era o sentido de uma ofensiva contra o judeu Krakau ou o que justificava uma campanha contra o violoncelista que nunca lhe causara nenhum sofrimento, ele provavelmente faria cara de bobo. Talvez até refletisse um pouco mais e chegasse à conclusão de que nunca é bom julgar as pessoas com base em convicções e condená-las de acordo com princípios, e que não há duas pessoas no mundo que tenham o mesmo semblante. Mas não havia ninguém lá que fizesse uma pergunta dessas para ele. Apenas Fritz lançou algumas palavras na conversa: "Não estamos lutando contra os judeus como seres humanos, mas contra o espírito judaico que devasta e nega tudo". Todos imediatamente perceberam que era uma frase pronta. Mas o ódio ditava o tom do palavrório, ressentimento e inveja forneciam substância àquela forma oca.

Wendt já havia preparado bem o terreno para si mesmo, agora lançava mão do golpe decisivo. Por sensatez, não dirigiu a exigência ao pai, mas a Fritz. O que, a princípio, o fez sentir um grande constrangimento, mas depois de algumas idas e vindas obteve uma quantia considerável. Afinal, depois de tantas palavras elogiosas e destaque de seus méritos, a família não podia negar o dinheiro a ele.

Com isso, o objetivo de sua visita havia sido atingido. Satisfeito consigo mesmo e com seus novos conhecidos, Wendt se levantou radiante. Se despediu, desejando a Fritz boa sorte, e prometeu voltar em dois dias, quando eles já deveriam ter uma resposta. Partiu, conduzido até a porta da loja pelo sr. e pela sra. Eberle, e sentiu-se como uma caixeiro-viajante que, contrariando as expectativas, havia trazido uma encomenda particularmente boa.

9.

O gás das lâmpadas da Carmenstrasse queimava sombriamente. A neve caía em flocos grandes e pesados, mas não era aquele tipo de neve que cobre a terra com suavidade, que abafa o som dos passos e torna tudo misterioso. Essa era horrenda e molhada, virava água antes mesmo de tocar o chão, obrigando todos a usar botas de borracha e ter cuidado ao andar.

Nesse mau tempo, um homem alto, de ombros largos, caminhava apressado pela rua com a gola do casaco levantada e o pescoço encolhido. Ninguém foi em direção a ele, o que convinha para o homem enfiado num sobretudo grosso. Caminhou até por fim se deter na frente de uma construção na qual se entrava por uma ampla escadaria de pedra que conduzia a uma porta revestida de ferro. Com a chave nas mãos, tremendo, ele lançou um olhar furtivo ao redor antes de entrar.

Será que era mesmo o dr. Spitzer entrando sorrateiro em seu apartamento? Dr. Spitzer, cidadão rico, médico renomado, que devido à sua conduta estava sendo considerado um criminoso, alguém com a consciência pesada? Andou pelos cômodos. Seu caminhar perdeu velocidade, seus passos se tornaram morosos, cansados, desanimados. Acendeu a luz e as lâmpadas elétricas iluminaram o apartamento vazio. Eram os únicos objetos que haviam sobrado. Cadeiras, mesas, armários e tapetes foram levados. Apenas as lâmpadas haviam sido deixadas para trás, e agora pareciam estranhas e supérfluas em seu brilho esplêndido.

Ao meio-dia, sua esposa e dois filhos haviam finalmente partido, após a despedida ter sido adiada diversas vezes por milhares de razões. Agora sua família estava em trânsito, e, se Deus quisesse, logo cruzaria a fronteira em segurança. O dr. Spitzer havia ficado para organizar o essencial, e seu plano era partir no trem noturno. Agora lá estava ele naquele recinto espaçoso, que outrora fora seu escritório. Outrora? Ainda pela manhã tudo estava em seu devido lugar, e agora? Seu olhar vagava pelo entorno. A grande xilogravura medieval para a qual ele gostava tanto de olhar não estava mais pendurada. Tudo o que restava dela era uma mancha no papel de parede. Por um bom tempo, ficou em silêncio; algo intenso ocorria dentro daquele homem grande e forte. A testa latejava. "Não devia ter voltado", seus lábios se moveram de leve. Não ousava falar alto, pois a voz, que ele havia levantado por tantas vezes nesses cômodos, de súbito soava desconhecida.

O relógio de bolso marcava oito horas, ainda tinha duas horas até a partida do trem. "Ah", disse ele, respirando um pouco mais aliviado, "daqui a pouco estarão em segurança." Somente então o médico se deu conta de que as luzes estavam todas acesas. Um terror repentino o invadiu diante dos cômodos vazios. Essas memórias, milhares delas, em todos os cantos. Correu de interruptor em interruptor apagando as luzes. Mas assim que desligou a lâmpada de seu gabinete, alguém tocou. A campainha agora? A essa hora? Seria para o médico ou para o fugitivo Arthur Spitzer? Como aquilo soou estranho, ecoando nas paredes nuas. Seus nervos ameaçaram falhar e o dr. Spitzer buscou apoio na parede. Teve a sensação tão forte de um desastre iminente que quase nem se surpreendeu ao encontrar diante da porta dois policiais, que, pelo visto, acompanhavam um senhor robusto à paisana.

"Dr. Arthur Spitzer?" O médico rapidamente se recompôs. Diante do perigo, sua calma e presença de espírito logo voltaram. Era ele, o que eles queriam? O cavalheiro à paisana, vestindo um paletó preto um pouco desgastado, com gola de veludo e um chapéu preto rígido, não respondeu à pergunta. Passou pelo dr. Spitzer, entrou no apartamento e demonstrou a intenção de passar pelo corredor e entrar em um dos cômodos. O médico bloqueou o caminho. "Será que posso perguntar o que ou quem procuram?" O outro sorriu: "O imóvel parece estranhamente vazio vendo daqui". Pousou os pequenos olhos azuis cheios de astúcia no médico. "Por acaso é verdade que o senhor vendeu todos os seus móveis?"

"Os móveis são meus."

"Ah, só que não são", disse o homem. "Pouco nos importa suas mobílias, queremos saber é do dinheiro. O senhor ainda tem algumas pendências com as autoridades fiscais, por exemplo." O oficial olhou para ele com expectativa.

"Não tenho dinheiro", respondeu o dr. Spitzer.

"Mas o senhor deve ter o dinheiro dos móveis..."

"Não tenho dinheiro nenhum." Ao dizer essas palavras com toda firmeza, o médico tinha apenas um pensamento: agora já cruzaram a fronteira. Isso era um consolo e deu a ele um pouco de esperança.

Sem dizer mais nenhuma palavra, o oficial acenou para os policiais que então entraram no apartamento. Depois tirou um documento do bolso e o entregou ao dr. Spitzer. "Eu preciso prender o senhor, por favor me acompanhe sem chamar muito a atenção." Esse era o golpe que o médico estava prevendo, iminente, pairando o tempo todo sobre sua cabeça; aí estava a catástrofe, logo antes de alcançar seu objetivo. Seu cérebro trabalhava freneticamente: já estão do outro lado da fronteira, graças a Deus, mas o que vão fazer se eu não aparecer, minha família não ficará desamparada e à mercê da piedade alheia? Preso é o mesmo que ser deportado para um campo de concentração. Voltaria de lá algum dia? Era inviável que continuasse em silêncio por muito mais tempo. Por Deus, precisava encontrar uma desculpa, uma saída. Ou fugir, em duas horas seu trem partiria. Mas agora não dava para pensar nisso. Não parecia que os três oficiais o deixariam escapar.

Então ouviu passos. Alguém corria em direção às escadas com a respiração ofegante. Quem subia tão depressa? Meu Deus, era Krakau. Parecia um fantasma. Os cabelos, molhados pela chuva e pela neve, caíam desgrenhados sobre o rosto, os olhos perturbados e inquietos vagavam pelo cômodo vazio. Na realidade, Krakau não sabia onde estava naquele momento. Os oficiais uniformizados e aquele homem estranho com o chapéu rígido fizeram com que pensasse que, na pressa, havia ido parar na casa errada. Mas então viu o dr. Spitzer.

"Aí está o senhor, caro doutor, aí está o senhor." Pronunciava as palavras com dificuldade, a respiração curta e chiada. "Não consegui falar com o senhor por telefone e tive medo de que já tivesse partido." Ele se interrompeu olhando timidamente para os oficiais, que curiosos e atentos assistiam à cena. "O que aconteceu, doutor?"

O médico não respondeu à pergunta. Segurou a mão de Krakau e obrigou-se a se acalmar, embora também estivesse tremendo: "Mal me atrevo a perguntar o que o trouxe aqui com tanta pressa. O que houve?".

"É a Lisa, o senhor precisa vir agora comigo, o estado dela..." Krakau fez uma pausa brusca e depois continuou aflito: "Acho que ela não está nada bem. Eu acho que é urgente. Por favor, meu carro está lá embaixo...".

Mas eu não posso ir, não sou mais um homem livre, quis argumentar o médico, *não posso mais ir aonde quiser*. Então fitou os oficiais, que aguardavam curiosos, mas com uma fingida apatia, e os olhos dele de repente assumiram um brilho forte. Deveria deixar que aqueles dois o impedissem de ajudar seu amigo? Era médico e sua vocação era ajudar pessoas que precisavam dele. Com o corpo retesado e um tom que não permitia objeções, disse ao cavalheiro em trajes civis: "Eu vou". Estava prestes a descer as escadas com Krakau, mas um dos oficiais fardados, um jovem, querendo mostrar serviço, se colocou em seu caminho. Não havia compreendido muito bem a cena toda, apenas percebeu que o dr. Spitzer queria partir, e sem escolta. E isso, até onde sabia, era contra as instruções. "O senhor não precisa temer, eu não vou fugir do senhor", disse o médico, não sem uma pitada de ironia. O policial não liberou o caminho, mas esperou apreensivo um sinal ou uma instrução do detetive ou do colega. Sozinho, olho no olho com o médico, ele teve a sensação constrangedora de que estava agindo de forma lamentável. "O senhor quer impedir um médico de cumprir o seu dever?", perguntou o dr. Spitzer com uma voz tranquila e firme. Havia algo de autoritário em seu olhar e de imponente em sua voz, de modo que o policial se retirou, sobretudo porque o cavalheiro em trajes civis se afastou e não parecia disposto a intervir.

É preciso considerar que, àquela altura, o dr. Spitzer não estava pensando de forma alguma em fugir. A dificuldade de sua situação ficou em segundo plano em relação à preocupação com Lisa Krakau. Menos compreensível, no entanto, foi o comportamento do detetive, que deveria, ao menos, ter acompanhado seu prisioneiro. Ao que tudo indicava, ele estava firmemente convencido de que o dr. Spitzer se entregaria após completar sua missão.

Enquanto isso, o carro em que Krakau e o dr. Spitzer estavam atravessava com pressa as ruas escuras e quase desertas. A neve molhada caía e, não bastando isso, um vento desagradável e cortante soprava sem parar. Durante a viagem, o dr. Spitzer tomou conhecimento do que havia acontecido. Após Lisa Krakau ter sido acometida ao longo do dia por uma estranha serenidade, à noite teve um colapso repentino. E Krakau não conseguiu de jeito nenhum acordá-la desse desmaio. As tentativas da empregada doméstica também foram em vão. Nem a colônia esfregada em suas têmporas nem a solução pungente de amônia mantida sob seu nariz foram capazes de acordá-la. Assim, a vaga esperança de Krakau era de que o dr. Spitzer ainda estivesse na cidade. Mas como não foi possível contatá-lo por telefone, saiu correndo pela rua ao encontro do doutor, sem prestar atenção em nada.

O carro parou. O médico, que não havia interrompido sequer uma vez o discurso atropelado e entrecortado de Krakau, saltou do carro. E permaneceu calado. Será que realmente havia acontecido algo sério? *Eu não trouxe nenhuma injeção*, ocorreu-lhe como num susto. No mesmo instante, porém, ele pensou: *Bobagem, uma injeção no estado dela seria um absurdo*. Ele disse essas palavras em voz alta para si, mas sua inquietação não diminuiu nem um pouco. Krakau enfim acabou de pagar o motorista, e enfim suas mãos, quase falhando, abriram a porta do apartamento. A empregada os recebeu fazendo um sinal com o dedo indicador em cima dos lábios. "Ela está dormindo?", perguntou Krakau, cheio de esperança na voz.

Com cuidado, abriram a porta do quarto de Lisa. A escuridão os envolveu, apenas um canto estava iluminado por uma luz verde cintilante. Na cabeceira da cama, um abajur fraco brilhava, mas, em vez de fornecer claridade, aumentava ainda mais a impressão de escuro. Essa penumbra fazia com que os travesseiros brancos e o rosto de Lisa com as pálpebras fechadas parecessem um sonho. A empregada apertou o interruptor e a lâmpada do teto afugentou a escuridão. Havia uma paz extraordinária na fisionomia de Lisa. Ela estava deitada, com as mãos brancas em cima do cobertor. Seus olhos estavam fechados e os longos cílios projetavam sombras escuras. Com cautela, o dr. Spitzer chegou mais perto e se curvou sobre a enferma. Ele pegou sua mão e sentiu cuidadosamente seu pulso e ouviu sua respiração tranquila. Lisa não se moveu enquanto o médico realizava todos aqueles procedimentos, mas estava respirando e era envolvida por um inconfundível sono profundo. Aliviado e sorrindo de satisfação, o doutor disse baixinho para si mesmo: "Uma injeção só pioraria tudo". Fez então um gesto para que Krakau o acompanhasse. E, na ponta dos pés, deixaram o quarto.

"Uma crise", disse ele do lado de fora, balançando a cabeça afirmativamente como se estivesse tudo bem. "Uma crise?", repetiu Krakau incrédulo. "Sim", continuou o dr. Spitzer, "e já posso afirmar agora que sua esposa vai passar por essa e ficar bem. Na verdade, eu já previa isso. Com esse tipo de enfermidade e febre nervosa é comum ocorrer um sono semelhante à morte, que inicia o processo de recuperação..."

10.

Meia hora depois, o dr. Spitzer já estava na rua novamente. Caminhava com passadas longas e firmes por ruelas sinuosas. Sem pressa, sem medo, estava muito calmo e cheio de confiança. Até ria um pouco consigo mesmo: "Eu não teria pensado nisso sozinho e nunca acreditaria que Krakau pudesse fazê-lo". Mas fora o próprio Krakau que o aconselhara a fugir o mais rápido possível. Uma vez longe das garras do leão, ele não deveria ser tão tolo a ponto de voltar para lá de maneira voluntária. O médico tinha de admitir que não havia pensado nisso. Parecia-lhe indigno aproveitar a oportunidade e deixar o oficial, que, confiando em sua honestidade, provavelmente estava esperando no apartamento pelo seu retorno como um tolo. Mas Krakau o dissuadiu de suas dúvidas e de seu orgulho. O músico quieto e alheio ao mundo, a quem ele sempre considerou um sonhador, de repente desenvolveu uma eloquência e uma energia de que o médico nunca imaginou que Krakau fosse capaz.

No caminho, o dr. Spitzer teve de atravessar uma rua iluminada e movimentada e, quase instintivamente, adotou os hábitos de um homem perseguido. Mas não havia mais nenhuma ansiedade nem medo em seus movimentos. Olhou com calma em todas as direções, observou os poucos transeuntes e só então seguiu em frente. Agora faltavam apenas alguns minutos até a estação oeste. Havia elaborado um plano de fuga apressado. Não queria sair pela estação principal, não iria embarcar de imediato no trem parisiense, onde talvez o estivessem esperando para prendê-lo. Não, ele planejou pegar o primeiro trem local na estação oeste e, se necessário, viajar de um lado para o outro até a fronteira. De alguma forma tinha de dar certo, ele não podia mais retroceder. Chegou à praça da estação. A neve, que quase se transformava em chuva, dançava nos fracos feixes de luz das lâmpadas elétricas. A estação estava triste e deserta. Ele viu alguns táxis e três carregadores parados em frente à entrada; tirando isso, não havia ninguém à vista em parte alguma. Não avistava nem mesmo o policial que costumava estar de plantão por ali. Pelo jeito, o mau tempo também o havia afastado. Ainda bem. O dr. Spitzer não poderia ter pedido por nada melhor; quase se sentiu rejuvenescido, afinal aquilo era uma aventura, e o fato de os riscos contra sua liberdade e sua vida serem tão altos tornava tudo ainda mais excitante.

Alguns minutos depois, ele já estava em um vagão vazio de terceira classe de um trem que se movia lentamente na direção de E. Naquele momento tudo parecia demasiado irreal. No teto, a pequena lamparina a gás emitia uma luz fraca, e fazia bem para os olhos cansados piscar diante da chama fraca. Lentamente o som das rodas pegou ritmo... Então isso era uma fuga, tal como faziam os vigaristas que desviavam dinheiro, os ladrões, os criminosos — se bem que, no final das contas, ele não era muito mais do que isso.

Dívidas fiscais, aluguel sem pagar? O dr. Spitzer sorriu: "Eles que se virem, eu nunca teria pensado em dever nada se tivessem me deixado em paz". Se levantou e abriu a janela, inclinando-se para fora. Ignorou a chuva batendo em seu rosto. À distância, as luzes de D. desapareciam. Uma cena um tanto melancólica. As últimas casas do subúrbio sumiam, e se alguém quisesse ver o lugar onde passou a maior parte da vida, teria de fazer muito esforço. Para ser mais preciso, quase não dava para ver nada de D. além de um ponto brilhante no meio de nuvens carregadas, mas naquele momento fez bem ao médico render-se à dor estranhamente doce em seu peito. Pátria — era o nome daquilo que arrancava do peito; levar aquela imagem consigo, mesmo que dali em diante ela nunca mais fosse algo além de uma imagem e uma lembrança.

Sentiu uma mão pesada pousar sobre seu ombro e, num movimento rápido, perdendo a compostura, o dr. Spitzer puxou a cabeça para dentro. Ele não seria capaz de se defender agora. Sua alma estava tão afetada pela despedida forçada que mal conseguiu se recompor. Era apenas o fiscal do trem que pedia para ver a passagem. O corpo inteiro do médico tremia quando entregou o bilhete ao funcionário.

"O senhor viaja até E.?" "Sim", respondeu Spitzer e, em um súbito impulso nervoso, perguntou se o expresso de Paris já havia passado. "O Expresso de Paris?" No mesmo instante, o dr. Spitzer percebeu que havia cometido uma tremenda estupidez. O bigode imponente do controlador cobria seus dentes de uma forma peculiar, de modo que as palavras que ele proferia pareciam sair de uma caverna escura. Com olhos pequenos e inexpressivos, ele fitou o médico por algum tempo. Com mais polidez do que era necessário, o dr. Spitzer explicou que estava esperando um amigo e que queria buscá-lo em E. no trem em questão. Talvez a explicação desajeitada tenha soado mais suspeita do que a pergunta em si. Mas o fiscal era uma pessoa inofensiva demais para suspeitar de alguém ou de qualquer coisa no mundo. "O trem para Paris parte daqui a vinte e dois minutos", disse ele com sua voz não muito agradável, "e nós chegaremos em vinte minutos à estação."

Então tenho apenas dois minutos para trocar de trem! O dr. Spitzer desceu voando os degraus de uma plataforma e em seguida já subiu correndo os degraus de outra. Foi rodeado por ruídos e gritos: vendedores de jornais, comerciantes de cerveja e salsichas, carregadores e viajantes, funcionários e pessoas que se despediam, além do apito estridente da locomotiva anunciando sua partida. O homem solitário de sobretudo de inverno e sem bagagem passou despercebido. Nenhum policial, nenhum agente secreto surgiu em seu caminho; a segunda etapa parecia ter sido bem-sucedida.

Em frente ao médico, num canto do vagão, junto à porta que dava para o corredor quase escuro, uma jovem estava sentada. Ela havia colocado as pernas em cima do banco e se coberto quase toda com o casaco. Seu cabelo castanho-escuro estava penteado sobre a testa. Seus olhos estavam fechados como se ela estivesse dormindo, mas não parecia um sono tranquilo, uma rigidez havia se formado em sua boca enquanto ela se encolhia ali. Do mesmo lado, mas junto à janela, se encontrava um jovem de cabelos loiros encaracolados e olhos claros. Ele lia um livro, do qual despregou os olhos brevemente quando o médico entrou no vagão como um novo companheiro de viagem.

No pequeno compartimento pairava um estranho silêncio. O terceiro passageiro, que estava sentado em frente ao jovem ao lado da janela, também parecia indiferente. Enrolado em um casaco grosso e pesado, o chapéu cobrindo o rosto, estava todo encaramujado em seu canto. Era impossível reconhecer qualquer coisa nele, exceto um bigode escuro e espetado e sua figura larga e hercúlea. Apesar do silêncio, o médico sentiu no ar algo incompatível com essa calma; embora todos os passageiros se entreolhassem apáticos, ele pensou que ainda podia ouvir os ecos de uma conversa emotiva.

O vagão balançava sobre os trilhos. O dr. Spitzer recostou-se, apertando mais o casaco. Ficou mais calmo e, muito vagarosamente, um sentimento de segurança foi tomando conta dele. Com o olhar fixo na lâmpada, começou a sentir as pálpebras cada vez mais pesadas...

"Desejo um bom descanso", disse, de repente, o homem sentado ao lado do médico. Ele tinha uma voz grave e falava devagar, mas parecia haver algo provocador no seu tom.

"Quem dorme numa noite dessas?", respondeu a jovem, sem sair de sua posição. "Tendo tão poucas horas nos separando da liberdade." Com os olhos quase fechados, o dr. Spitzer pôde observar como o jovem loiro abaixou o livro depressa e apontou para ele com os olhos. Era claro que o gesto pretendia ser um lembrete de cautela para os outros. O médico resolveu então fingir que dormia. Fechou os olhos e não se mexeu mais.

Sussurravam... Confundiam-no com um informante ou um vigia, e ele sabia que falavam baixo por causa dele. Pareceu injusto para o médico continuar sentado quieto e fingir que dormia. *Eles que pensem o que quiserem*, pensou, depois pigarreou alto, esfregou os olhos e fingiu que tinha acabado de acordar. A conversa parou na hora; o médico olhou em volta e percebeu que todos o encaravam. A transformação dos companheiros de viagem em tão pouco tempo o impressionou, era como se todos tivessem tirado as máscaras e estivessem horrorizados com a possibilidade de que alguém pudesse vê-los em sua verdadeira forma. Mesmo sem querer, o dr. Spitzer teve que sorrir e, de maneira involuntária, abriu a boca: "Acho que os senhores se equivocam em relação a mim", disse ele, "também sou um de vocês". "O que o senhor quer dizer com um de nós?", uma voz afiada o interrompeu. O senhor ao seu lado é que havia falado, olhando de soslaio para o médico. Ele havia ido longe demais? O dr. Spitzer pensou por apenas alguns segundos. Com um sorriso sutil, logo acrescentou: "Sou como os senhores".

As quatro pessoas no pequeno compartimento do trem, não importa quão diferentes pudessem parecer, pertenciam, de fato, ao mesmo grupo. O médico com o casaco grosso que denunciava sua prosperidade, o sujeito encapuzado e mal-humorado cujas roupas sugeriam pobreza, a jovem independente e o jovem loiro — todos ali faziam parte de um grande exército, e na verdade eram apenas os retardatários, pois milhares antes deles já haviam percorrido o mesmo caminho.

"Então cá estamos nós outra vez na peregrinação", disse a jovem. Tinha um tom sombrio na voz cativante que fazia as pessoas prestarem atenção. "Não mudou muita coisa desde a época de Moisés, exceto que agora temos a ferrovia."

"É impressionante", interveio o rabugento, "que, de repente, desenvolvamos o senso de comunidade. É isso que uma boa surra causa", ele mostrou duas fileiras de dentes amarelos estragados e soltou um grasnido semelhante a uma risada: "A sova tem um efeito nivelador muito poderoso".

Houve uma pausa em que só se ouvia o barulho do trem. O dr. Spitzer se levantou e tentou olhar pela janela. Ele encostou o rosto no vidro e tentou ver algo na escuridão. A paisagem alemã passava voando lá fora, a paisagem que todos ali talvez nunca mais veriam. Ah, a locomotiva estava com tanta pressa, com uma pressa implacável; e afinal os passageiros também tinham pressa, sim, meu Deus, mesmo que um pedaço do coração tivesse de ficar eternamente para trás.

"Mas as coisas mudaram desde a época de Moisés", disse o jovem, retomando a conversa interrompida: "Naquela época, éramos um povo, e o que somos hoje?". O dr. Spitzer descobriu que a voz do jovem tinha o tom desagradável de quem se acha muito importante. "Mas é de esperar que a injustiça que acabamos de sofrer fortaleça nosso sentimento nacional. As surras, como bem apontou, meu senhor. Nossa consciência como povo deve voltar a despertar. Precisamos saber a que lugar pertencemos." "O que o senhor está dizendo", interrompeu o rabugento cavalheiro, "é que os judeus são um povo... Então, no final das contas, eles também são uma raça especial?"

"Mas é claro que sim", respondeu o jovem com entusiasmo.

"Então, sim... então, dito isso..." O homem mais velho se escondeu quase por completo em seu casaco e parecia ainda mais reservado do que antes. Apesar disso, o jovem se entusiasmou ainda mais com a própria ideia, incentivado pelo aceno de aprovação da jovem. Só havia uma solução: era preciso se retirar dos países em que o judeu era reiteradamente submetido a ataques e perseguições. O antissemitismo pode ser eterno, mas eterno também é o judaísmo. De que adianta esperar por avanços se a história, a história do povo judeu escrita com sangue, nos ensina que o velho ódio é inextirpável? Quem teria pensado que o tão esclarecido século XX voltaria aos métodos da Idade Média?

O dr. Spitzer ouvia a conversa com um espanto cada vez maior. Então virou lentamente a cabeça em direção ao orador. "Estou surpreso", disse ele, e sua voz calma e profunda contrastava de modo agradável com a do jovem, "com as palavras complicadas que o senhor usa. Por que o senhor diz 'eterno'? Talvez Deus seja eterno, mas isso também é apenas uma hipótese."

"Temos de nos defender", o jovem o interrompeu, "olho por olho, dente por dente, assim dizem as escrituras. Não devemos ficar suportando todas as pancadas. Mas o primeiro passo para a resistência é a consciência de que somos um povo, depois um Estado independente, um exército..."

"Você não gostaria de escolher um Führer também? Na verdade, sinto como se tivesse acabado de participar de uma das primeiras reuniões nacional-socialistas, de tanto que o senhor fala sobre povo, Estado, sangue e raça."

"A Palestina é nossa única esperança", disse a jovem.

“A Palestina? Nada disso. A nossa esperança é a humanidade. A nossa esperança, que compartilhamos com milhões de não judeus, é que a escuridão logo abra caminho para uma nova luz.” Ao ouvir as palavras do médico, o rabugento se desembrulhou um pouco do casaco, como se indicasse que havia recuperado o interesse pela conversa. O dr. Spitzer continuou, agora dirigindo as palavras mais para a moça do que para o jovem loiro: “O que está acontecendo no mundo nesse momento, essa doença que está surgindo em todos os lugares e que se espalha cada vez mais como uma praga, a doença da ditadura, é talvez comparável à varíola. Pois, vejam bem, qualquer pessoa que está se gabando da sua imunidade, da sua saúde, pode já estar infectada e portar o germe da peste. Os senhores perdoem, por favor, as comparações, é que sou médico”, se interrompeu com um sorriso. “Sim, é uma época estranha, essa em que vivemos, as pessoas não se contentam em tratar uma única doença, mas ficam em busca de um soro para todas as doenças, uma panaceia! É uma época gloriosa para os charlatões.”

“E o senhor está então dizendo que esse tempo vai passar?”, perguntou a jovem. “Tão certo como tudo nesta vida passa, tão certo quanto a chegada da chuva após uma longa estiagem. Mas, por favor, imaginem agora um lugar onde a varíola reina suprema. Os médicos estão lá, eles têm o soro e querem vacinar todos os habitantes, sem exceção. Todo mundo sabe que a vacinação geralmente resulta em sintomas leves da doença. De repente aparece alguém, um charlatão, um curandeiro versado na língua do povo declarando que os médicos são vigaristas e que ele pode oferecer a cura de maneira totalmente indolor. Em dias de pânico as pessoas são capazes de tudo, até de linchar os médicos que queriam socorrê-las e acusar as agulhas de vacina, inofensivas, de serem instrumentos de assassinato. Tudo isso já aconteceu antes.”

Interrompendo o calmo discurso do médico, o jovem loiro

disse: "Então, se eu entendi bem, o senhor voltaria para a sua antiga posição se o curso das coisas mudasse na Alemanha".

"Tenho de andar sempre com um guarda-chuva só porque choveu durante um longo período e porque talvez volte a chover? Ou o senhor está dizendo que não deveríamos voltar?"

"Perdão, mas acho no mínimo pouco digno voltar, uma vez que já nos escorraçaram."

O dr. Spitzer fez um gesto apaziguador com as mãos: "O senhor está exagerando, meu jovem. Não estou sendo escorraçado, pelo menos não gostaria de olhar a situação por esse prisma... Uma horda de pessoas inferiores está declarando que eu não pertenço mais. Sendo sincero, o senhor acredita que essa horda tem autoridade para falar em nome de todo o povo alemão? Estou ciente de que eles detêm o poder agora. Eu cedo à violência, mas não a reconheço".

Naquele momento, o cavalheiro rabugento voltou a fazer parte da conversa: "Fico contente", disse ele com a voz rouca, "que existam mais pessoas que não tenham perdido a fé na Alemanha. O que os senhores estão vendo agora é apenas uma imagem distorcida, uma caricatura horrenda, uma última reação da estupidez contra a razão, que vem se tornando cada vez mais incômoda. Ah, mas o que os senhores querem também? O ser humano é imperfeito, o que mais podemos esperar?". Ele se interrompeu, aparentemente esperando uma resposta; mas como todos ficaram calados e o olhavam com muita atenção, continuou a falar, cada vez mais animado: "Me parece que os judeus, de modo geral, se levam muito a sério. Os tumultos são lamentáveis, as leis especiais são uma vergonha, mas, acima de tudo, são apenas efeitos colaterais. Lidavam com todos os oponentes políticos com muito mais raiva, mas completamente em silêncio. A campanha judaica, no entanto, foi a maneira mais fácil de obter uma vitória barulhenta e escandalosa. E um ditador precisa vencer, esse é o seu destino, vencer ou perecer. Os judeus são muito acomodados, se eles não existissem, seria necessário inventá-los, como um alto escalão do partido supostamente disse. Eles afirmam, por exemplo, que não houve progresso, que tudo foi em vão, por assim dizer, e que ainda estamos na Idade Média. Mas eu gostaria de contestar esse argumento, gostaria até mesmo de qualificar a atual campanha contra os judeus como uma novidade absoluta, relacionada à nossa era tecnológica. Sempre houve tumultos, chacinas, massacres, que, embora não exatamente indesejados pelos respectivos governos, também nunca haviam sido oficialmente sancionados. Mas hoje? Onde e quando em todo o planeta Terra os senhores já viram tais ações sendo orquestradas a partir do alto escalão, e sem nenhum disfarce, por aqueles que detêm o poder? Em algum momento a cólera do povo vem à luz. Por exemplo, quando um grupo de adolescentes malvisto tanto por judeus quanto por não judeus comete uma arruaça. Logo se seguem leis que visam evitar novos tumultos no futuro, segundo dizem. O fato de se buscar pretextos para dar uma aparência de justiça até à maior injustiça apenas comprova a consciência pesada dos governantes. Mas por que se organizam tumultos, por que se é forçado a ordenar oficialmente a ira do povo? Os senhores já pensaram nisso?".

Era incrível como o cavalheiro rabugento foi ficando mais animado. Olhou para todos e, como não obteve nenhuma resposta, prosseguiu: "Vou lhes dizer: porque a assim chamada ira popular não existe mais, ha! ha! ha! Sim, vejam, isso é um progresso em comparação à Idade Média. Antigamente, meu Deus, com tanto apoio das autoridades, nem um único judeu teria escapado com vida, nem uma mulher, nem uma criança, nem um velho teria sido poupado. E hoje? Me parece que a questão judaica ainda vai causar muita dor de cabeça nesses senhores. Se querem se livrar deles e incorporar ao Estado tudo o que possuem, a solução mais rápida seria matá-los. E por que não fazem isso? Constrangimento perante os países estrangeiros? Não se preocupem, as notas de protesto são inofensivas e nenhuma guerra foi travada por causa de alguns judeus. É o peso na consciência, o medo de que um dia os próprios compatriotas não vão mais cooperar, de que um dia o assassinato de inocentes vai se tornar demais para eles". Nesse momento, o velho senhor foi acometido por uma crise de tosse, que lhe roubou a fala por alguns instantes. "Então, o senhor acredita", a jovem retomou a palavra, "no progresso da humanidade?"

"É claro", respondeu o dr. Spitzer adentrando a conversa. Falou calmamente, enfatizando cada palavra. "É claro que há progresso na história humana. A humanidade se desenvolve, mas não muda, assim como o indivíduo nunca pode, apesar de toda a força de vontade, ultrapassar os limites de sua disposição natural, ou seja, mudar sua natureza original, por isso também é impossível que a totalidade desses indivíduos mude, mesmo que alguns fenômenos, à primeira vista, nos façam querer acreditar nisso. Não, não, não há mudança nenhuma, apenas desenvolvimento. Contudo, sempre voltamos a tentar o impossível. As religiões, qualquer uma, desde o mais antigo dos *ismos* até o socialismo e o comunismo, todos eles tentam elevar a humanidade acima de si mesma, melhorá-la, isto é, mudá-la, e todos eles, sem exceção, têm algo de antinatural em sua essência. Nós progredimos, sem dúvida, desenvolvemos nossos impulsos. Assim como hoje não estamos mais satisfeitos em comer diretamente da terra ou morar em cavernas, também nossos sentidos, refinados gradualmente pelo desenvolvimento, perderam o prazer oriundo do derramamento de sangue. Mas estamos falando dos mesmos sentidos, dos mesmos impulsos desde os tempos primitivos. A humanidade nem por isso abandona seus hábitos carnívoros, e hoje como antes é forçada a comer para se manter viva, e se encontramos alguma dificuldade nessa busca por alimento estamos dispostos a tudo."

A jovem ouvia com um interesse cada vez maior, enquanto o rapaz lutava contra o sono. Há algum tempo, ele já havia classificado seus companheiros de viagem como idiotas. Estavam, em sua opinião, contornando o assunto. Era tudo tão simples, tão óbvio... "Sim, mas", interveio a jovem, dirigindo-se tanto ao médico quanto ao velho senhor, "qual é a causa então dessa costumaz perseguição a pessoas de outras religiões? Com certeza isso não tem nada a ver com o consumo de alimentos."

"Tem mais do que a senhora imagina", disse o velho rabugento, que havia, por fim, superado seu ataque de tosse. "Caso contrário, como é possível que essas perseguições geralmente comecem em tempos de dificuldades econômicas? E onde está a culpa? Posso lhe dizer isso também. Sim, o senhor já indicou isso há pouco, permita-me agora elaborar um pouco mais: são as religiões que, com sua antinaturalidade, trouxeram também a intolerância ao mundo. As religiões foram inventadas por alguns sonhadores e benfeitores para servirem de muleta aos coxos, mas são exploradas por aqueles que estão no poder para manter os pobres na pobreza e na ignorância. Toda religião se considera a única que conduz à salvação, e isso basta para perseguir e massacrar todos os que acreditam em algo diferente. As maiores atrocidades foram cometidas em nome de diferentes religiões e, com frequência, muito sangue foi derramado em nome de Deus. Um escárnio. No entanto, por trás de tudo isso, invisível para os plebeus, era travada a luta entre os detentores do poder. Não, não", exclamou ele, erguendo as duas mãos como se se defendesse, "não precisamos de religiões, elas neutralizam a nossa vontade, nos dizem para ir aos seus templos e rezar enquanto os nossos irmãos são assassinados. Não precisamos de religião nenhuma, certamente de nenhuma dessas melosas religiões celestiais. Precisamos entender que vivemos na terra, não no céu, e se há de haver um paraíso, então que seja aqui, por favor, nesta terra, senhores, neste planeta."

Só agora os viajantes perceberam que o trem estava se movendo cada vez mais devagar; quando os freios foram acionados e as rodas pararam, todos ficaram em silêncio, mas ninguém ousou sair do compartimento. Ainda estavam na Alemanha. Qualquer interrupção na jornada era indesejável e havia um desejo doloroso de seguir em frente. Logo a fronteira estaria se aproximando, e com ela os controles de passaporte e de câmbio, e então... a liberdade. "Ficou muito frio", sussurrou o jovem, "está quase amanhecendo."

Somente quando o trem voltou a se mover e o barulho familiar e o ritmo da máquina se tornaram perceptíveis os refugiados voltaram a se sentir mais seguros. "O senhor analisa as coisas por todos os ângulos", disse a jovem, "isso pode ser interessante e talvez até muito útil, mas em tudo isso sinto que o senhor se esquece do mais importante: das pessoas."

"Das pessoas?"

"Bem... sim, das que ficam para trás."

"Das que ficaram para trás", disse o dr. Spitzer pensativo: "O meu amigo Krakau e sua pequena e loira esposa, por exemplo...". E de repente, ele ficou com muito medo. No final das contas, sua fuga não teria colocado Krakau em perigo? Será que o músico ainda pensava ser uma exceção? Se algo acontecesse com ele, a delicada mulher pereceria. Se destruíssem o conto de fadas dela... Ah, as pobres pétalas da papoula-vermelha.

11.

E dia após dia a vida seguiu seu curso. Havia muitos em D. e em todo o Reich que, apesar de tudo, ainda não conseguiam aceitar a impiedade dos fatos. Quando os primeiros opositores políticos foram capturados e torturados, quando o Reichstag foi incendiado, quando a população foi forçada com extrema brutalidade a hastear as tão odiadas bandeiras, quando a caça aos judeus começou e os livros foram queimados na fogueira, muitos ainda esperavam que algo acontecesse. Qualquer coisa. Que talvez alguém interviesse e não ficasse de braços cruzados enquanto a justiça, a liberdade e o espírito eram derrotados, ou até mesmo que a própria natureza se defendesse diante do antinatural. Mas nada aconteceu. Assim como o coração segue, incansável e inexorável, batida após batida, seja de alegria ou de dor, hora após hora e dia após dia se seguiram, e assim o tempo continuaria a passar em ritmo constante até que... Sim, até que talvez algo acontecesse.

Assim, as pessoas seguiam para suas respectivas labutas diárias em D. como em todas as outras cidades, como em todas as aldeias e vilas. Havia os entusiastas, cujo ardor se tornava mais forçado e convulsivo a cada dia. Havia os persistentes, que desculpavam tudo e estavam dispostos a fazer sacrifícios e mais sacrifícios pela grandeza da Alemanha. Havia os funcionários públicos e os beneficiários diretos do sistema, cujo rebanho diminuía a cada mês e cujas disposição e postura declinavam da mesma maneira. Finalmente, havia os opositores, cuja oposição se tornava mais obstinada a cada dia, e que agiam em segredo. Um silêncio sinistro e gélido pairava sobre todos eles. Medo e desconfiança dominavam e desmoralizavam todos os ânimos. Aquele ainda era o mesmo país? Depois da guerra, não parecia por fim que a graça e a alegria estavam lentamente começando a se espalhar e a se sentir em casa? Para onde foi tudo isso? Onde estavam os dias em que se podia reclamar e tirar sarro do governo à vontade? Hoje, as pessoas controlavam os próprios pensamentos, e a seriedade, a terrível seriedade dos que carecem de humor, suprimiu toda e qualquer alegria. Havia apenas um único objetivo, todos o sentiam a cada dia mais evidente: a guerra, a vingança. Mas esses preparativos gigantescos, a transformação quase inacreditável de todo um império em um grande e único quartel, o frenesi da imprensa, a propaganda incessante, não criavam entusiasmo algum, pelo contrário, as pessoas sentiam medo da desgraça que se aproximava e nem ao menos tentavam se defender. Cada nova lei e cada novo decreto eram aceitos com apatia e indiferença. As pessoas aguardavam a catástrofe como se fosse algo inevitável.

No meio desse mundo, envolto em silêncio e desconfiança, Krakau e sua esposa loira viviam como se estivessem ilhados. Estavam mais felizes do que nunca, e havia muitas razões para isso. Nem a fuga do dr. Spitzer — até o momento, ninguém sabia dizer se havia sido bem-sucedida ou não — nem os eventos adversos ou as conversas perturbadoras dos últimos dias haviam penetrado na consciência do músico, na verdade, tinham perdido a importância no curso da vida cotidiana cheia de novas tarefas. O pianista Kaltwasser havia lhe pedido para participar de um concerto beneficente, organizado pelo quinteto composto por integrantes da orquestra de ópera e pelo próprio pianista Kaltwasser, já idoso. O evento em si não tinha nada de extraordinário, pois Krakau já havia pertencido ao grupo, e naqueles dias participar do concerto era mais uma prova de que nada havia mudado. Além do mais, e isso era o que mais importava, ele teria a chance de se apresentar como solista ao lado de Kaltwasser. Isso não parecia quase uma manifestação, um protesto contra os desafios que se empilhavam por toda parte?

E mais importante ainda era o fato de a saúde de Lisa ter melhorado muito após a última crise, de modo que não precisavam mais esperar pelo nascimento da criança com preocupação e medo. A delicada sensibilidade de Lisa permanecia, ela vivia de fato como se estivesse em um sonho luminoso, e ninguém que a visse naqueles dias teria coragem de destruir esse seu reino de conto de fadas. Olhem para aqueles olhos claros e brilhantes, eles não olham de volta para vocês como se estivessem em um mundo distante, no qual o ódio e a ganância não têm lugar? Olhem para ela enquanto caminha tão leve e tão alegre, vocês teriam coragem de chamá-la à razão? Moça, tome cuidado, olhe ao seu redor, seu marido está em perigo e você também corre risco. Eu desconfio que ela nem acreditaria. Não é mesmo quase impossível que as pessoas puras enxerguem a sujeira e a imundice que as rodeia?

Erich Krakau entrou no Teatro Municipal e já na entrada deu de cara com o maestro Jung. O homenzinho, sempre animado, hoje passava uma impressão bastante séria. Chamou Krakau de lado e falou baixinho: “Hoje é o dia, Krakau”.

“Que dia?”

“Bem, esse tal de Eberle está vindo para a audição hoje.”

“Ah, sim, certo!”, riu Krakau e com um sorriso tirou o nome Eberle do abismo no qual havia jogado todos os nomes e acontecimentos desagradáveis dos últimos dias. "Caro Jung, tenha piedade dele." Nesse momento, contagiado pela alegria de Krakau, Jung também começou a rir: "Pois digo o mesmo ao senhor", continuou ele enquanto subiam a escada estreita, "pois o senhor será obrigado a ouvi-lo". Krakau ficou assustado. "Eu?", indagou ele, mas logo o humor tomou conta da situação e os dois trocaram algumas piadas antes de se separar.

Fritz Eberle chegou por volta do meio-dia. Não parecia muito confortável em sua pele. O jovem arrastava seu instrumento como se este pesasse cinquenta quilos e, embora estivesse frio, suava em bicas. No tempo decorrido desde o convite, havia passado por maus bocados. Impossível descrever os sentimentos que o moviam. O mais proeminente de todos era o medo, afinal de contas sabia que suas habilidades não eram suficientes para conseguir um cargo na orquestra municipal. Mas sua obstinação o proibiu de renunciar e desistir do que já havia começado. E ao se aperceber da própria inaptidão, seu ódio cresceu e o impulsionou.

Fritz mostrou a carta do diretor artístico ao porteiro, que então lhe fez sinal para esperar. O rapaz se sentou em frente à cabine do funcionário e começou a mexer nos dedos, nervoso. O que viria agora? Ele seria mandado para casa novamente, convidado a retornar em uma hora mais oportuna? Enquanto ainda se perguntava se deveria temer ou torcer por uma resposta dessas, o porteiro pôs a cabeça para fora da janelinha e lhe pediu que se dirigisse ao primeiro andar e que esperasse os senhores na sala de ensaios de número 12.

Alguns minutos mais tarde, ele ficou finalmente cara a cara com o homem que vinha perseguindo por semanas com seu ódio impotente. Mas não havia nada digno de ódio nele. Seu semblante, sua esplêndida testa de músico, sua aparência atlética, tudo isso o cativava. Havia ainda o sorriso gentil e a simpatia daquele homem, características que só confirmavam que aquele sujeito diante de si era quem ele queria ser. Fritz Eberle não sabia o que dizer e sua voz falhou por causa da mais pura excitação. Ele conhecia Erich Krakau a partir de inúmeras gravuras e, nos últimos tempos, ele o via todos os dias em sua mente, como um fantasma, mas encarar o odiado era algo completamente diferente.

Erich Krakau iniciou em um tom muito amigável: disse que ouvira rumores de que o jovem havia pedido admissão à orquestra municipal. Porém, infelizmente tinha que avisar, isso não dependia dele, Krakau, mas pelo menos, como chefe de orquestra, cabia a ele avaliar sua audição. Não mencionou a carta presunçosa, e sequer indicou se tinha ciência dela. Consciente ou inconscientemente, queria conquistar o jovem e banalizar toda a situação. Mas cada uma de suas palavras gentis penetrava no corpo e na mente do jovem pálido como o pior dos venenos. *O judeu quer me humilhar*, pensou. *Mas eu vou mostrar pra ele.* E ele desejou que um batalhão de seus camaradas da *Sturmtrupp* estivesse aqui, para que pudesse então ver aquele homem, agora tão confiante, tremendo diante dele.

"O que o senhor quer tocar?", perguntou Krakau, depois de ter se sentado ao piano de cauda e tocado algumas notas. "Eu pensei em... hum...", Eberle gaguejou. "Pensei em 'Devaneio', de Schumann."

"Vá em frente, vá em frente, a propósito, uma peça muito bonita!"

Enquanto Eberle preparava seu instrumento, apenas o silêncio reinava entre os dois. Krakau se lembrou da carta hedionda e dos ataques que continha contra ele. De repente, ele se deu conta de que esse teste não era apenas uma comédia ridícula, que poderia ser descartada com um sorriso depois que acabasse, mas que se tratava de algo muito perigoso. Jung provavelmente só havia organizado essa cena toda para mostrar que o diretor artístico estava do lado de Krakau, bem como o quão pouco ele estava inclinado a demiti-lo. Mas será que designar Krakau, o judeu, para fazer a audição não incitaria o ódio de seu oponente? Jung acreditava que bastava ridicularizar Fritz Eberle, mas Eberle era apenas um pequeno prenúncio, um emissário, pois atrás dele estava a massa, todo o exército organizado, aqueles que detinham o poder.

Krakau compreendeu tudo isso de forma clara e lógica e, enquanto ainda pensava que teria de dar ao jovem uma resposta educada, decisiva mas não comprometedora, Fritz Eberle começou a tocar. A expressão atormentada de Krakau se intensificou a olhos vistos, e uma dor física começou a atormentá-lo. Fritz Eberle não apenas estava tocando mal, mas muito pior do que o habitual, e os sons lutavam de uma maneira deplorável para se sobressair, o que, logo após os primeiros compassos, tornava impossível distinguir notas afinadas e desafinadas. Krakau, é importante repetir, era uma pessoa educada e quase gentil, mas, quando se tratava de música, especialmente do violoncelo, o instrumento que lhe era tão caro, assumia uma seriedade implacável. O músico imediatamente esqueceu as considerações sensatas que havia acabado de elaborar. A ira tomou conta dele enquanto Eberle tocava. Tocava? Rangia, isso sim! Aquele diletante havia ousado tomar o seu tempo e desafiá-lo. Em sua arte, ele não fazia concessões, e nada no mundo o teria feito inventar uma mentira educada para Eberle.

"Basta", disse ele, mal controlando sua ira. Fritz parou de tocar e lhe dirigiu os olhos azul-água com uma expressão interrogativa. O medo havia se dissipado, pois a parte mais difícil, a audição em si, acabara. Krakau começou a andar de um lado para o outro, com as mãos atrás das costas. Fritz não sabia como interpretar a agitação de Krakau; será que ele havia causado uma boa impressão? "O senhor é", começou Krakau por fim, "quero dizer, sua profissão não é tocar este instrumento. Definitivamente, essa não é a sua vocação!"

"Meu pai é mestre padeiro", respondeu Fritz, e sua resposta tinha um quê de atrevimento. Ele havia pensado que tudo seria mais complicado. Era só chegar lá, se sentar, tocar alguma coisa, sim, sim, Wendt tinha orquestrado tudo muito bem. Mas Krakau interrompeu seus agradáveis pensamentos: "Ah, o senhor deve ter jeito para padeiro, a julgar pelo modo como toca violoncelo".

"Não consigo entender... Meu pai diz que não sirvo para padeiro, e meu tio, o professor de música..."

"Mas quem, na face da Terra, convenceu o senhor a pegar num violoncelo? Não existem centenas de milhares de outros trabalhos que o senhor poderia exercer?"

"Tínhamos um violoncelo em casa, e dizem que meu avô também era muito talentoso para a música..."

Krakau o interrompeu novamente: "Basta, já chega. Vá para casa, rapaz, e doe seu instrumento para uma instituição de caridade".

Eberle se levantou, e, aos poucos, começou a entender: "Então quer dizer que a orquestra municipal...".

"Talvez em Bremen. Quem sabe com os músicos de Bremen, mas aqui não!"

"O senhor está caçoando de mim", disse Eberle, tentando ser enfático.

"Juro por Deus que nunca falei tão sério em toda a minha vida quanto agora", respondeu Krakau, cada vez mais impaciente.

"Então o que isso significa?" Com todas as suas forças, Krakau buscou articular uma resposta educada: "Isso significa que não podemos aceitá-lo na orquestra municipal, não só devido à completa falta de talento, mas também porque não há vaga no momento".

"Não tem lugar?"

"Exatamente. Não temos lugar, se o senhor entende melhor com essas palavras."

Eberle ficou em silêncio e se ocupou em guardar seu instrumento; não estava surpreso, nem triste, nem desapontado, estava apenas com muita raiva. Aquele homem ousou mandá-lo embora, o judeu ficou na frente dele e agiu como se tivesse algo a dizer. Aquele que há pouco havia se comportado como um cavalheiro não seria apenas alguém cuja presença se tolerava? Aliás, não seriam os judeus todos pessoas somente toleradas?

"Então, o senhor está me dizendo que não há lugar?" Eberle retomou a palavra. Em resposta, Krakau apenas balançou a cabeça.

"No entanto, ainda há um lugar, sr. Krakau", e apontando o dedo para o músico, disse com malícia: "o seu lugar".

Krakau perdeu a voz. Essa mistura de petulância, desrespeito e covardia o deixou sem palavras. Sem dizer mais nada, ele saiu da sala. Eberle ficou lá com a boca aberta. O que foi isso? O que foi que ele disse? Sua coragem o abandonou e, de repente, ele se sentiu como um aluno na escola que, após ter provocado a professora, ficou com medo de apanhar.

Ele ficou ali, tentando ouvir algo por um tempo, então, resoluto, pegou seu instrumento e saiu da sala de ensaio com pressa para desaparecer daquele lugar.

12.

Era tarde da noite quando Krakau chegou em casa. Lisa estava esperando por ele na porta e, ao vê-lo, puxou-o para dentro do apartamento: "Estava tão preocupada com você, Erich, você demorou muito".

Krakau tirou o casaco. "Teve medo de que algo tivesse acontecido comigo?", disse ele, se esforçando para sorrir. "Ah, eu não sou de me perder tão fácil."

"Tanta coisa está acontecendo ultimamente. Há tantos rumores na cidade..."

Krakau ficou assustado, pensando nas advertências do dr. Spitzer, que achava necessário colocar Lisa a par das notícias. Ele teve de se recompor para parecer despreocupado, apesar de ainda estar digerindo os eventos daquele dia. "Não se preocupe, querida", disse ele, apertando a mão da esposa, "há muita conversa e invenção no mundo, você não tem de acreditar em todas essas coisas horrorosas."

"Claro que não, Erich", respondeu Lisa, "embora nas últimas semanas eu tenha tido a frequente sensação de que você está escondendo alguma coisa de mim para não me preocupar. Pode ser que você esteja certo, mas há coisas que me fazem pensar e me preocupam: não sou mais recebida com a mesma gentileza de antes, e hoje uma mulher que trabalha em um lugar onde costumo fazer compras me disse que eu deveria ter feito algo mais inteligente do que me casar com um judeu."

Era esse o ponto a que haviam chegado, até ali a sujeira já estava espirrando? O músico se sentiu como uma pessoa teimosa que, confiando na posição elevada no meio de uma inundação violenta, rejeitou todas as medidas de precaução e agora se vê obrigada a assistir com horror às águas inundando sua soleira. Lisa viu as rugas novas na testa do marido e tentou amenizá-las: "Sinto muito por tomar tanto do seu tempo com minhas preocupações. Kaltwasser está esperando lá dentro para trabalhar com você". "Kaltwasser?" Seus medos e ansiedades diminuíram diante daquela presença encorajadora; sim, o presente estava esperando por ele na sala de música e se chamava trabalho; enquanto houvesse trabalho para ele, não precisava se preocupar com pensamentos sombrios sobre o futuro.

Estava escuro na sala em que Krakau acabara de entrar; era o maior cômodo do apartamento e havia sido mobiliado com certo rigor. Ali era um local de trabalho e, por isso, não havia espaço para almofadas e estofados. O grande piano de cauda ficava ao lado da janela e uma xilogravura representando Beethoven havia sido pendurada na parede, acima do piano. Um grande armário de partituras, algumas cadeiras, um par de poltronas simples e um pedestal de partitura completavam o mobiliário da sala de música em que Philipp Kaltwasser esperava o violoncelista. Estava sentado curvado sobre o piano de cauda, batia hora ou outra numa tecla e, absorto no trabalho, nem percebeu de início quem estava entrando.

Philipp Kaltwasser era o que se chamava comumente de

pessoa "original". Pertencia à cidade de D., tal como a alta torre pontiaguda da Igreja Medieval de Santa Maria. Quando passava apressadamente pelas ruas e becos com seu cabelo branco-prateado esvoaçante, seu grande chapéu preto na mão e uma pasta de música debaixo do braço, as pessoas paravam e olhavam para ele com admiração. Era cheio de idiossincrasias, e contavam anedotas engraçadíssimas sobre ele, a maioria baseada em sua distração excessiva.

Kaltwasser, que agora notara a chegada de Krakau, se levantou, correu ao seu encontro e o cumprimentou calorosamente. Krakau, por outro lado, pediu desculpas por sua longa ausência: "Espero que o tempo tenha passado rápido". "Ah, sim! Foi um belo tempo, quero dizer, um belo instrumento, o seu piano de cauda. Sentado aqui, algumas coisas ficaram muito claras para mim, encontrei o elo perdido, por assim dizer." Esfregou as mãos e sorriu feliz, apertando os olhos: "Vamos tocar 'Opus 69', a 'Sonata para violoncelo' de Beethoven em lá maior. O que o senhor me diz?".

Krakau estava de acordo, e, mais do que isso, estava encantado e garantiu repetidas vezes ao pianista que ele, Kaltwasser, havia com essa proposta adivinhado seu desejo secreto. Eles então começaram a conversar sobre os detalhes enquanto Krakau acendia as luzes, pegava a partitura e preparava tudo para o ensaio. Kaltwasser apontou para a partitura com o dedo: "Aqui, no segundo movimento, vamos ter mais trabalho, é uma parte complicada".

"Ah, sim, com apenas um ensaio dificilmente conseguiremos dar conta da peça."

"Um ensaio? Claro que não. Entretanto, digamos que... Ah, o senhor ainda não sabe da mudança, não sabe o que aconteceu. Resumindo, provavelmente estarei muito ocupado em breve e terei pouco tempo livre." O sorriso travesso de Kaltwasser voltou ao seu rosto enquanto fazia essas insinuações vagas. Krakau perguntou se ele tinha novos alunos.

"Mais que isso, muito mais." "Bem, então", perguntou Krakau brincando, "o senhor foi escolhido para ensaiar uma ópera?" Kaltwasser sacudiu a cabeça: "Ópera? Não, não, que imaginação o senhor tem!". "Bem, então eu não sei do que se trata", admitiu Krakau, desistindo da charada e esperando ansiosamente que o segredo fosse revelado. Kaltwasser não o deixou esperando por muito tempo. Começou a vasculhar os bolsos e tirou deles estranhos maços de cartas e papéis. Parecia que carregava toda a correspondência de sua longa vida nos bolsos do casaco. "Recebi algo que me deixou muito feliz. Para resumir, fui nomeado Diretor do Conservatório Municipal."

"Sério?" Krakau o interrompeu, abraçando-o quase com ternura, "Meus parabéns, querido amigo, que maravilha! Que surpresa mais feliz!"

"Uma honra, o senhor vai entender, Krakau, isso é motivo de grande felicidade, somos apenas humanos. Mas aqui está o documento, um documento que traz muita alegria, leia o senhor mesmo. Afinal de contas, as coisas, no geral, não estão lá as melhores, você espera sua vida toda, e agora..."

De fato, o pianista Kaltwasser não havia tido muitos sucessos em sua carreira até agora. Era uma pessoa tranquila e não gostava de falar sobre si mesmo. Assim, ele lecionou por anos, décadas, participou de concertos, aqui e ali uma composição havia sido executada, acompanhada pela imprensa local com muito patriotismo, sem que nunca tivesse obtido verdadeiro sucesso.

"É verdade", disse Krakau enquanto desdobrava a carta de nomeação. "Deixaram o senhor esperando por muito tempo." Mas, enquanto lia, seus olhos pousaram no papel por algum tempo, e sua alegria se desvaneceu. O papel timbrado oficial tinha uma suástica no topo e estava assinado com um *Heil Hitler.* O que estava escrito no meio era trivial e sem sentido, as duas formalidades eram mais importantes do que todo o conteúdo escrito. “Estou genuinamente contente”, disse Krakau num tom que contradisse suas palavras. “Fico feliz pelo senhor, mas por mim...”

“O que o senhor quer, Krakau, eu não entendo.”

“Eu vejo nosso concerto deixando de existir.” Kaltwasser fez um gesto de discordância. “Não, acredite em mim, com essa nomeação o senhor não pode mais ousar fazer um concerto com um judeu.”

Kaltwasser riu e tentou amenizar. “O senhor está imaginando coisas, querido amigo. A arte continua sendo arte. O que tudo isso tem a ver conosco?”

“Eu também pensava assim, é verdade, mas hoje devo dizer que isso vai ser um problema para muitos, para todos nós, você, eu e até... Lisa.” Ele pronunciou esse nome com tanta dor, e tanta ternura contida, que o velho pianista prestou atenção. Ele nunca se casou e pouco entendia sobre os laços que unem um homem e uma mulher.

“Eu nem saberia apontar outra pessoa para tocar comigo”, disse ele com um leve encolher de ombros, ainda ansioso para minimizar o caso. “Não conheço ninguém que seja melhor do que Erich Krakau.”

Krakau, por sua vez, nem ouvia mais as palavras do ancião, e já havia começado a andar de um lado para o outro do seu jeito característico. Com as mãos cruzadas atrás das costas, ele disse como se falasse consigo mesmo: “Tudo mudou, tudo está muito diferente, mas há muitos que não querem ver. É verdade que é difícil se habituar, mas é sobretudo esse fazer vistas grossas que nos impede de abrir os olhos. Temos que parar com isso, querido Kaltwasser. O senhor diz que não há ninguém melhor que Erich Krakau. Como se isso ainda importasse. Quando o dr. Spitzer foi embora por conta disso, eu ri, e hoje vejo que ele fez a coisa certa; hoje vejo que a vez de todos nós se aproxima, não importa se artistas, cientistas, trabalhadores, comerciantes, todos, sem exceção”.

"Eu sou", interrompeu o pianista, "em princípio também contra o judaísmo. Nada contra o senhor pessoalmente, querido amigo, o senhor sabe que o estimo muito. Ah, por que nem todos são como o senhor? Se fossem, o antissemitismo já teria desaparecido há muito tempo. Esse jeito judaico é muito estranho para nós, a gente tem certa resistência, o senhor compreende, só se está tentando se livrar de algo desconfortável."

Krakau se deteve, se balançou nas solas dos pés e olhou fixamente para o ancião: "O senhor pergunta por que nem todo mundo é como eu? Bem, pela mesma razão que nem todos da sua raça — se me permite usar essa palavra nojenta — são como o senhor, como o pianista e compositor Philipp Kaltwasser. É o vício pernicioso dos mesquinhos categorizar, classificar e procurar culpados. Bom aqui, ruim ali, luz aqui, sombra ali, arianos aqui, judeus ali. Se ao menos fosse assim tão fácil. Vocês não querem ver que todo mortal tem um mundo inteiro dentro de si? Quantos graus existem entre a bondade e a maldade, quantos graus há da luz à escuridão, e tudo isso, tudo vive em um só peito humano. Perdoe-me, não sou filósofo, digo essas coisas como elas me vêm à cabeça, mas sinto que, por Deus, eu sei que a verdade está do meu lado. Estranho, o senhor diz, é o nosso jeito? Mas isso não é verdade. Por acaso é mentira que amo o céu sob o qual nasci, a paisagem em que cresci? Por acaso é mentira que amo Beethoven e Brahms? Se tudo isso for mentira, então não há mais verdade neste mundo".

Kaltwasser ouviu em silêncio, comovido pela paixão e entusiasmo do amigo. Em seguida, se voltou para o piano sem dizer uma palavra e sentou. No entanto, Krakau continuou: "Eles dizem que não querem aniquilar os judeus, mas eles estão sendo aniquilados, não querem expulsá-los, mas estão sendo expulsos. Cortar ligações, dizem, mas — para permanecer com a metáfora da eletricidade — não é o mesmo que apagar? O senhor é um antissemita por princípio, bem, o senhor tem sua opinião, e não tenho dúvidas de que ponderou e pensou muito, mas é justamente sua oposição ideológica que revela a maior crueldade. Nunca me preocupei com essas coisas antes, eu fazia meu trabalho, vivia sozinho, como os outros, os acontecimentos dos últimos dias me deram o que pensar e, aos poucos, estou começando a enxergar o porquê". Por algum tempo, reinou o silêncio entre os dois homens e, finalmente, Kaltwasser disse: "Krakau, estou convencido de que o senhor está exagerando, e muito! Mas posso compreender que esteja amargurado. Eu mesmo, veja, o que devo fazer? Devo recusar a nomeação?".

Krakau balançou a cabeça: "Ah, não, quem poderia pedir uma coisa dessas? É claro que o senhor está certo em aceitar o que lhe é oferecido. Quem de nós estaria disposto a agir contra nossos próprios interesses? O diretor Pelzer, seu antecessor no cargo, era judeu, o expulsaram e seu lugar ficou vago. Mas, meu Deus, isso não foi culpa sua, não há razão para o senhor recusar o cargo. Que pescador jogaria um peixe recém-capturado de volta à água só porque achou as escamas feias?". Recomeçou sua perambulação inquieta pela sala de música. Kaltwasser olhou para ele furtivamente de lado, ainda incapaz de compreender a agitação do jovem. O que despertara tamanha preocupação em Krakau? O homem antes tão calmo e prático parecia ter mudado de forma abrupta e assustadora. Diante dos instrumentos prontos e das partituras abertas, ele andava e falava dessas coisas e não pensava em trabalhar. "Eu não entendo o senhor", disse ele finalmente, "no fim das contas isso não nos diz respeito. Não nos interessa. Nós artistas..." "Ouça", Krakau o interrompeu, parando bem na frente do velho e o olhando direto nos olhos. Então contou tudo. Contou sobre a carta de Fritz Eberle e da sensação embaraçosa que sentiu assim que a leu. Relatou a opinião enérgica do pequeno maestro Jung e de sua pérfida ideia de confiar a ele, Krakau, a condução da audição. Descreveu o encontro com Fritz Eberle e falou da barulheira lamentável a que foi submetido, e da coroação do episódio com a ousadia ultrajante do candidato, que o deixou sem palavras. "Isso tudo aconteceu hoje, agora mesmo, acabei de vir, por assim dizer, dessa derrota. Me sinto sujo, como se tivesse sido carregado pela imundice."

Kaltwasser, que ouvia com preocupação, se levantou e seu rosto voltou a se iluminar. "O que o senhor quer?", ele falou, levantando a voz e estendendo as duas mãos para Krakau. "Eu não estava certo ao dizer que o senhor estava exagerando? Isso não passa de uma brincadeira boba, juvenil. Eu conheço Jung, conheço o diretor. Eles estão do seu lado, cem por cento do seu lado e saberão como protegê-lo de tais ataques. Caro amigo, estamos todos do seu lado; escute bem: todos nós. Deixa para lá essa cara triste. Agora, mais do que nunca, o concerto vai acontecer." Com isso, se virou e caminhou em direção ao piano de cauda. E embora as palavras do velho pianista tenham feito muito bem para Krakau, o violoncelista não conseguiu banir os maus pressentimentos. E havia pouca esperança em sua voz quando respondeu: "Deus queira que o senhor esteja certo". Mas Kaltwasser já não prestava mais atenção à resposta de Krakau. O pianista já estava com as duas mãos sobre as teclas e começava a se aquecer para o primeiro movimento da "Sonata para violoncelo", de Beethoven. "Chega disso", disse ele enquanto tocava. "Vamos lá, seu solo."

13.

Um dia, Krakau recebeu, por confiáveis meios escusos, uma carta do dr. Spitzer:

Caro Krakau,

Como o tempo passa! E como, no decorrer acelerado das coisas, tudo se inverte, gira e se transforma. Ah, como tudo que é novo torna-se habitual e a aventura transforma-se em um cotidiano cinzento. Foi ontem que cheguei ou já faz anos que estou nessa vida? Eu mesmo não sei dizer. A vida do imigrante, do expatriado, do dispensável. Sim, meu caro amigo, essa talvez seja a coisa mais amarga de todas, o sentimento de ser dispensável. Não nos aguardavam, claro que não, quem teria esperanças disso? Mas que não soubessem o que fazer com a gente, o fato de encontrarmos apenas a mesma rejeição lamentável em todos os lados, é uma experiência dolorosa. Nada para nós, somente pena, capaz de matar o pouco que resta de nosso orgulho. Aqui ficamos sentados em pensões, ca-

fés, hotéis, e repetimos as mesmas conversas. Sempre as mesmas conversas cansativas: por que aconteceu o que aconteceu? Como foi possível acontecer isso? E, então, a mais terrível, mais absurda, mas também a mais óbvia de todas as perguntas: de quem era a culpa? Dos próprios judeus por seu comportamento ou por sua mera existência? Dos social-democratas pela falta de energia, pois não souberam intervir no momento certo? Da direita? Da esquerda? Meu Deus! É tão exaustivo enumerar tudo isso. Ao mesmo tempo, todo mundo se vigia, com desconfiança e cautela, para ver se alguém vai conseguir avançar, ganhar dinheiro ou, até mesmo, virar as costas para a comunidade. Sim, porque nós somos uma comunidade, somos refugiados, as diferenças foram abolidas, por enquanto — a gente tenta se convencer disso —, mas a verdade é que vamos todos de mal a pior, então a comunidade toda vai de mal a pior. Eu nunca havia visto o quão nocivos os sentimentos de massa podem ser como vejo aqui nesse cenário.

Naturalmente, minha mulher sofre sob essas condições. Ela me vê ocioso, nervoso, sem fazer nada, destituído de minha profissão e então acaba com os piores receios. O meu mais velho, Kurt, por outro lado, parece ter sido pouco impactado. Juntou-se aos sionistas e sonha com o reestabelecimento de um Estado judeu, com um verdadeiro judaísmo, tomando, provavelmente, o exemplo alemão. O que posso fazer? Embora eu considere a ideia sionista prejudicial, fico feliz em vê-lo entusiasmado e não sucumbindo a esse vazio corrosivo e terrível como tantos de seus contemporâneos que, agora, têm como propósito de vida correr atrás das mocinhas parisienses. Nesse sentido, quem me preocupa é Georg. Está com dezessete anos agora e com a masculinidade à flor da pele. O ar parisiense parece confundi-lo. As mulheres elegantes, a aura de sensualidade que irradiam, causam nele um efeito indescritível. Essas são preocupações reais, meu bom amigo, e, além disso, há ainda as reflexões sobre o futuro em si, com o pouco dinheiro que temos derretendo como neve ao sol, e aí? O que fazer então?

Mas eu não escrevo essa carta somente para falar de mim e minhas experiências. Primeiramente, gostaria de saber como sua amada esposa está. Lembre-se do que eu lhe disse: muita tranquilidade, interior e exterior, e não se esqueça das delicadas pétalas da papoula-vermelha. Há mais uma coisa para a qual eu gostaria de chamar a sua atenção. Lembre-se da última vez que nos vimos, quando o senhor mesmo me ajudou a escapar. Não espere. Pegue logo seu instrumento e sua esposa e parta enquanto há tempo. Ah, você vai exclamar, o que devo fazer? Devo ser mais um entre os muitos, juntar-me aos demais? Devo aumentar o número dos ociosos, incrédulos e desesperados? Não, não, meu caro Krakau, isso não vai acontecer. Graças a Deus o senhor tem uma profissão para a qual não existem barreiras. Aqui na condição de imigrante é que se vê, com uma nitidez assustadora, a importância da escolha de uma carreira, e aqui sentimos na pele o valor das diferentes profissões. Um comerciante não vale nada, um cientista e afins, nada muito além de um comerciante; já um operário é tudo aqui. Meu filho mais velho está frequentando o curso de mecânico e se interessando também por agricultura. Não sei dizer se os estudos complementares trarão algum sucesso prático. Ainda assim, vejo-me obrigado a esquecer todos os sonhos ambiciosos. O importante é que um homem seja capaz de se sustentar com o trabalho de suas mãos. Venha, Krakau! Você não vai se juntar aos desocupados, você não é só mais um desconhecido. E, para ser bem sincero, temo por sua vida e pela vida de sua esposa.

Eu fui indicado para uma posição de muita influência em Amsterdam. Não é impossível que eu vá para lá em um futuro próximo. O que pode ser mais fácil para um desabrigado do que peregrinar? Uma carta do senhor, entregue à mesma pessoa de confiança, chegaria até mim sem demora. Fico aguardando.

Os mais sinceros cumprimentos de seu amigo sem paradeiro,

Dr. Spitzer

P.S.: Por favor, destrua esta carta imediatamente.

A carta do médico encontrou Krakau em um estado de espírito estranhamente ambivalente, e, por isso, só serviu para intensificar o conflito de pensamentos e sentimentos que dilaceravam aquele homem já perturbado. Tomar uma decisão, agora, nesse momento? Impossível. No entanto, o homem tinha um forte senso de realidade e estava em condições de compreender o suficiente sua situação. E, vendo por esse lado, sem qualquer sentimentalismo, só podia chegar a uma conclusão: seguir o conselho do médico. Era a mesma voz que o tinha alertado, havia alguns dias, quando ficara cara a cara com o candidato Eberle, e tudo indicava que era a mais pura voz da razão, e agora ela lhe falava novamente. Estava pronto, queria ir; não, não tinha mais desejo de agir como um mártir. Amava sua vida, sua esposa, sua arte, e era por isso mesmo que deveria partir. Mas, para onde? Paris, Amsterdam, Praga, Viena, Budapeste, Oslo, sim, ele também já havia feito concertos em Estocolmo e Copenhagen, além de seu nome ser conhecido em Reval, Tallinn e Helsinque. Cada cidade passava por sua mente e, quanto mais tentava se familiarizar com a ideia, pensando nos detalhes terrivelmente necessários, como providenciar passaporte, visitar consulados, conseguir vistos, fazer malas, mais a missão parecia impossível.

Nos dias que se seguiram, tentou responder à carta do dr. Spitzer, mas não conseguia passar do início. Escreveu, por exemplo:

Querido doutor,

É impossível, contra toda razão e ponderação. Eu não posso partir. Estou emaranhado aqui em milhares de finos fios e me sinto incapaz de desatá-los. E se o senhor me perguntasse o que me prende de forma tão indissociável, não saberia dizer com precisão. Não pense que sou tolo, que não vejo para onde estamos indo. Não fui eu, afinal, quem lhe aconselhou a fugir e até lhe ajudou a fazê-lo? Mas eu mesmo...? Há tanto trabalho: o concerto; Kaltwasser, Jung, o diretor artístico, os colegas, todos, todos se excedem em gentileza e atenção em relação a mim. É de admirar que as pessoas só vejam o que querem ver? Quando acreditam no que querem acreditar com todas as forças de seu coração. Meu lugar é aqui: me respeitam, me amam. Quando ando pelas ruas da cidade, as casas, as pessoas, vejo as luzes do entardecer, percebo claramente o quanto amo tudo isso aqui. E o senhor também não pode se esquecer de que esta é a cidade da Lisa, aqui nós nos conhecemos, nos casamos e aqui... Mas eu não quero mais escrever, caro doutor, eu tenho medo...

Essas linhas, como dito, não foram enviadas; ele as guardou na gaveta da escrivaninha, onde já se encontravam vários outros rascunhos.

Lisa, ao contrário do marido, parecia serena e tranquila. E, no entanto, ela não estava vivendo mais em seu conto de fadas, que dr. Spitzer chamou de seu mundo dos sonhos. Também ela havia aprendido a ver, e todos os dias percebia coisas novas. Os cumprimentos dos vizinhos tornavam-se cada dia mais breves. A expressão dos vendedores e das pessoas nas lojas, cada dia mais envergonhada e nervosa, e os bons amigos olhavam em volta, tímida e furtivamente, antes de acenarem, tocando os chapéus.

"Ah, esses senhores", disse ela um dia sorrindo para o marido. "Não parece que todos estão com a consciência pesada?" Essa era a primeira vez que esses assuntos surgiram com tanta clareza nas conversas deles, e Krakau teve que enxergar, para sua surpresa, que Lisa sabia muito bem o que estava acontecendo. Mas ela não ficou arrasada diante desses acontecimentos — como talvez o atencioso médico temesse —, não, ela parecia muito mais se divertir do que se preocupar. No entanto, Krakau sempre tinha tantas coisas boas e gentis para contar sobre seus amigos que Lisa nem parou para pensar que a situação pudesse ficar realmente perigosa, que poderia ser muito mais do que apenas uma farsa ridícula. Ah, ela não sabia com que frequência a estupidez e a crueldade andavam de mãos dadas, tampouco que a feiura naturalmente odeia tudo que é belo e luminoso, tudo o que é bom e nobre.

Ela estava maravilhosamente revigorada, até mesmo a palidez mórbida havia sumido e suas bochechas estavam coradas. Quase nada lembrava a febre nervosa, com exceção de uma leve irritabilidade, que a fazia tremer por motivos irrisórios. Além disso, desenvolvera um entusiasmo incomum pela vida, mas que provavelmente era resultado do longo período de privação que fez nascer nela um desejo de compensar o que foi perdido e fazer valer todos os sofrimentos vividos. Ela caminhava ereta e encarava o mundo com olhos límpidos; ninguém conseguia perceber a sua condição, embora já passasse do terceiro mês. Ela se orgulhava de sua ainda boa forma e quando via outras mulheres que haviam perdido a elegância devido à gravidez, olhava-as com pena. Se não fosse por um pequeno incidente naqueles dias, é possível que Lisa nem tivesse percebido que seu próprio marido havia sido alvo de um ataque e que o círculo ao redor dele estava começando a se fechar.

Pois, embora tudo permanecesse calmo na aparência, o outro lado não havia deixado de se mexer. Fritz Eberle foi a força motriz. Depois da derrota, estava fora de si, ardendo de raiva e quebrando a cabeça para arquitetar um novo plano de ação e vingança. Mas ele não era ninguém sem Wendt, era um jovem tosco e desajeitado. Sua imaginação não ia além de fantasiar como mataria o objeto de seu ódio, atirando nele assim que saísse de casa ou do teatro; sonhava em esfaqueá-lo pelas costas à noite, no momento em que passasse pelo trecho escuro do parque a caminho de casa.

No entanto, Wendt não demonstrava muita vontade de continuar se envolvendo com o assunto; o absurdo que o atraíra já lhe parecia comprometedor e tornava sua entrada nos círculos influentes mais difícil. Ademais, ele ficou decepcionado com Eberle, pois havia acreditado, no fundo de seu coração, que estava lidando com um gênio não reconhecido, a quem era preciso dar uma oportunidade de provar seu talento. Apesar de Fritz ter descrito a audição de maneira amena e distorcida a seu favor, Wendt teve certeza, a partir dos relatos, de que o garoto não passava de um amador infeliz e, portanto, não valia a pena gastar mais tempo com ele. Wendt escutou as declarações furiosas e sanguinolentas do jovem padeiro — como sempre o chamava — e apenas se perguntou se não seria possível ganhar algum dinheiro com esse ódio abismal, capaz de todo tipo de ato violento. Afinal, o vigarista ainda se encontrava com a carteira vazia. O problema é que o Eberle pai havia se negado a colocar mais capital nesse empreendimento. Decerto ele ainda estava do lado do filho e considerava o insulto infligido ao jovem como uma ofensa a toda família, causado por uma cruel conspiração judaica, mas sua indignação morreu logo que atingiu o cofre. E foi assim que Fritz se viu obrigado a sacrificar todas as suas economias para pelo menos persuadir Wendt a não desistir dele. Foi ajudado nesse processo pela mãe, que agora se acostumara a olhar para o filho que acordara para a vida com amor e veneração arrebatadores. E, com o apoio dela, chegaram a Wendt várias centenas de marcos.

Wendt pegou o dinheiro com ares de magnata entediado e declarou que sacrificaria mais algum tempo com esse assunto. E desse momento em diante a situação mudou para todos os envolvidos. Fritz arrastou Wendt até seu tio Arthur Eberle, diretor do conservatório, outrora músico militar e agora líder de uma banda militar de metais, e o apresentou como seu amigo. E Wendt apresentou o caso com tanta habilidade que conseguiram fazer com que o relutante tio, bastante irritado de início com a conduta arbitrária do sobrinho, ficasse do lado deles. Souberam bajulá-lo, não pediram abertamente para que usasse sua influência — apesar de deixarem claro o quanto esperavam dessa influência. Disseram que haviam vindo, sobretudo, em busca de conselhos. Então, Arthur Eberle começou a alisar seu bigode imperial, satisfeito consigo mesmo, com os olhinhos fitando com certo prazer aqueles que estavam sentados à sua frente. A situação já começava a lhe agradar. Ele era peixe grande e eles, pequenos. Graças a Deus, ainda havia justiça e mérito no mundo. Ofereceu-lhes conselho e ajuda. O conselho, na verdade, limitou-se no sentido de agirem com cautela, e essa advertência foi recebida por Wendt com uma expressão de agradecimento. A ajuda, por outro lado, consistia em uma recomendação a uma pessoa do alto escalão que ocupava a posição de *Gauleiter*. Isso não era pouca coisa, e Wendt decidiu procurar sozinho o tal líder provincial do partido, e assim recomeçou pela enésima vez a subir na vida.

Recebeu do grande homem — que, na verdade, era adjunto do *Gauleiter* — outra recomendação, agora dirigida ao organizador de uma revista recém-criada, *O piquete*, um semanário com pouco tempo de estrada mas já alçando voo e mostrando os dentes. Wendt se tornou editor-assistente, mas o arranjo o fazia desconfiar de um sucesso tão rápido, e logo descobriu do que se tratava. O grande homem, a pessoa mais próxima do *Gauleiter*, o adjunto, era na verdade o próprio fundador, dono e financiador da revista. Mas isso era um segredo para quase todos, incluindo o editor-chefe. E Wendt foi esperto o bastante para não deixar que percebessem que ele sabia. O adjunto queria na redação uma criatura que lhe fosse devotada, alguém cuja principal atribuição seria escrever muitas coisas boas e elogiosas sobre ele, sem revelar aos demais a estreita ligação do *Gauleiter* adjunto com a revista. Os artigos deveriam parecer espontâneos e publicados em pequenas doses semanais: uma experiência comovente com uma mulher pobre ou uma criança pequena aqui, um ataque enérgico e viril em um caso envolvendo questões patrióticas acolá. Esse era o jogo. E Wendt compreendia muito bem essas tarefas. Com sua flexibilidade e capacidade de fazer duas coisas ao mesmo tempo, logo conseguiu se tornar indispensável, e percebeu que o grande homem era ambicioso e queria se tornar ainda maior, quem sabe até o próprio *Gauleiter* um dia. E para isso ele precisava de propaganda, precisava de Heinrich Wendt.

E quando a situação de Wendt foi melhorando, quando o dinheiro voltou a tilintar em seu bolso e parecia não acabar, ele voltou à sua antiga vida. Vestia-se bem e cuidava de sua aparência a ponto de conhecidos que o haviam visto miserável e esfarrapado apenas duas semanas antes mal o reconhecerem. Mas o seu maior prazer era visitar os cafés. Sua rotina começava logo pela manhã em uma pequena confeitaria perto de seu apartamento. Lá ele tomava café da manhã e examinava os jornais matinais de cabo a rabo. Almoçava em um restaurante, onde estava acostumado a passar várias horas, pois tinha o hábito de trabalhar após comer. E assim, enquanto os garçons empilhavam pratos à sua volta, ele escrevia seu artigo para *O piquete*. Wendt precisava da atmosfera dos cafés e restaurantes, só ali se sentia em casa: gente e espaço público, sem contar que temia um pouco a solidão.

Em uma dessas tardes quentes que surpreendem as pessoas em pleno inverno, levando-as a pensar que estão na primavera, Wendt passeava com o sobretudo aberto pela rua principal quando se deixou levar pelo fluxo de pessoas. Viu-se então em frente ao Reichscafé. Poucas semanas antes ele só podia lançar um olhar saudoso para a porta, mas nesse dia ele entrou sem constrangimento. Quanta mudança em tão pouco tempo em sua vida, era como se tivesse se tornado outra pessoa.

Quando lançou um olhar à sua volta, a primeira coisa que lhe chamou a atenção foi uma senhora lendo *O piquete*. *Nada mal...*, pensou, *já estão lendo a revista, em breve seremos conhecidos*. E, embora muitos lugares ainda estivessem vazios àquela hora da manhã, ele escolheu uma mesa bem à frente da senhora. Depois de uma reverência correta, porém discreta, se sentou. A senhora, que nem sequer percebera o cavalheiro sentado à sua frente, era Lisa Krakau. Um acaso havia colocado em suas mãos aquele jornal ultrajante, o mesmo acaso que lhe concedera esse companheiro de mesa. Depois de tanto tempo distante, ela finalmente estava de volta ao seu café preferido, e algo assim lhe acontecia. Enquanto lia, ela levava um susto atrás de outro. Ao lado de frases gritantes sobre pátria, povo, sangue e terra, bem como exaltações ridículas ao grande Führer e a diversos outros pequenos Führers e Führerzinhos, havia também difamações e insultos da pior espécie. *Isso é um esgoto*, desenharam no ar seus lábios mudos. Judeus, franceses, ingleses, poloneses, tchecos, povos inteiros eram insultados em palavras insolentes como "preguiçosos", "inferiores" e "rejeitados". Mencionadas pelo nome, pessoas de grande reputação mundial eram insultadas de forma ofensiva e chamadas de "judeus". E este parecia ser o auge, o crime mais hediondo que a mente humana poderia conceber: ser judeu. Tudo o que antes valia havia deixado de valer, havia se transformado em algo tão terrivelmente diferente assim?

Enquanto lia, Lisa era observada por Wendt e quanto mais ele a olhava, mais a pequena mulher que ele nunca havia visto o agradava. Os belos cabelos loiros que escapavam por debaixo do chapéu, as expressões faciais tão vivas que não paravam de mudar enquanto ela lia, as bochechas um tanto febrilmente coradas, as mãos delicadas que, ao segurar o papel, tremiam de leve. Seu coração bateu como nunca antes. Quis se inclinar e pegar aquelas mãozinhas, beijá-las. Ah, isso sim estava fora do alcance do estrábico Wendt, era algo tão inatingível quanto a vaga de Krakau na orquestra municipal para o jovem padeiro Eberle. De qualquer forma, também nesse assunto não haviam dado a última palavra e ainda não dava para prever o que a persistência, a autoconfiança e as boas relações poderiam alcançar. Tantas coisas outrora impossíveis tinham se tornado alcançáveis, tanta coisa mudara, por que não deveriam também mudar algumas outras coisinhas? *É preciso ter uma garota dessas*, disse ele para si mesmo. *Então, e só então*... Mas deixou em aberto o que viria depois do "então". Acendeu um cigarro, esticou bem as pernas e continuou a encará-la.

Mas de repente o rubor sumiu das bochechas de Lisa; ela ficou pálida feito um defunto e seus olhos se arregalaram de horror. Suas mãos tremiam tanto que quase não conseguia mais segurar a revista, que abaixou com uma expressão explícita de medo.

"Misericórdia! O que aconteceu com a senhora?", exclamou Wendt com preocupação genuína; havia afeto e compaixão em sua voz. "Já estou melhor", sussurrou ela. E um pouco mais alto, completou: "Ah, essa infâmia".

"Mas o que houve?", perguntou Wendt, feliz por encontrar um ponto de conexão. "A senhora leu algo terrível?" E apontou para a revista em cima da mesa.

"Pois leia o senhor mesmo", respondeu Lisa. "Aqui, veja isso." Wendt pegou a "sua" revista e leu: "O que ainda é possível...". Era justamente o seu artigo sobre o caso Krakau-Eberle. Ele precisava, afinal, fazer algo pelo dinheiro que havia recebido, e essa foi então sua contribuição à campanha anti-Krakau. Afinal, o que de melhor ele poderia fazer, se não tornar tudo público? E ademais, em sua opinião, o artigo estava excelente, tanto em termos de estilo quanto de conteúdo. Mais de uma vez sorriu satisfeito consigo mesmo enquanto o escrevia no restaurante da Prefeitura. Primeiro, ele atacou o diretor artístico e o maestro Jung de amigos de judeus. Depois inventou algumas coisas sobre Krakau. Aí ele precisou da ajuda de sua imaginação, pois não havia nenhuma prova contra o maldito sujeito. Então, foi coletando sujeiras, contando como os pais do "grande artista" judeu haviam emigrado da Galícia para a Alemanha como agiotas e farsantes, para, juntamente a seus irmãos de fé, engambelar e tirar vantagem do povo alemão. O artigo era finalizado com a pergunta: "Não há artista alemão o suficiente para que tenhamos que recorrer a estranhos à nossa espécie e raça como intérpretes de nossos maravilhosos mestres? Por quanto tempo ainda vai durar essa situação indigna? Já não se sabe que os judeus não têm nenhum senso de decência, não entendem que são indesejados e que devem ir embora? Então precisamos ser mais claros, pois devemos cuidar para que a proverbial boa vontade alemã não se degenere em estupidez".

Com um evidente deleite, Wendt leu o artigo até o fim e devolveu a revista a Lisa. "É ultrajante", disse ele, mas não disse o que era ultrajante. Ela, ainda muito nervosa, não aceitou a revista de volta. "Pode jogar isso aí no chão ou no lixo que é o lugar a que ela pertence."

"Mas, por favor, não estou entendendo por que a senhora está tão aborrecida." "Ah, o senhor não entende", respondeu ela lentamente. "Eu sou a esposa desse injuriado, desse caluniado, desse homem tão superior a esses rabiscos. Eu, eu…" Foi incapaz de continuar, se levantou rapidamente e deixou o estabelecimento. Wendt ficou lá sentado de boca aberta. As palavras de Lisa queimaram feito bofetadas. "Mas eu só posso estar maluco", disse ele baixinho, "eu me apaixonei por essa mulher. Se ela soubesse que escrevi o artigo ela me pisotearia." No entanto, essa ideia não lhe pareceu de todo ruim. Pelo contrário, ele sorriu e decidiu ir atrás da pequena mulher.

Com pressa, pagou a conta e se levantou. A princípio não havia sinal dela na rua. Por sorte, virou correndo à direita e logo a viu. Alcançou-a com poucos passos: "Com licença, cara senhora".

Lisa virou a cabeça e olhou para ele com uma expressão de interrogação e surpresa.

"Sou eu", disse Wendt com modéstia, "apenas eu. Queria só lhe dizer que conheço muitas dessas pessoas influentes. As pessoas por trás dessa revista e desse artigo. Talvez eu possa ajudá-la."

"Ajudar?", perguntou ela cheia de orgulho no olhar. Mas tão logo pronunciou essas palavras, fez uma pausa, refletiu e, com muito mais gentileza, respondeu que, se ele tivesse mesmo algo importante para compartilhar, poderia procurá-la em seu apartamento. Com isso, entregou-lhe um cartãozinho com seu endereço e continuou seu caminho, sem retribuir a despedida.

14.

Quando Krakau chegou em casa à noite, Lisa o recebeu com um abraço fervoroso e não queria mais sair do seu lado. Ele estava de bom humor, bem-disposto, falando sem parar e mudando de tema sem qualquer aviso. O ensaio geral do concerto, que aconteceria em dois dias, havia sido um sucesso, para a satisfação de todos os participantes. Então disse a ela que preferia comer somente pão e frios no jantar. E no mesmo fôlego continuou contando que naquele dia haviam lhe oferecido um cãozinho, um cachorrinho de verdade, vivo, um fox terrier de pelo duro, sabe, aquele com as pernas longas, tão estranho que não dá pra descrever. Ela deveria pensar no assunto e dizer o que achava. E Lisa concordou, riu junto com ele, mas não deixou de pensar: *Eu não posso dizer nada a ele, não posso.* Seria o primeiro segredo entre os dois, mas ela deveria manter silêncio sobre o artigo, o encontro com o desconhecido e o fato de ter pedido para ele procurá-la. Por que ela não havia simplesmente deixado aquele homem intrometido falando sozinho? Seria apenas o desejo de saber mais sobre as pessoas do lado oposto, ou haveria algo mais em jogo? Algo empolgante, excitante, com sabor de aventura?

Mais tarde, o dr. Spitzer surgiu na conversa. “Onde está o dr. Spitzer, por que não o vejo mais?”, perguntou Lisa. Krakau se levantou, se dirigiu até a janela e, afastado dela, começou a contar que o médico estava em Paris ou Amsterdam, que não sabia ao certo, e até era possível que ele nem estivesse mais na Europa.

“Emigrou?” Se ela quisesse chamar assim a partida apressada que mais parecia com uma fuga, sim. Ele contou sobre a noite em que ela teve a última crise, quando ele não conseguiu contatar o médico por telefone e, por preocupação e medo, correu até o apartamento de Spitzer. Krakau relatou tudo isso em um tom uniforme, quase casual, mas Lisa percebeu com clareza sua perturbação. Nunca antes ele havia conversado de maneira tão aberta sobre esses assuntos com ela.

O silêncio pairou. Krakau olhava fixamente pela janela enquanto Lisa permanecia imóvel no fundo da sala sob a luz suave da luminária de chão. Lá estava ele, a pessoa que significava sua vida inteira, tão próximo e, ao mesmo tempo, tão distante. O que ele estaria pensando agora? Mesmo a pessoa amada permanece sempre um mistério indecifrável; não há outra conexão entre as pessoas, a não ser as pontes estreitas que o amor cria. Mas ele era apenas um homem. Para ele havia tantas coisas além dela, além do amor: o trabalho, as obrigações, uma tarefa, ah, alguma coisa que aos homens parecia por demais importante. “Ele é assim também”, disse ela bem baixinho para si mesma. “Turrão e teimoso como um menino grande, e ele nem sabe o que é amor. Ele ama seu violoncelo e Brahms e Beethoven, e o que eu sou para ele? O que eu faria se algo lhe acontecesse? Eu não conseguiria mais viver sem ele.”

Ela levantou e correu até ele na janela: “Erich”. Mas ele estava perdido nos próprios pensamentos, suas mãos acariciaram mecanicamente os cabelos dela, enquanto ele permanecia mudo e distante. “Vamos fugir”, sussurrou ela baixinho, mas alto o bastante para ele ouvir, e suas palavras surtiram um efeito horrível. Ele se afastou dela e começou a andar de um lado para o outro na sala. Várias vezes se preparou para dizer algo, mas de sua boca não saía nenhuma palavra. Ouvir dela essa proposta o deixou confuso. Ela, que era incontestavelmente um deles, estava disposta a fugir, a abandonar tudo. Já ele, que estava por assim dizer sendo escorraçado, queria resistir. Lisa, o botão delicado da papoula-vermelha, percebia de maneira clara o que estava em jogo. E ele havia se esforçado tanto para manter tudo isso em segredo e distante dela. Balançou a cabeça e ficou parado bem próximo à esposa: "O que você disse?", perguntou ele com a voz um pouco rouca. "Fugir, Erich, vamos embora daqui. É um perigo onde quer que você pise. Não está vendo como está tudo à sua volta? Vamos embora! Lar não é qualquer lugar onde estivermos juntos? Nós precisamos pensar em nosso filho, Erich."

"Não chore, Lisa, não chore." Ele ficou atordoado com esse desabafo, e foi tomando consciência da conclusão à qual seu grande amor chegara.

"Veja", continuou ela: "Nós poderíamos ir para qualquer lugar, qualquer um, o importante é estarmos juntos". E começou a pintar o quadro de como eles viveriam. Ele encontraria trabalho com certeza, pois música é uma língua internacional, compreendida em qualquer lugar. Fora da Alemanha também existiam pessoas que sabiam ouvir Mozart. E à medida que foi falando, suas lágrimas secaram e as feições foram se suavizando. Eles se sentaram lado a lado, ele pegou a mão de Lisa e se sentiu estranhamente calmo. "Você deixaria sua pátria só porque se casou com um judeu?", perguntou ele enfim.

"Não", respondeu ela, com os olhos fixos nele e quase sorrindo. "Só isso não seria suficiente. É porque eu amo você."

Ficou acordado que todos os preparativos seriam feitos logo após o concerto. Partir de repente antes do evento era inconcebível para ele. "Eu não vou fugir", disse ele com firmeza. "Eu não devo nada a ninguém, vou ter medo de quê?" Além disso, ele salientou que todos o haviam apoiado, o diretor artístico, o dirigente, Jung e Kaltwasser. "Eles vão ficar surpresos se eu de repente aparecer com a ideia de ir para o exterior, mas concordo que, para o futuro, isso talvez seja o melhor a se fazer."

Lisa já temia que ele voltasse atrás na decisão que acabara de tomar e se apressou em dizer que seus amigos eram apenas humanos e também cederiam à violência, como todos. Ele balançou a cabeça. "Eu não vou embora de vez, mas vou pedir umas férias de quinze dias, porque nunca se sabe." Ele se tranquilizou com esse pensamento, a solução intermediária estava de acordo com a sua natureza apática, e Lisa também ficou satisfeita, pois pensou que após atravessar a fronteira ele dificilmente poderia retornar.

Na manhã seguinte, Wendt apareceu. Lisa teve um pressentimento tão forte que ele estava vindo que nem ficou surpresa com a sua chegada. E, mesmo assim, ela teve a mesma sensação desagradável do dia anterior. Seriam os olhos estrábicos que passavam essa impressão, ou todo o comportamento elogioso, submisso e, ao mesmo tempo atrevido e arrogante de Wendt é que causavam um estranhamento nela? Lisa se sentia desconfortável perto dele e decidiu agir de maneira indiferente para encurtar a visita o tanto quanto possível.

Wendt estava bem-arrumado, com uma gravata nova, seu melhor terno, sapatos impecavelmente engraxados e tinha até se perfumado. Em seu mundo de expectativas, a questão que tinha a tratar com a pequena mulher havia assumido a forma de prelúdio de uma aventura galante, e ele se esforçou para seduzi-la, falando com uma elegância viril, ostentando e se fazendo de importante.

O que os homens procuram nos olhos de uma mulher?, Lisa foi impelida a pensar. *Um espelho para sua vaidade?* Ficou reconfortada ao constatar que Erich era bem diferente. É claro que ele também era vaidoso — e quem não era? — mas seu marido nunca quis somente aparecer, impressionar ou se exibir.

"A senhora não vai acreditar", soou a voz aguda de Wendt, "mas acabei me colocando em grande perigo."

"Como assim?"

"Bem, na minha posição é no mínimo perigoso visitar a casa de um, hum... israelita."

"E por que o senhor está fazendo isso então?"

"Pela senhora, pensei que talvez eu pudesse ajudá-la."

Lisa ignorou aquela resposta e os olhares afrontosos. "O senhor disse que tem conexões com as pessoas responsáveis, correto?"

"Lá é como se fosse a minha casa, por assim dizer. O *Gauleiter*, o *Gauleiter* adjunto..."

"E o senhor acredita que seria com toda certeza rechaçado se soubessem que entrou na casa de um judeu?"

"Também não é assim tão drástico. Nem todos são tão radicais. Os do baixo escalão não são e os do alto menos ainda, eles só ficam quietos, a senhora entende? Isso deveria até servir de consolo para a senhora."

"Pelo contrário."

"O que a senhora quer dizer?"

"Que tipo de ajuda se pode esperar de pessoas sem nenhum caráter? Há no mundo muitos que seguem os líderes sem nem pestanejar, muitas criaturas sem caráter e sem responsabilidade. Afinal, as pessoas podem ser mais do que meras ovelhas cegas e estúpidas que, balindo, seguem um líder."

Envergonhado, Wendt mordeu o lábio inferior. Não estava acostumado a conversas desse tipo e não esperava uma atitude tão agressiva daquela pequena mulher. "Bem", disse ele, mas Lisa o interrompeu: "Esses inconsequentes são o que há de mais horrível, muito melhor é um adversário honesto. Mas me diga, o que eles realmente querem do meu marido?".

Wendt sentiu-se encurralado, ele não tinha mais o controle da situação e a conversa foi se encaminhando para um lugar desvantajoso para ele. Ali era preciso estar atento. O que ela pretendia, perguntando assim tão diretamente?! Isso estava muito fora do costume, da etiqueta. Ela poderia muito bem... mas, para o inferno! Tanto fazia o que ela poderia ter feito, ele não iria se deixar diminuir por ela.

"Por que o senhor ficou tão calado?", continuou Lisa, "Eu pensei que o senhor sabia de alguma coisa, que estava informado."

"Que eu sei de alguma coisa, hum, que estou informado...?" Com os olhos semicerrados, ele olhou para ela e sentiu, de repente, um desejo avassalador de vê-la humilhada. Percebeu como ela batia os pés impaciente e desafiadora, como ria dele desdenhosa. Mas ela haveria de tremer diante dele, implorando de joelhos. No entanto, ele não sabia o quão difícil estava sendo para Lisa se mostrar tão destemida, como ela sofria por dentro enquanto tentava sorrir por fora. Sentado na poltrona, ele esticou bem as pernas e cruzou os braços: "A questão é a posição do seu marido. As pessoas acreditam que somente arianos deveriam fazer parte da orquestra municipal. Entende?".

Liza quis saber por que então não discutiam isso abertamente, precisavam mesmo acabar com a honra dele, manchar seu nome, se já queriam privá-lo de seu sustento? Além disso, acrescentou ela em um tom mais calmo, eles poderiam ficar despreocupados, pois Krakau iria embora, ele cederia o lugar a um ariano, já que, graças a Deus, ele não dependia da Alemanha.

"Vocês vão para o exterior?", perguntou Wendt em um impulso. Sua surpresa era real, pois ele não contava com essa possibilidade. Isso mudava completamente a situação, e, embora essa solução não lhe fosse desfavorável, não gostou nem um pouco da ideia.

"Gostaria de pedir uma coisa ao senhor", disse Lisa pensativa, agora com uma voz bem mais amena e amigável. "Use sua influência para que o concerto de amanhã possa ocorrer sem percalços, e para nada impedir nossa viagem em seguida."

"Pode ficar despreocupada", replicou Wendt fazendo um amplo gesto com as mãos, apaziguado pelo tom solícito. "Um movimento meu e..."

"O senhor faria mesmo isso por mim? Ah, eu lhe agradeço."

Wendt se levantou e estendeu a mão para se despedir: "A senhora pode confiar em mim. Seu pedido é uma ordem".

É de se notar que Wendt estava plenamente convencido de que poderia parar toda a campanha contra Krakau com um simples aceno de mão. Porém, na realidade, as coisas já haviam tomado seu próprio curso. É impossível dizer até que ponto Wendt pretendia mesmo ajudar a sra. Krakau, mas se pode supor que ele, acostumado a fazer do jogo duplo sua profissão, tinha em mente desde o início jogar uma parte contra a outra a fim de resolver o problema da forma mais vantajosa possível para si mesmo.

15.

"Sabe-se Deus onde esse moleque foi encontrar essa garota", disse o dr. Spitzer. "Mal chegamos aqui e ele já está caidinho por ela. Também gostaria de saber do que conversam, afinal ele não pode ter aprendido holandês em tão pouco tempo."

"Você não entende, querido, para o amor esses obstáculos não existem. E, aliás, talvez ela fale alemão."

O dr. Spitzer e sua esposa estavam enfurnados em um quarto de pensão apertado em Amsterdam. Era um quarto com mobiliário escasso, contendo pouco mais do que o absolutamente necessário. Quase todos os espaços livres estavam ocupados por malas, o que aumentava ainda mais a sensação de desconforto e dava a impressão de que a partida era sempre iminente. Em frente à pequena e redonda salamandra de ferro, que ficava bem no fundo do quarto, estava a sra. Spitzer, encolhida, embrulhada em seu casaco. Não demonstrava interesse nem vontade de continuar a conversa, e o dr. Spitzer, que havia entrado com um bom humor forçado e iniciado a conversa com a melhor das intenções, agora também estava desanimado. Tirou o casaco e procurou um lugar adequado para pendurá-lo. Não encontrando nada apropriado, ele o colocou ao lado do chapéu na cama. Então se dirigiu à janela e olhou para aquele dia de inverno sombrio do lado de fora. Caía uma fina chuva, mais parecida com uma névoa, e apesar de ainda ser cedo já estava escurecendo. Infelizmente, a janela dava para uma rua lateral sem saída, e observar o exterior não era muito gratificante. No entanto, talvez não fosse a intenção do dr. Spitzer observar as ruas e as casas, talvez quisesse lançar um olhar para o seu próprio futuro e o de seus filhos, e qualquer janela servia para isso. Um homem lá embaixo empurrava um carrinho de mão, fazendo muito barulho no pavimento irregular.

"Se pelo menos não estivesse chovendo", disse o médico baixinho para si mesmo. Sua esposa levantou e começou a colocar carvão novo na salamandra incandescente. "Por favor", disse Spitzer se virando, "já não está quente o bastante aqui dentro?"

"Estou congelando", respondeu ela, quase sem voz. Ela sempre reclamava de frio, comendo, na rua, na sala e na cama. A esposa de Spitzer era a personificação do desânimo e da desesperança, uma desenraizada no sentido estrito da palavra. A coitada ainda vivia no passado, para ela não existia nem presente nem futuro. Ela não conseguia esquecer o apartamento maravilhoso, a vida confortável e tranquila em meio a belos móveis e tapetes macios, cortinas brancas e quadros nas paredes. Toda essa atmosfera do bem-estar burguês já era parte integrante dela, ludibriando e a tornando cega para o mundo exterior. No começo do casamento o dr. Spitzer era um jovem médico com a cabeça cheia de ideais flamejantes e com trabalho até o pescoço. Tinha muitos planos na época, sua casa parecia um hospital, um laboratório, e ele sonhava com novas maneiras de ajudar a humanidade. Apesar disso tudo, ele era uma pessoa instável, sempre em dificuldade financeira, pagando dívidas antigas e fazendo outras sem hesitar. Sua esposa havia contribuído com uma pequena fortuna no casamento, e juntos — o dinheiro e a esposa — tornaram o impossível possível e fizeram do impetuoso indomável um bom médico.

Aos vinte e cinco anos, a vida ainda está nas suas mãos; aos cinquenta, não mais... Um quarto de século de uma vida sem preocupações não passa sem deixar marcas. O dr. Spitzer travava uma batalha perdida, estava derrotado, e o fato de ter de lutar ao mesmo tempo em diversas frentes deixava sua condição ainda mais desesperadora. Era preciso superar o próprio desânimo. Os vinte e cinco anos de inércia e acomodação. Muito mais difícil havia sido a completa indiferença de sua esposa. Ela o deixou sozinho. Afinal, de que adiantava ele explicar a ela o quão inúteis eram todos os bens? Apenas o que se pode levar sempre consigo, a cabeça, a mente, os braços, é o verdadeiro patrimônio. Ela o ouvia calada e alheia, ademais, as palavras dele eram pouco convincentes, pois não se pode de uma hora para outra apagar da memória os bens adquiridos. É mais fácil para um pobre se desapegar de suas posses, mas até mesmo um andarilho acostumado a calçar botas se afligiria caso tivesse que caminhar descalço.

Em vão também foram os esforços do dr. Spitzer de manter sua autoridade como chefe de família. Seus filhos não o seguiam mais. Faziam o que queriam sem pedir conselho ou permissão, deixando-o sozinho. Ele até dizia a si mesmo que os jovens deviam seguir seu próprio rumo, sem qualquer consideração pelos mais velhos, mas o fato de todos os esforços dele serem inúteis o magoava. E agora o pior que se podia imaginar aconteceu: o dinheiro acabou e a família estava dependendo do comitê de ajuda. O dr. Spitzer não pôde resgatar muito de sua terra natal, mas apesar de seus temerosos protestos, a família viveu como sempre vivera: hospedando-se em um bom hotel em Paris, indo à ópera e ao teatro, comendo em bons restaurantes. O médico não escondeu dos filhos a dura verdade, mas em vez de ficarem arrependidos, eles, em sua determinação juvenil, se afastaram ainda mais do pai. O que é um pai quando deixa de ser o provedor? Um homem velho, como os outros homens velhos, e talvez até devessem ter mais compaixão dele, talvez devessem ajudá-lo, mas ele não tinha mais direito de dizer que era o chefe da família nem de tomar decisões que valiam para todos.

Alguém estava subindo as escadas íngremes no escuro. Os degraus rangiam e estalavam, e, de vez em quando, ouvia-se um som parecido a um tiro, dando a sensação de que a escada toda estava prestes a desabar. Bateram à porta. A sra. Spitzer, que já tinha virado a cabeça à espreita, se levantou para abrir. Visita? A única coisa que ainda a animava eram as poucas visitas que eles recebiam e faziam. Eram sobretudo famílias burguesas que tinham vivido a mesma fatalidade que eles, com quem podiam conversar sobre os velhos tempos, sobre o que se perdeu e o que passou. Para todas elas, para aquelas damas refinadas que outrora se gabavam de ditar as regras, tudo aquilo ainda não havia terminado. Para elas, aquelas coisas permaneceriam para sempre reais e presentes. Parecia até que com esses sinais externos de prosperidade as almas delas estavam estagnadas no passado, tal qual sombras, que se sentavam juntas e falavam de "outrora".

Não era uma visita, mas apenas um homem simples de boné, um mensageiro ao que tudo indicava, falando um holandês irreverente. Isso também era algo que a sra. Spitzer e tantas outras emigrantes tinham dificuldade de compreender, que ali se falava outro idioma. A ideia de se dedicar a aprender essa nova língua ocorria apenas a alguns, e por isso elas se entregavam à consideração silenciosa de que esse fato era mais uma perseguição, mais um fator para aumentar seu sofrimento. O homem entregou uma carta e não precisava aguardar pela resposta. O dr. Spitzer abriu o envelope com as mãos trêmulas: "É daquele senhor do ministério, sabe? O mesmo de quem recebi a recomendação lá de Paris". Ao ler, sua postura ficou visivelmente mais tensa e, quando passou os olhos pelas linhas, seus olhos brilharam. Ele ficou na frente da esposa e colocou as mãos em seus ombros: "Chegou a hora. Os tempos ociosos, de ficar vegetando sem rumo e sem planos, acabaram. Aqui nesta carta eles comunicam que estão dispostos a aprovar minha entrada nas colônias holandesas e que lá não existem impedimentos para que eu exerça minha profissão".

"Colônias?", perguntou ela, e havia muito mais medo do que esperança e confiança em sua voz. "Onde?"

"A Batávia, por exemplo. Com certeza você já ouviu falar da Batávia. É uma região europeia muito moderna." Ele não mencionou, porém, que muito provavelmente não poderia trabalhar na cidade e que sua licença só se aplicava ao interior. Mesmo sem saber disso, ela não estava muito animada com a ideia de fazer uma viagem tão longa. Tinha medo. Medo de tudo: da viagem de navio, do calor, do clima, do estranho e do desconhecido. Sim, e se durante a travessia algum infortúnio acontecesse com eles? E ele por acaso já havia pensado que ela certamente ficaria enjoada, pois era tão sensível a tudo? Ele procurou acalmá-la o máximo que pôde, satisfeito por parecer, pelo menos, tê-la acordado de sua letargia. Mas ela ainda não havia terminado. O que seria das crianças? E se não tolerassem o clima, se ele não ganhasse o suficiente, se o dinheiro acabasse, se morressem de fome em um país estrangeiro? Uma vez chegado a esse ponto, ela se entregou a todas essas previsões sombrias e começou a sentir pena de si mesma. O médico continuou com um sorriso amigável. Ele a conhecia havia tanto tempo, era preciso ter paciência com ela. Mas o sorriso foi ficando mais custoso à medida que ela não parava mais com as lamentações. O que ela queria afinal?, perguntou ele com firmeza. Eles tinham escolha, ela tinha outra solução para saírem daquele estado catastrófico de coisas? Então a mulher desabou e, em meio a lágrimas, balbuciou: "Agora só falta dizer que a culpa é minha, é aí que você quer chegar, vamos, diga que sou a culpada de tudo".

Coisas muito piores vieram dos filhos. Eles haviam chegado do comitê de ajuda, onde passaram o dia inteiro procurando trabalho. Chegaram em casa com as bochechas vermelhas, úmidos de frio.

"Que clima ruim aqui", disse Kurt, farejando o ar com seu nariz grosso e curto. "Parece que tem alguma coisa errada." Ele tirou o chapéu de cima dos cabelos pretos ondulados e procurou um lugar para colocar o casaco. Era alto e de ombros largos, bem diferente do irmão mais novo que, ao seu lado, parecia pequeno e franzino.

Georg permaneceu em silêncio e olhou a mãe com os grandes olhos sonhadores herdados do pai. Ele sentia a tensão no ar com mais intensidade do que o irmão. Havia muito tempo que os dois não sentiam mais alegria de voltar para casa. Eles não estavam mais acostumados a ficar tão próximos dos pais e achavam a situação horrível, ainda mais porque os pais, na opinião deles, começaram a se comportar como crianças, sempre discutindo ou conversando sobre amenidades.

"Aconteceu alguma coisa?", perguntou Georg enfim, não conseguindo suportar mais o silêncio opressor. O pai, que ainda olhava fixamente pela janela, embora não houvesse nada para ver, se virou para ele. *O papai não parece bem,* pensou Georg, e um sentimento terno tomou conta dele. *As olheiras, os sulcos ao redor da boca, as rugas na testa e os cabelos cada vez mais ralos. Meu Deus, como se pode envelhecer assim em um mês?*

O dr. Spitzer explicou a seus filhos, com voz rouca e palavras áridas, que talvez fossem para as colônias holandesas, onde ele teria a possibilidade de voltar a exercer a medicina. E acrescentou que era preciso aceitar essa proposta — mesmo que em um primeiro momento não parecesse muito atraente —, pois não tinham outra escolha, a não ser iniciar uma nova forma de vida. "Para a Batávia?", perguntou Georg. "Muito provavelmente iremos para lá."

"Sem mim", interrompeu Kurt bruscamente, no tom insolente e rude que costumava empregar com seus pais nos últimos tempos.

O dr. Spitzer ficou pálido, suas veias incharam e as mãos ficaram trêmulas. "O que significa isso, o que você vai fazer?"

"Eu não vou junto", respondeu Kurt contrariando o pai: "Eu vou para a Palestina".

"Você não vai junto, vai embora?"

"Sim, pai, eu não sou mais criança. Hoje eu me inscrevi para um curso de formação onde serei treinado para ser agricultor e depois migrarei para a Palestina."

"Você é um moleque estúpido."

Kurt continuou implacável: "Por que deveríamos ir para um outro país, onde em pouco tempo seremos novamente perseguidos? Nós precisamos nos conformar. A assimilação falhou".

"Falhou?", disse o médico em voz baixa, como se falasse consigo mesmo: "Sim, talvez porque nós não a tenhamos realizado por completo, porque nós nos adaptamos somente noventa por cento e não tivemos coragem de entregar os dez por cento restantes".

"Com essa forma de pensar vocês colocaram a todos nós nessa situação de calamidade. A Palestina é a única solução para nós."

De repente, o dr. Spitzer perdeu a paciência: "Tudo isso é uma bobagem, uma bobagem absurda", gritou ele, "você pensa que vai me bombardear com essas expressões e frases de efeito? Você quer encobrir sua rebeldia com inquietações ideológicas? E você, Georg, também não vai?".

"Não, pai", respondeu ele um pouco envergonhado, "eu não posso. Eu prefiro ficar aqui, você precisa entender, é por causa da Ann."

"Claro, claro, está certo, os queridos filhos viraram homens da noite para o dia."

Do andar de baixo, ouviram o sinal de que o jantar estava pronto. A sra. Spitzer, que até agora estava sentada impassível e silenciosa se levantou e pegou o braço do filho mais velho: "Você não vai me abandonar, né, Kurt? Você vai vir me buscar depois?".

O médico não quis acreditar no que ouvira, o que a mulher dizia era pura loucura. Enquanto desciam, sentiu uma tontura; a escada parecia girar em torno dele, esposa e filhos ficaram imersos em uma neblina embaçada. Ele parou e subiu novamente os degraus com dificuldade. Chegando ao quarto andar, teve um novo e mais forte ataque, e precisou se segurar com as duas mãos nos puxadores da janela, com uma sensação horrível de sufocamento. Ao buscar ar, ofegante, sentiu um braço o segurar pelo ombro. Surpreso, o dr. Spitzer olhou ao redor. Era Georg, que apareceu no escuro atrás do pai. "É que", começou ele, meio sem jeito, "eu não quis ofendê-lo, pai, é só porque eu amo a Ann."

O pai acenou com a mão: "Tudo bem, eu entendo". Aliviado, Georg apertou sua mão: "O senhor não está mais bravo comigo?". Em dois tempos ele já havia sumido na direção da porta. Com dificuldades, o médico caiu sentado na cadeira, apoiou a cabeça sobre os braços e permaneceu imóvel como uma pedra.

A mesma incessante chuva fina, que caía uniforme e silenciosa e que muitas pessoas consideravam o epítome da desesperança, da solidão sombria e cinzenta, era para Georg e Ann como um manto largo e opaco que os abraçava calorosamente e os escondia do olhar das pessoas. Envolvidos em seu amor e na chuva, abraçados, caminhavam pelos canais e pontes da Amsterdam antiga. Lá em cima, em uma das pontes, eles pararam e ficaram olhando por cima do parapeito, as águas negras que refletiam vagamente o brilho dos postes de luz.

"Que maravilha isso", disse de repente Georg com um suspiro profundo, "ah, é bom viver aqui."

"E Paris?", perguntou Ann baixinho a seu lado.

"Todo o passado não importa mais. Amsterdam e o teu amor, isso é o paraíso."

"Dizem que Paris é a cidade do amor", disse Ann.

"Ah, Ann, que nada! O amor está em todos os lugares."

Ann estava usando um gorrinho simples, em vez de um chapéu. Ela tinha um cabelo loiro escuro ondulado que brilhava pela umidade e pelas gotas de chuva que ficavam presas nele. Um pouco mais alta que seus ombros, ela conseguia acompanhá-lo muito bem. Eles caminhavam no mesmo passo, numa consonância única de movimentos, parecia até que respiravam no mesmo ritmo. Embora Georg não tenha insinuado nada, Ann sentiu uma sombra pairando no ar durante o encontro deles naquele dia. Alguma coisa precisava ser dita, algo importante, mas desagradável. Quando eles chegaram do outro lado da rua, Ann puxou Georg subitamente para um beco entre as casas, debaixo de uma sacada que os protegia da chuva. Ela ficou parada na frente dele e o olhou com uma seriedade jocosa. Georg ficou surpreso, e, encurralado, admitiu que ainda precisava dizer algo a ela. Não, não, ele não queria esconder nada dela, mas, mesmo assim, o que tinha a dizer não era tão simples. "Você tem medo da chuva?", perguntou ela, e quando ele respondeu que não, ela disse: "Então me beije".

E, quando ele a abraçou, ali naquele beco escuro, ele sentiu o coração aquecer de maneira maravilhosa, e era impressionante como, naquele abraço, suas forças foram renovadas.

"Minha pequena", disse ele, ao voltarem a caminhar, e havia tanta admiração nessas duas palavras. Ele contou, então, o que havia acontecido, a conversa com os pais e o irmão, a decisão do pai de ir além-mar. "Para a Índia?", interrompeu Ann. "Isso não pode acontecer, nunca!" E ele também balançou a cabeça energicamente: “Nossa separação é impossível! Nós precisamos ficar juntos”. Ele mal terminou de pronunciar essas palavras com firmeza e a imagem de seu pai lhe veio à mente. Era apenas uma fantasia fugaz, mas tão nítida que fez seus passos travarem, tensionando seu coração. O pai estava na janela, de costas para o cômodo escuro, os braços abertos quase parecendo uma cruz viva. Mas será que essa antiga imagem ainda era poderosa? Os ombros caídos, a cabeça cansada pendendo para o lado... “Meu Deus! O papai envelheceu tanto, e agora todos o estão abandonando.”

Ann sentiu o sangue sumir de suas bochechas. Ela hesitou em dizer qualquer coisa para não transparecer a voz trêmula. Era apenas mais uma garota dentre tantas, com um coração mediano, capaz de suportar apenas uma determinada quantidade de sofrimento. Tivera poucas alegrias até então, e Georg era a primeira experiência, a primeira alegria de sua fase madura, a primeira dor de amor da menina mulher. Eram muitas crianças em casa, meu Deus, ela nem sabia dizer exatamente em qual sequência dos sete pirralhos ela estava, e nem importava saber ou não. O pai confundia o nome deles e a mãe quase não se dedicava à prole, pois estava sempre ocupada. Ann trabalhava na fábrica de caixas de papelão. De manhã até a noite, ela dobrava e colava caixas de papelão, separava as folhas ou fazia uso da tesoura. Havia somente uma pequena pausa para o almoço, suficiente apenas para um lanche e para não deixar o anseio de liberdade morrer de vez. Mas, desde que Georg entrou em sua vida, tudo ganhou um sentido: o trabalho duro, o parco salário, os pensamentos e sentimentos reprimidos. Era preciso sofrer para merecer a alegria. Nada era de graça nesse mundo, tudo tinha seu preço e, quanto mais pobre a pessoa era, mais caro ela pagava.

Ao seu lado, Georg falava sobre as possibilidades, ou melhor, as impossibilidades de encontrar trabalho. Era preciso ganhar dinheiro, dinheiro suficiente que permitisse pedir para o pai ficar:

Veja, o senhor cuidou de mim por tantos anos, agora é a minha vez. Mas quanto mais ele falava, mais triste Ann ficava. Ela viu como ele lutava, como ele colocava o amor por ela contra o amor que tinha por seu pai, e ela percebeu que a batalha já estava decidida. Ah, para quê tantas palavras, elas não passavam de um discurso fúnebre para o jovem amor. Ele ainda não era um homem, não estava acostumado a tomar decisões, ainda tinha muito medo de assumir a responsabilidade pela própria vida.

"Mas como você ficou quieta, amor", disse Georg, "me deixou falando sozinho."

"Estou pensando", respondeu Ann, juntando todas as forças que tinha, e por fim, completou: "Quando você vai partir?".

"Partir pra onde?"

"Ora, com seu pai, quer dizer, com seus pais."

Georg ficou indignado: "Nunca. Fora de cogitação, o que seria de nós? Não, Ann, você não pode estar falando sério".

Mas sim, claro que sim, ela estava falando muito sério e isso não significava que a partida precisava ser o fim do amor deles.

"E posso saber como não seria o nosso fim?"

"Paciência, Georg. Como seria se eu fosse te encontrar lá depois? Você procura trabalho, se estabiliza um pouquinho, e daí me escreve uma carta: está tudo certo, você pode vir..."

Georg precipitou-se a interrompê-la: "E você, o que vai fazer?".

"Eu? Bom, eu vou."

"Você faria isso? Faria esse sacrifício, mesmo se..."

"Mesmo se demorasse anos", completou ela, se mantendo, até ali, controlada, a ponto de conseguir olhar o namorado nos olhos e sorrir. Naquela noite, eles ainda conversaram sobre várias coisas e fizeram planos para o futuro. É verdade que a confiança deles se construía de uma maneira um pouco forçada, mas eles gostavam de imaginar as mais lindas e emocionantes imagens, e quando, tarde da noite, por fim se separaram, duas pessoas completamente diferentes foram para casa: um Georg com a cabeça erguida, com passos enérgicos e determinados, e uma pequena Ann, triste, de cabeça baixa com muito medo de dizer adeus.

16.

Fritz Eberle passou por mais uma transformação. Ficou ainda mais taciturno, mas o seu silêncio não era mais resultado do medo ou da estupidez, e sim de sua reclusão. Seus olhos brilhavam com um fogo interior, e ao redor de sua boca se formaram duas rugas desafiadoras. Wendt também notou essa mudança quando o procurou para informá-lo sobre o progresso no caso Krakau. Encontrou Eberle na rua, a caminho da sede do partido, vestido com seu uniforme. Wendt estava determinado a informar da renúncia voluntária de Krakau como se fosse resultado do seu próprio mérito.

"Apenas mais alguns dias, e o caminho estará livre", anunciou o jornalista solenemente.

"Como assim?", perguntou Eberle.

"Krakau está partindo."

"Ele tem de ir embora."

"Isso, ele está cedendo à pressão."

Em vez de agradecer, Eberle soltou uma risada zombeteira e deixou Wendt parado na rua, perplexo, enquanto ele próprio se afastava com passos largos e decididos.

"Caramba, o rapazote está todo cheio de si", praguejou Wendt ao ver as perspectivas de novas comissões diminuírem, mas ainda assim não pôde deixar de sorrir da comicidade da repentina seriedade do aprendiz de padeiro.

Dois fatos haviam reforçado a confiança de Fritz: em primeiro lugar, um novo apoio de alguém por quem ele nutria grande respeito e, em segundo lugar, uma grande satisfação que havia experimentado, e que o fez acreditar em justiça retributiva. A ajuda veio do grandalhão Noltens, o líder de seu grupo, um rapaz gigante e forte como uma árvore, cuja força física por si só despertava a maior admiração. Ele era um valentão, bastante destemido, um lansquenete que tiranizava aqueles ao seu redor de acordo com sua vontade. Certa noite, depois de uma cervejada, Eberle ficou observando Noltens de longe, sentindo admiração por ele. Mesmo que o álcool tivesse afrouxado sua voz, puxou conversa com o valentão, falando sobre si mesmo. Eberle havia encontrado um companheiro em Noltens, isso era um milagre. O que os uniu foi a história de como Krakau humilhou e despachou Eberle da audição. Noltens estava determinado a dar uma lição no judeu, e prometeu a Eberle um apoio enérgico. Dignou apenas um desdenhoso encolher de ombros para as ações de Wendt, pois desprezava os burocratas e mangas de alpaca e enfatizou com alegria que um punho valia mais do que três cérebros miseráveis. Embora valorizasse a antiga virtude germânica da astúcia, não era um grande apreciador de longos preparativos, tampouco da espera. Seu método era lançar a rede e capturar. E assim, nesse caso em particular, ele teve uma ideia que lhe pareceu tão simples que teria sido estúpido não realizá-la. Era um segredo até ali, mas Fritz Eberle estava muito orgulhoso de compartilhar a ideia com Noltens.

A satisfação que Eberle experimentava estava intimamente ligada a Anna, a garçonete. Ele não havia esquecido nem perdoado a vergonha que ela lhe causara. E foi por isso que ele ficou feliz quando descobriu que ela havia sido presa por ofensa racial. Supunha-se que ela tivesse tido algo com um judeu ou meio judeu, o que não era improvável, já que ela havia se envolvido com tantos rapazes. Anna havia sido presa e ninguém tivera notícias dela desde então. *O que esse burocrata conseguiu até agora?*, pensou Eberle enquanto caminhava em direção ao local do encontro. *Publica um artigo no jornal e pensa que virou o mundo de cabeça para baixo. Agora sim é que a coisa vai ficar séria. Finalmente!* E presunçoso, sorriu para si mesmo. De modo involuntário, seus pensamentos vagaram param o passado. Apenas algumas semanas se passaram desde que Krakau o havia humilhado, e agora era ele quem tinha a vitória certa no bolso e aquele que havia se tornado seu inimigo mortal estava prestes a sair de cena.

E se desviarmos, por um momento, os olhos do jovem que caminha por ruas suburbanas, um tanto curvado e desleixado, e o deixarmos vagar por todo o país, veremos o mesmo fenômeno acontecendo em todos os lugares: os Eberles e Noltens avançando, os Krakaus e Jungs recuando e, na dianteira, os Wendts e seus camaradas. Há um vento frio soprando neste país, um vento que corta o coração e faz o sangue congelar. O que está acontecendo? O que está acontecendo aqui? Será realmente um despertar, uma redescoberta da alma do povo com ela mesma, como tem sido proclamado com tanto orgulho e entusiasmo? Será que nada mais é do que uma eliminação natural de forças e influências estrangeiras, como lemos por todos os lados? Mas então, por que os rostos tensos, as máscaras convulsivas que parecem ter esquecido como rir, por que os tantos informantes e denunciantes, por que tamanho terror e violência? Há método demais nesse renascimento, intenção demais nesse espontâneo despertar do povo, de modo que quase temos de acreditar que se trata, na verdade, de um jogo de cartas marcadas, um jogo aterrador, cujas dimensões não podemos estimar e cujos objetivo e propósito não podemos e não queremos compreender.

O grandalhão Noltens esperava por Eberle já impaciente na sala reservada para os membros do partido. "Está tudo pronto", explicou ele com uma piscadela quando Fritz se sentou e deram os primeiros goles nos grandes copos de cerveja. "Vinte rapazes assistirão ao concerto, uniformizados, é claro. Assim que Krakau aparecer, dou o sinal, e o espetáculo começa." Ele bateu com a palma da mão na mesa, e foi assegurado várias vezes por Fritz que sua ideia era excelente. "Depois, cerveja grátis por sua conta para toda a tropa. Sim, rapaz, você não vai escapar disso, senão a encrenca é certa." E também a isso Fritz teve que consentir, gostando ou não; mas isso não era tudo, continuou Noltens: no dia seguinte eles marchariam em frente ao Teatro Municipal com uma equipe reforçada e ofereceriam aos senhores uma serenata, ha! ha! ha! O que ele achava de tudo aquilo? Eberle achava que depois disso continuariam empregando o judeu? Que não o caçariam até os quintos dos infernos? Os jornais também não fariam pouco caso daquilo; fariam, por assim dizer, um escândalo sobre o escândalo, e, se aqueles dois não fossem suficientes, o escândalo que aconteceria em frente ao teatro não seria o último.

Eberle estava aborrecido por ter que pagar a conta para todos, e também ainda não via como os ataques tão brilhantemente concebidos e bem-intencionados resultariam em sua posse do lugar deixado por Krakau. Mas ele concordou com tudo, confiando em Noltens e seu bando. Em seguida, se entregou novamente à conversa, que só era interrompida por goles e risadas, até que Noltens, de repente, se lembrou de seu compromisso. "Anna, a conta", ele gritou com uma voz retumbante enquanto se levantava.

"O quê?", perguntou Eberle surpreso. "Tem uma Anna nova aqui?"

"Não, não, nova nada", riu Noltens. "A mesma de sempre, apenas bastante acabada, se você quer saber."

"Então ela voltou?"

"Sim, não conseguiram provar nada contra ela diretamente, mas ela aprendeu a lição. Nunca mais vai ficar flertando e jogando charme como fazia." E ele se inclinou para mais perto de Eberle, acrescentando em voz baixa: "Outro dia, uns vinte ou trinta dos nossos rapazes pegaram ela e deram uma sova. Imagina só isso, vinte sujeitos como você ou eu; mesmo alguém mais forte do que ela não aguentaria um negócio desse. Desde então, ela está toda pianinho, ha! ha! ha!, mas ela não parece ter ficado muito mais rápida. É uma demora desgraçada só pra conseguir que ela pague uns míseros centavos de troco. Se bem que você pode cuidar disso pra mim, não pode? Estou com uma pressa danada".

Eberle ouviu um zunido nos ouvidos e não conseguiu dizer palavra. Anna aqui de novo, vinte, trinta rapazes, sujeitos como nós; ele e Noltens. Ficou sentado de boca aberta, e Noltens interpretou o silêncio como aprovação. Antes que Fritz pudesse dizer algo, Noltens já estava na porta. "Ô, Fritz!", ele gritou. "Você tem cinquenta marcos com você aí pra me emprestar? Bom, não importa, apenas converse com seu velho sobre isso e facilite as coisas para ele. Espero que ele demonstre gratidão! Até a próxima."

E lá se foi Noltens. Por que todos eles só queriam dinheiro? Primeiro Wendt e agora Noltens. Quase parecia que ele não o estava ajudando por companheirismo, mas sim para extorqui-lo. Eberle de repente voltou a se sentir muito inseguro. Que tipo de tempestade ele estava prestes a desencadear? Isso tudo acabaria bem? E agora ainda essa história com Anna... E justo quando pensou isso, a garota chegou perto de sua mesa. Noltens estava certo. Ela estava cabisbaixa e não olhava mais com tanta audácia para o mundo, parecia pálida e doente. Quando ela reconheceu Eberle, se assustou; ele pôde ver como ela se encolheu de medo, tão incapaz estava de se controlar.

"Vou pagar uma cerveja", foi o que Fritz disse em vez de uma saudação, e se levantou. Anna contornou a longa mesa, juntou os copos e, quando chegou bem perto dele para receber o dinheiro, Fritz sentiu o antigo desejo surgir dentro dele. Não importava que ela não fosse mais tão bonita, que evitasse o seu olhar; pelo menos ela não zombaria e seria humilde. Era de sua natureza chutar os caídos e só ganhar coragem quando o perigo passava.

"Ei, Anna", disse ele com a voz rouca de excitação, "você ainda me deve algo."

Ela lhe lançou um olhar de um cachorro surrado: "Dinheiro?".

"Não, Anna, que dinheiro que nada! Você sabe o que... Lembra daquela noite? Você sabe, quando você riu de mim? Você pode ter esquecido, mas eu não, não esqueço nada do que fazem comigo. Naquele dia, você me prometeu algo", continuou Fritz, segurando o braço dela, "hoje você vai cumprir sua promessa." Ela só precisava olhar nos olhos dele para saber o que ele queria. "Me larga", disse ela, tentando se soltar. Mas ele a segurou com firmeza. "Não, Fritz, isso não, ou por favor, me dê tempo, eu não consigo."

"Você virou freira nesse meio-tempo, é? Lá no campo de concentração ficou só orando?"

"Orar no campo de concentração? Você sabe como é aquele lugar?"

"E você ainda reclama? Uma palavra minha e você volta para lá! E dessa vez, para sempre."

Ela não ousou mais contradizê-lo. Isso não, implorou a moça, ela faria o que ele quisesse, quando ele quisesse, amanhã ou depois de amanhã.

"Nada disso. Nada de amanhã ou depois de amanhã. Hoje, agora."

"Vem", disse ela, mas soou muito diferente do que algumas semanas antes. Ela o conduziu, subindo uma escada estreita em direção ao seu modesto quarto.

17.

Em que outro mundo Lisa Krakau havia vivido até agora? Devido à atual situação, ela deixava sua terra de conto de fadas, provavelmente pela primeira vez, e começava a agir, pois Erich Krakau a deixara responsável por tudo relacionado à preparação da emigração. Ela teve que percorrer caminhos diversos e falar com pessoas que não eram nada amigáveis, tampouco prestativas, e que a dispensavam rapidamente e se escondiam atrás de desculpas, justificativas e mentiras fajutas. Não era fácil mudar de residência. Só fazer as malas e decidir que hoje iria para a Holanda, não, isso não era mais possível. Havia começado uma época em que todos os países estavam estabelecendo regras de imigração, e mesmo o reino mais distante e menos desenvolvido impunha condições quase impossíveis aos imigrantes. Erich Krakau era um artista importante. Deveria ser mais fácil para ele ir para o exterior. Mas não era bem assim, desconfiavam dela, exigiam contratos e certificados, e ficavam criando novas dificuldades e empecilhos, como ela logo descobriu, simplesmente porque ele era judeu. Até mesmo os países esclarecidos, que tanto se orgulhavam de sua liberdade e valores, já não queriam mais judeus. Era como uma doença contagiosa que se espalhava por toda parte e encontrava seguidores e imitadores. Lisa percebeu que, no mundo, o ser humano era a coisa mais dispensável e supérflua de todas. Nesse século de progresso, as verdades mais elementares e os alicerces do conhecimento humano já não tinham mais valor.

Quando Lisa, exausta e fatigada, voltava para casa de suas andanças aparentemente intermináveis e contava ao marido sobre suas tentativas frustradas, não encontrava ouvidos receptivos em Erich Krakau. Ele a ouvia, a aconselhava a ter paciência e calma, mas seus pensamentos pareciam distantes. "Só vamos esperar o concerto passar", talvez dissesse ele, mas não era claro o que queria dizer com isso. Será que ele queria estar ao seu lado quando estivesse menos ocupado, isto é, quando tivesse mais tempo, ou será que ainda pensava que, após um sucesso que tivesse o reconhecimento de todos, toda a ideia de emigração poderia ser abandonada? Ainda havia esperanças? Lisa era pura impaciência e inquietação desde que lera o artigo difamatório e tivera a conversa com Wendt. Ela previa, com todos seus sentidos, o perigo iminente.

Finalmente, chegou o dia do concerto. E não foi surpresa alguma que Lisa tivesse uma recaída justamente nesse dia. Começou nas primeiras horas da manhã com uma tontura que a fez perder a consciência por alguns segundos. Embora ela logo reunisse todas as forças e se controlasse, a palidez cadavérica a denunciava. Quando ela desejou um bom-dia a Erich com um sorriso, ele se assustou. Se ela tivesse reclamado e se deitado, talvez não o tivesse causado uma impressão tão ruim, mas esse sorriso era tão irreal, tão forçado e distante... Ele tocou suas mãos frias. Krakau era supersticioso, acreditava em presságios bons e maus, em intuições e profecias, e o estado de Lisa era, sem dúvida, um mau presságio. Mais uma vez, viu sua situação por alguns segundos com absoluta clareza e sentiu o desejo de fugir imediatamente. Mas como? Desistir da luta poucas horas antes da decisão? *Amanhã farei tudo o que for necessário*, prometeu a si mesmo. *Mas hoje preciso cerrar os dentes e aguentar firme.*

Lisa não pôde acompanhá-lo. Ficou na cama, esperando ansiosa e apreensiva por seu retorno. Até Kaltwasser parecia nervoso. Puxou Krakau de lado quando se cumprimentaram e sussurrou: "Há algo de errado, colega, lá embaixo o clima está muito estranho". Os outros músicos também pareciam nervosos e evitavam a todo custo falar com Krakau.

O salão estava cheio, e isso em si não era motivo para insatisfação, mas entre os espectadores estavam dispersos inúmeros uniformes da *Sturmtrupp*. O que esses rapazes queriam ali? Será que sabiam que um judeu se apresentaria?

Fritz Eberle estava na rua e observava a entrada da sala de concertos com atenção, pois não queria de forma alguma perder a chegada do amigo Noltens. Ele não se sentia bem consigo mesmo. Não estariam indo longe demais? Afinal, sua ação não fora coordenada com ninguém, e tais ações solitárias frequentemente terminavam mal. Se os superiores não aprovassem, eles podiam pagar caro por isso. Quando eram incumbidos de cumprir uma ordem específica, como destruir alguns negócios, quebrar janelas, incitar indignação popular, era diferente. Não tinham responsabilidade, agiam por ordem e tomavam coragem depois de uns goles.

Muitos colegas se sentaram nas primeiras fileiras do teatro, incluindo o maestro Jung e o diretor sênior Brünn. Conversavam em voz baixa e compartilhavam mutuamente suas preocupações. Um deles havia lido o artigo difamatório de Wendt, outro ouvira dizer que haveria um escândalo esta noite, e todos estavam intimidados pelos uniformizados, que lhes pareciam muito suspeitos. O diretor sênior Brünn se sentou ao lado de Jung e sussurrou suas preocupações no ouvido dele. "Krakau está indo longe demais... Não me restam dúvidas de que ele deveria ter renunciado há muito tempo." Ele inclinou a conhecida e bastante apreciada cabeça com muita graça para o lado, considerando o público e o efeito de cada um de seus movimentos. As moças só tinham olhos para ele — era exagero da sua imaginação, ou era realmente isso que estava acontecendo? —, para seus cachos grisalhos que emolduravam a testa alta, os olhos juvenis e os traços nítidos e marcantes. Brünn havia tido um passado glorioso como ator, profissão essa que ainda carregava em cada fibra do seu ser. E não havia um momento em que não pensasse em causar uma boa impressão.

Jung discordava em absoluto do comentário do colega. Aquele extremista tinha a rara e desagradável mania de levar a música, a própria profissão e conceitos como amizade e amor a sério demais, era, como se vê, excêntrico, alguém que no novo mundo em formação só poderia causar desconforto. Dois artistas lado a lado, acredite-se ou não, sem semelhança nenhuma. Brünn era, sem dúvida, um grande ator, mas com uma autoestima inflada, sempre buscando chamar a atenção, enquanto o pequeno maestro, que à primeira vista poderia ser confundido com um contador, era inimigo de todas as superficialidades. Ele era guiado pela intuição, e cada obra que interpretava se tornava, de certa forma, uma criação para ele. Ali também estava o segredo da disparidade de suas realizações e a razão pela qual ele simplesmente não conseguia realizar composições que eram estranhas à sua natureza, uma circunstância que prejudicava sua carreira, pois um verdadeiro maestro de teatro precisa mostrar flexibilidade nesse aspecto. Jung combinava muito mais com Krakau do que com a maioria de seus outros colegas. Krakau era como ele, considerava a profissão uma vocação e colocava a obra acima da individualidade. Eles poderiam ter sido amigos em tudo, não fosse pelo peculiar e excêntrico jeito aéreo de Krakau e o seu sorriso ausente que às vezes repelia Jung. Ninguém poderia se vangloriar de ser íntimo dele. Os momentos em que o violoncelista se tornava animado e extrovertido eram raros e revelavam pouco, mas ele era, em todos os aspectos, um bom colega, a cujas idiossincrasias todos haviam se acostumado com bom humor. Apenas Jung, às vezes, se ressentia dessas esquisitices em silêncio, porque ele venerava Krakau com um amor um tanto ciumento e doloroso.

O que Brünn havia dito? Que Krakau deveria ter renunciado havia muito tempo? Nada poderia ter deixado Jung mais irritado. Ele explicou em voz baixa ao colega que não se podia falar em renúncia de Krakau, pois ele era um dos mais talentosos, se não o mais talentoso dos instrumentistas. Se direito e justiça ainda realmente valessem alguma coisa... Brünn o interrompeu nesse ponto: "Se valessem, mas não valem mais, meu caro amigo, hoje valem coisas muito diferentes, como pertencimento racial, por exemplo, descendência e assim por diante".

"Pro inferno com essas bobagens que arruínam todo o trabalho, onde já se viu algo tão ridículo?"

"Você precisa ser cuidadoso, maestro, o que nos resta senão fazer coro com os lobos?"

"Ah, essa que é a desgraça toda, ter tantas ovelhas que pelo jeito consideram uma honra poder uivar com os lobos."

Brünn ficou ofendido com essa resposta franca e se virou, encolhendo os ombros.

Em um canto da sala, Wendt estava ao lado do policial de plantão que ele havia conhecido recentemente na casa do *Gauleiter* adjunto. Como ele, por princípio, não negligenciava nenhuma conexão, por mais superficial que fosse — porque nunca se sabe quando alguém pode ser útil —, ele havia começado uma conversa com o jovem oficial. Wendt agia de maneira muito íntima, apoiado casualmente em uma coluna, conversando descontraído. Mas seus olhos estavam em incansável atividade, pois tentava encontrar o cabelo loiro de Lisa Krakau na multidão. Havia um ar abafado na sala, apesar do frio invernal do lado de fora. O aquecimento operava no máximo, e o público que estava sentado perto dos aquecedores não se encontrava em uma situação fácil.

"Esse Krakau é mesmo um diabo", disse Wendt, e, como o policial ao seu lado não respondeu, continuou: "Dá pra ver, os judeus ficam tentando dar um jeitinho; a gente tem que expulsá-los mesmo, porque eles não vão embora por conta própria". O oficial olhou para cima, sem saber bem o que dizer. Naquela época, não era fácil ser um bom policial. Não apenas porque era necessário prestar muita atenção e pensar bem antes de falar, mas também porque nem sempre estava claro de quem se deveria aceitar ordens, quais ordens deveriam ser cumpridas e quais não. Havia tantas autoridades, uma mais superior que a outra, e todas dando ordens ou querendo dar ordens, que era fácil ficar confuso. Ocorre que algum rapazinho ou um civil qualquer também solicitavam a um policial que cumprisse esta ou aquela ordem e quando esse, de acordo com seu regulamento, recusava porque só podia receber ordens de seu superior, era punido de maneira draconiana. Tais incidentes davam o que pensar. Era preciso ter cuidado. O policial, que havia sido promovido havia pouco tempo, não era inimigo dos judeus. Pelo contrário, ele considerava o tratamento aos judeus repreensível, cruel e mesquinho. Ele próprio tinha um cunhado judeu, que, no entanto, precisava manter em segredo, e a existência desse cunhado tornava ainda mais necessário que ele fosse cuidadoso e não deixasse transparecer dúvidas sobre sua inclinação, pois, conforme as coisas caminhavam, qualquer pequeno deslize poderia ser usado contra ele. Ele era, portanto, um hipócrita, um farsante, um... Mas espere, não vamos culpá-lo; ele não era melhor nem pior do que milhões de outros que negociavam suas almas no mercado diário em busca do pão. Deveria se opor? Ah, mas ele não se sacrificaria sozinho:

uma jovem, um bebê, dois pais idosos dependiam de seu salário, e seu sacrifício seria como um pingo de chuva no oceano.

Nesse momento, Eberle e Noltens passaram. Fritz parecia nem reconhecer mais Wendt, e, na verdade, seu comportamento estava tão chamativo e antinatural que dava para duvidar de seu intelecto, que, de qualquer maneira, não era particularmente desenvolvido. Com o rosto vermelho, falando alto e agitando os braços, abriu caminho até chegar a seu lugar e trocou olhares significativos e sinais com os camaradas espalhados por toda parte.

O toque da campainha interrompeu de imediato o barulho e a balbúrdia, impondo um silêncio expectante e carregado de tensão. Estava previsto que Krakau e Kaltwasser se apresentariam primeiro. Após a "Sonata para violoncelo", de Beethoven, havia um quarteto de Brahms no programa, do qual Krakau também participaria com outros músicos do Teatro Municipal. Os preparativos no palco foram concluídos e os artistas apareceram. Todos foram recebidos com aplausos. E até mesmo parecia um aplauso excepcionalmente forte, assumindo a forma de uma verdadeira ovação, quando Krakau se aproximou da beira do palco e se curvou várias vezes. Será que os aplausos estrondosos eram para abafar o próprio nervosismo do público?

Eberle, cuja propensão para fantasiar já nos é conhecida, de repente se viu em cima no palco, no lugar de Krakau. Aquilo era completamente diferente de estar naquela pequena cervejaria, onde havia emocionado seus parentes com "Devaneio". Será que ele teria coragem de se sentar diante de tantas pessoas e se apresentar? Seu coração batia forte com essa ideia, e se, por exemplo, agora lhe pedissem para ocupar o lugar de seu concorrente, ele teria preferido morrer a atender ao chamado.

Enquanto os primeiros acordes da sonata pairavam no ar, um assobio agudo ecoou pelo salão. A impressão foi catastrófica, um terremoto repentino não teria sido mais forte. Todos prenderam a respiração. Olharam ao redor... Mas logo começaram a gritar: "Não precisamos de judeus!", "Fora judeus!", "*Heil Hitler!*".

Kaltwasser se levantou, tremendo de raiva, tentando falar, dizer alguma coisa, explicar. O velho nunca havia experimentado algo assim; um escândalo, um verdadeiro e completo escândalo, aquilo era inconcebível. Mas não o deixaram falar, gritavam mais alto, embora alguns bem-intencionados gritassem "silêncio!" ou algo parecido, não conseguiram nada além de aumentar o barulho geral. Mas o que o velho Kaltwasser poderia dizer para acalmar os ânimos? Queria exigir respeito a Beethoven ou explicar que Krakau era seu amigo e um ataque a ele seria um ataque a si mesmo? Ah, coitado, teria feito papel de bobo na melhor das hipóteses. Os uniformizados continuavam a gritar, enquanto Krakau, ainda imóvel, com o instrumento pronto, permanecia em seu lugar. Ele havia tomado um susto, tão despreparado estava para tal manifestação, tão firmemente acreditava no amor e na boa vontade da comunidade artística. O susto foi seguido por uma grande desilusão, e uma expressão de desprezo tomou conta de seu rosto pálido quando enfim se levantou. Como por milagre, fez-se silêncio. Teria sido sua fisionomia, sua expressão imperativa que causou esse milagre? A gritaria se extinguiu por um momento, assim como a ventania de repente para no meio de uma tempestade, e, nesse silêncio, Krakau avançou até a beira do palco, deixou seu olhar percorrer os presentes por alguns segundos e disse apenas uma palavra: "Porcos". E então se virou.

Um uivo foi a resposta. "Pra cima dele! Vamos mandar o canalha para o inferno!" Noltens saltou à frente, erguendo o punho gigantesco, e subiu no palco junto com seus camaradas. "Trucidar", diziam os lábios. "Trucidar", diziam os olhos impiedosos. O judeu havia ousado revidar, mostrou desprezo em vez de submissão, ele precisava morrer.

Wendt não ficou surpreso com os acontecimentos; já esperava algo do tipo. De repente, teve uma ideia, não queria mais permanecer imparcial, queria intervir. Virou-se para o policial, que ainda estava ao seu lado, olhando nervoso para a confusão, e disse: "Leve esse homem em custódia protetiva, falarei com Stübner". Em seguida, o peculiar e estrábico jornalista desapareceu. O policial, temendo fazer algo errado, ficaria agradecido por qualquer conselho que lhe dessem, mas a menção ao nome Stübner deu o toque final; pois Erich Stübner era o *Gauleiter* adjunto. E foi assim que a polícia lidou pela primeira vez com o artista Krakau. Eles intervieram para protegê-lo da multidão enfurecida, uma versão que, embora nesse caso específico não estivesse muito longe da verdade, muitas vezes era apenas um pretexto para se livrar dos indesejados. E ninguém objetaria contra tal proteção, se não fosse, claro, a inacreditável dificuldade de se libertar alguém uma vez colocado em custódia protetiva.

O grandalhão Noltens e seus comparsas continuaram a causar tumulto por um bom tempo até que finalmente invadiram as coxias atrás do palco. Sua raiva não diminuiu em nada quando souberam que a polícia chegara antes deles. Kaltwasser e os outros artistas já haviam deixado o prédio, então não restou nada mais a fazer para os bravos arruaceiros a não ser destruir os recintos em que estavam, quebrar alguns espelhos e fustigar um piano de concerto de tal forma que, ao final, ele se assemelhava mais a um monte de lenha do que a um instrumento musical. O piano gritou quando o primeiro golpe foi desferido, praticamente chorou quando as cordas foram rompidas. Mas eles não se importaram. Para aqueles que não respeitavam a vida humana, o lamento de um piano profanado não significava nada.

O público logo se dirigiu à saída, temendo que as hordas descontroladas, agora incapazes de aplacar sua raiva, pudessem se voltar contra os desavisados ou outros inocentes. E assim terminou essa noite, da qual muitos esperavam muito, com a vitória de um único homem... Fritz Eberle.

18.

Passos apressados ecoavam pelas casas; passos misteriosos vindo de perto e de longe, rastejantes, hesitantes, firmes e corajosos, todos pareciam ter um único objetivo: uma passagem escura em uma pequena rua lateral em algum lugar do centro histórico da cidade, onde os passos, de repente, desapareciam, como se engolidos por um grosso tapete. Esse portal se abria como a garganta escura de um gigante e não parecia se importar com as pessoas que corriam apressadas para dentro dele. E, no entanto, as figuras encapuzadas tinham de parar, sussurrar por entre os dentes uma palavra, para que então a bocarra misteriosa se abrisse.

Também foram esses passos insólitos, sorrateiros e apressados, como batidas latentes à porta, que primeiro aguçaram a audição de Lisa quando ela acordou de um sono inquieto à noite. Demorou um pouco para que o barulho estranho alcançasse sua consciência, mas ela logo se lembrou do momento presente e alcançou o interruptor. Uma hora já havia se passado e Erich ainda não havia voltado. Essa circunstância incomum foi suficiente para que seu coração, cheio de maus pressentimentos, disparasse. Endireitou-se um pouco na cama, tentando ouvir algo através da escuridão da noite. Seus pensamentos corriam em círculos: O *concerto foi até as dez e meia, então ele deveria estar aqui às onze no máximo; meia hora para se vestir e fazer a curta caminhada até em casa. Já é uma da madrugada, o que poderia tê-lo atrasado? Uma celebração? Mas não é de seu feitio me fazer esperar. Ele sabe que não estou me sentindo bem, que estou com dor, que fico preocupada. Meu Deus, esses passos novamente.* Ela pulou da cama e correu para a janela, mas era impossível ver qualquer coisa lá fora. A iluminação da rua era tão deplorável que só tornava as sombras ainda mais escuras e sinistras. Pressionou a testa contra a janela fria e olhou para fora. E, de imediato, sentiu com toda a certeza que algo havia acontecido com Erich, mas era curioso não estar perplexa nem ansiosa, não ter se sentido desamparada e com medo, que não estivesse zanzando pela casa com ansiedade, chorando e tremendo de medo, acordando a empregada ou correndo para o telefone. Era como se uma determinação distante a possuísse, uma determinação que até então estava adormecida dentro dela. "Fizeram algo com ele", seus lábios murmuraram enquanto ela se vestia com pressa. Ainda não sabia por onde começar e nem para onde ir, só sabia de uma coisa: tinha de agir, pois Erich estava em perigo. Um casacão escuro escondia bem seu estado, colocou um gorro e saiu do apartamento sem avisar a empregada. O *tempo de dormir acabou, acabaram-se as fraquezas e doenças, agora tenho de lutar.* O *que será que aconteceu com ele? Todo mundo tem armas, e eu estou sozinha e não tenho nada além da minha coragem.*

Então os passos de Lisa logo se misturaram aos outros e, sozinha, involuntariamente também fez um esforço para que não soassem muito altos, que soassem furtivos e misteriosos, como os outros. Não havia um homem ali, correndo na mesma direção e, um pouco adiante, uma mulher? Ambos estavam encapuzados e, como se guiados por uma mão invisível, entraram na mesma rua. Ali, numa esquina, Lisa esbarrou numa moça. Ela ficou em choque, não esperava por isso, e por alguns segundos sentiu o velho medo e a ansiedade tomarem conta dela, e pensou na falta de rumo, sentido, e na esperança de sua peregrinação. A jovem agarrou sua mão: "Cuidado, a polícia está vindo". E bruscamente puxou Lisa para o portal escuro, que se abriu diante delas. A moça sussurrou uma palavra na escuridão e, de repente, uma porta se abriu e um corredor estreito e escuro a envolveu. A companheira de Lisa parecia ser bem conhecida ali. Desceram um lance de escadas e, uma vez no subsolo, a jovem parou na frente de uma porta e bateu de um modo peculiar, como um sinal. Lisa nem teve tempo de se surpreender, pois se perdeu fitando a abóbada alongada de um porão, que, pouco iluminado, só revelava as sombras de pessoas encapuzadas. Então esse era o destino dos passos furtivos, era para cá que eles vinham.

Aos poucos, os olhos de Lisa se acostumaram com a penumbra, e ela começou a perceber detalhes. Muito longe dela, uma espécie de pódio foi improvisado com caixas, lá havia também a lâmpada que iluminava o rosto de um jovem que subia nesse palco. Um par de olhos convincentes olharam através de armações escuras de óculos para os que ali estavam congregados. "Camaradas, adicionamos novos nomes à nossa lista, gostaríamos de anunciá-los." O homem falou de maneira calma e com uma voz sonora e calorosa. Ao seu redor, uma dúzia de homens sentados em semicírculo pareciam uma espécie de júri. A coisa toda se assemelhava a um tribunal medieval. As paredes do recinto estavam irreconhecíveis, pareciam feitas de figuras obscuras e mascaradas. A jovem ao lado de Lisa apertou sua mão para tranquilizá-la. "Por favor, me explique o que está acontecendo", sussurrou Lisa, mas a moça colocou a mão na boca dela, dizendo: "Pelo amor de Deus, fique quieta". Então a voz do jovem voltou a ser ouvida. Enunciou alguns nomes, que foram repetidos em voz baixa pelos presentes e escritos em uma lista por uma pessoa do semicírculo. "Acima de tudo, peço a vocês que tenham cuidado com pessoas recém-conhecidas, não se deixem levar pelo entusiasmo, cada novo membro deve ser testado. Há muitos espiões por aí que gostariam de nos neutralizar." "Fique calma, eu assumo a responsabilidade", sussurrou a jovem.

"Solicitou-se o registro de mais dois nomes, pedimos que se manifestem." Nesse momento, uma espécie de tensão contida surgiu entre os presentes. "São eles Felix Noltens e Fritz Eberle." Ao ouvir o último sobrenome, Lisa estremeceu, tão assustada que a jovem rapidamente virou-se para ela: "O que você tem?".

"Eberle é o filho do padeiro da Bergstrasse?"

"Você o conhece? Quem é você?"

"Krakau é meu nome, sou esposa do violoncelista Krakau."

A jovem pressionou sua mão de novo, mas de modo mais firme e íntimo. "Fique em silêncio e bem calma agora."

"Alguém se opõe?", perguntou mais uma vez o jovem no pódio. Tudo permaneceu em um silêncio assustador, e aquilo era como um veredito contra o qual não havia recurso. Com um aceno, o jovem então fez um sinal para o escrivão. "Falta uma testemunha de acusação", disse ele, olhando em volta com atenção. Os murmúrios e sussurros que se seguiram foram talvez ainda mais sinistros do que o silêncio sepulcral anterior. Eram como ondas de um mar profundo, e a maré monótona parecia anunciar uma tempestade. De repente, a companheira de Lisa soltou a mão que ela ainda segurava com força e abriu caminho entre as pessoas mascaradas até ficar na frente do pódio. Lisa, tensa e ansiosa, observou suas ações.

"Escreva Anna Schmidt", disse a jovem com a voz firme ao escriba, e então todos os presentes repetiram "Anna Schmidt", como se quisessem memorizar o nome para sempre.

"Camaradas", o jovem retomou a palavra, "por determinação do Comitê Central devo informá-los que devemos cessar todas as atividades por um longo tempo. Trata-se de encobrir traços e não levantar suspeitas. Nossa próxima reunião só acontecerá em três meses, vamos notificá-los da maneira habitual. Até lá, vale o velho ditado: boca fechada e olhos e ouvidos abertos."

Antes que Lisa entendesse o que estava acontecendo com ela, a jovem misteriosa já estava de volta ao seu lado e a puxou com pressa em direção ao corredor escuro. "Rápido, a reunião acabou, você não pode levantar suspeitas." E lá estavam elas novamente na rua, tentando fugir com o mínimo de barulho possível. Não haviam chegado muito longe quando a sirene de um carro da polícia as fez tremer.

"Ainda não", a moça sussurrou ao lado de Lisa, "ainda não, ainda não chegou a minha hora." Logo ela, que até agora era uma guia segura de si, parecia ter perdido o ânimo e precisar da proteção de Lisa, que, ainda tentando atribuir sentido ao que acabara de vivenciar, sugeriu de supetão que a jovem subisse e ficasse em sua casa, se necessário. Anna Schmidt imediatamente aceitou e a seguiu.

"Por favor", sussurrou Lisa para Anna Schmidt com medo de acordar a empregada: "Me diga o que sabe sobre Erich Krakau".

Anna se sentou em uma poltrona baixa e olhou para Lisa: "Você está esperando uma criança?", perguntou, e quando Lisa acenou afirmativamente, acrescentou: "Você vai precisar ter muita coragem".

Anna se sentiu estranhamente atraída pela mulher loira e pequena, então chegou bem próximo dela e pegou sua mão: "Que mãos delicadas você tem, meu Deus, talvez não seja digna de falar com você e de tocá-la, porque, como você pode ver, eu sou realmente uma criatura desgraçada, sim, uma verdadeira escória, e é bom no final que eu seja execrada, assim como se joga fora o que não presta. Quero que escute tudo o que sei e tudo o que deseja saber. Seu marido está em segurança, para o azar de uns tais de Felix Noltens e Fritz Eberle, mas infelizmente não é a segurança que esperávamos. Então, antes de mais nada, mantenha-se calma e não se aflija". A jovem parecia ter bebido. Falava com a franqueza de uma pessoa que se avalia de fora, como se ela própria fosse alguém estranho. "Como eu posso ser tão bem informada e saber de tudo, e quem eu sou? Veja, eu sou Anna, a garçonete, é só ir lá perguntar no Tília Verde, e vão te dizer quem eu sou, A Anna, ha! ha! não é aquela?... Mas vamos deixar isso pra lá. Todo tipo de plano sórdido contra Erich Krakau foi tramado na minha presença. Decidiram a estratégia e, hoje, celebraram juntos a vitória. Fritz Eberle, o garoto inquieto cheio de inveja e ódio, e o líder Felix Noltens, que enforcaria o próprio pai por alguns marcos e um pouco de cerveja e aguardente. Os dois e mais vinte homens foram à sala de concertos para dar vazão à sua ira e dar ao judeu o que ele merecia. Com certeza não foi culpa deles que não tenham conseguido dar o que o judeu merecia, pois a polícia interveio e o levou sob custódia protetiva."

As expressões "polícia" e "custódia protetiva" assustaram Lisa, pois até mesmo em seu mundinho ela compreendia algo acerca da natureza daquela custódia, que geralmente era imposta contra a vontade daqueles que precisavam da proteção.

"Deve ter sido muito divertido na sala de concertos", continuou Anna, "os músicos nem chegaram a tocar quando a bagunça começou. Contaram que o velho Kaltwasser ficou fora de si e que o marido da senhora foi até a beira do palco e chamou todos de porcos. Ah, ele não poderia ter escolhido um termo melhor. Depois disso, é claro, eles queriam seu sangue, e certamente não teria sobrado muito dele se a polícia não tivesse intervindo. Foi mais ou menos o que os meninos contaram quando voltaram ao Tília Verde para comemorar a vitória, porque agora a vaga da orquestra ficou livre." Lisa se sentou apática e perdeu o olhar nos pequenos padrões do tapete. Tentou imaginar Fritz Eberle, o filho do padeiro, sim, ela se lembrava do menino, mas mais nítida era a lembrança do rosto radiante de orgulho maternal da sra. Eberle. Talvez tudo tenha começado no dia em que ela disse seu nome. Afinal, ela não sabia o que havia acontecido nesse meio-tempo, e lhe parecia difícil imaginar que apenas a ambição doentia de um menino imaturo poderia ter sido a faísca inicial de tudo aquilo. Então tinha a ver com uma vaga na orquestra, a vaga de Erich, mas seria possível substituir Erich Krakau pelo sardento Fritz Eberle? *Se ele tivesse me ouvido, já poderíamos estar bem longe. Mas ele não quis abandonar o trabalho, e agora está sendo forçado a largar tudo.*

Lisa estava muito triste e quase aos prantos. "E o que você vai fazer agora?", Anna perguntou com compaixão. "Sim, eu devo fazer algo, algo deve ser feito; isso é muito difícil, e eu estou tão sozinha..." Ela fez um movimento desesperado com a mão. "Eu vou te ajudar", disse Anna, "de toda forma, já estou te ajudando. Não, eu não sou um anjo que quer se sacrificar pelos outros; eu vou com você porque estamos no mesmo caminho. Ha! ha, Anna Schmidt e a pequenina sra. Krakau; formaremos uma dupla estranha, mas alguma coisa nós vamos conseguir fazer, não é?"

Lisa começou a andar de um lado para o outro. "De agora em diante", disse ela sem cerimônia, mas com a voz calma e firme, "não haverá outro pensamento em minha cabeça além de libertar o meu marido."

"E você não quer retaliação, nem vingança?", perguntou Anna, se levantando também.

"Não, nada disso, que Deus tenha piedade deles."

"Então eu cuido dessa parte."

"Da vingança?", perguntou Lisa, de pé, parada muito perto dela; pela primeira vez encarou a jovem e viu um brilho perigoso em seus olhos, um lampejo sinistro no fundo daquele estranho par de olhos verde-acinzentados.

"O que era aquilo? Me explica a que tipo de reunião assistimos e que registros estavam sendo feitos."

"Sim, a reunião e o registro. Você tem razão em achá-los um pouco estranhos. São homens e mulheres que se opõem ao atual regime e que, silenciosamente, com toda a cautela, preparam ali a revolução. Um grupo terrorista anárquico, se quiser chamá-lo assim. Mas não tenha medo, não somos assassinos nem jogadores de bomba, não há sangue em nossas mãos. Nem sequer nos preocupamos em executar nossos oponentes, fazemos isso com a ajuda do registro. Isso não pode sair daqui, pelo amor de Deus, tudo o que eu estou te dizendo é segredo, um segredo perigoso. Não se trata, como você pode estar pensando, de gravarmos os nomes dos maiores criminosos e malfeitores para destruí-los mais tarde, quando chegarmos ao poder. Não é uma 'lista dos proscritos'. É o registro dos nomes dos nossos inimigos, aqueles que cometeram um crime ou uma crueldade particular. Você está entendendo? E daí, quando chegar a hora certa, essa lista de membros vai parar nas mãos das autoridades, que então vão se gabar de terem descoberto uma nova conspiração. Bem, você sabe como esses senhores lidam com os traidores. Não vamos precisar sujar as próprias mãos. Mas eles também não vão convencer ninguém que são inocentes, por isso sempre tem alguns membros efetivos que juram ter visto isso ou aquilo num dia e local determinados. São as chamadas testemunhas de acusação que..."

"... se sacrificam", disse Lisa completando a frase. "Você também deixou que seu nome fosse para o registro?"

"Você vai admitir que é um registro maravilhoso."

"Um registro diabólico, mas por que você quer se sacrificar?"

"Se você pertence a um grupo terrorista, precisa estar pronta para dar a vida a qualquer momento."

"Mas você voluntariou seu nome, por quê?"

"Tem gente para quem a vida não vale mais nada. Então, por que não realizar uma última boa ação antes de jogá-la fora?"

"Por que você está disposta a se sacrificar? Fale-me de você, Anna, por que você está tão infeliz?"

"Minha vida está em ruínas, um monte de lixo, quero contar tudo, se você quiser ouvir, mas não temos tempo para isso agora..."

19.

Joachim Berkoff, diretor artístico do Teatro Municipal, era um homem metódico e pontual. Havia alguns amigos em seu entorno, amigos bem-intencionados, que compartilhavam da opinião de que seu amor pela ordem e pela pontualidade não só era uma virtude, mas acima de tudo um pedantismo. E eles tinham razão. Por puro instinto de autopreservação, Berkoff, cujo desejo de divagar e sonhar prevalecera por anos, criou e estabeleceu leis e regras para se tornar um membro útil da sociedade humana após anos de ociosidade. Um "membro útil da sociedade", de acordo com sua muito orgulhosa, velha e bem-sucedida família, era uma pessoa que se encaixava no mundo, e quanto à utilidade, deveria valer primeiro para si e depois para o clã. Naquela época, entretanto, ele sonhava em ser útil de outra maneira; pensava em servir à humanidade, ao mundo inteiro. Mas, como ele finalmente percebeu, isso não passava de sonho, e em vez de deixar seus pensamentos vagarem decidiu ordenar, alinhar a própria vida segundo regras autoimpostas. O ponteiro de seu relógio marcava os minutos com exatidão, garantindo que o cronograma fosse cumprido.

Pontualmente às oito e meia ele limpava a escada do prédio residencial de cima para baixo e, quando se encontrava no degrau mais rente ao chão, puxava seu relógio de bolso de ouro e então parava por um instante para se certificar de que eram mesmo oito e meia. Com a mesma atenção meticulosa, ele cuidava de suas roupas. Vestia-se com tanto esmero e decoro que desfrutava da fama de ser um homem muito elegante, o que não o incomodava nem um pouco. Ninguém suspeitava de como muitas vezes se tornava difícil e incômodo para ele seguir os mandamentos e aderir às regras que ele mesmo havia imposto, ainda que estivesse tão acostumado com aquilo que raramente se dava conta de que vivia assim. Mas um jugo não deixa de ser um jugo quando você se acostuma a ele; uma corrente segue sendo uma corrente, um grilhão continua sendo um grilhão, mesmo que quase não o sintamos depois de usá-lo diariamente.

O jovem Joachim havia se transformado no homem Berkoff, e ambos tinham muito pouco em comum. O homem carregava suas algemas com decência e controlava a juventude dentro de si, e isso talvez pudesse explicar essa estranha contradição em suas feições, as rugas severas ao redor da boca não pareciam combinar com os olhos gentis e bondosos.

"As coisas não estão andando como deveriam", disse o zelador do teatro, enquanto entregava o jornal e a correspondência ao diretor artístico. Balançou a cabeça como para enfatizar que não, não estavam como deveriam, e se retirou para o seu canto. Berkoff se preparou para abrir o jornal, sendo a leitura matinal um dos primeiros elementos de seu ritual diário. Mas curiosamente seu olhar permaneceu imóvel, dirigido para longe, e parecia não ver nada. Se virou para o zelador: "O que não está andando como deveria e como não está andando?".

"Sim, senhor diretor, há algumas coisinhas que já não dão prazer. Eu quis dizer que já tivemos dias melhores, não, não, o que estou querendo dizer é dias mais agradáveis, mais leves, quando as coisas se resolviam com maior facilidade, mas hoje... o senhor me entende." O zelador, um móvel antigo que já fazia parte do prédio assim como o cheiro de mofo das coxias ou a corrente de ar nos corredores que compunha a peculiar atmosfera teatral, tinha cabelos brancos como a neve que ele não aparava. Na rua, costumava usar um grande chapéu de abas largas, sob as quais seus longos cabelos brancos espreitavam, pitorescos. Quem o visse passar assim, de longe, devia pensar que se tratava de um ator. Ele sentia muito orgulho dessa circunstância e sua maior alegria era quando alguém de fato o tomava por um artista e se dirigia a ele. Entretanto, ele havia sido tudo na vida, menos um artista de sucesso e, em sua carreira nos palcos, nunca progrediu além da função de ponto, aquele que fica escondido atrás da coxia e lê o texto em voz baixa ou dá os avisos — embora corressem boatos de que ele, com seu sibilo terrível e comportamento trágico, fizesse o elenco e o público rirem. Ele não gostava de falar sobre aquele ponto baixo de seu passado, mas sempre insinuava que sua vida também já pertencera aos palcos e que incidentes aconteceram, circunstâncias que o forçaram a desistir de tudo, a abandonar sua carreira, e sim, é por isso que ele estava ali hoje, um velho, uma vítima de tal destino fatídico, apenas um zelador, apenas um faz-tudo. Entretanto, ninguém poderia desejar um faz-tudo mais eficiente, tampouco um zelador com uma mente mais notável e com tais modos. É por isso que a maioria o tratava como um colega. "Meier", diziam, "será que vai dar certo hoje à noite?" E ele piscava de maneira sugestiva, franzia a testa e cruzava os braços sobre o peito, e, antes de cuspir com força, dizia: "Tem que dar, diabos!".

"Então não estamos satisfeitos", o diretor retomou a conversa, "temos do que reclamar."

"As coisas não estão andando como deveriam", insistiu Meier.

"O senhor veja, por exemplo, os rapazotes que agora se acham os senhores de todos os lugares, e ainda tem a história com o nosso colega Krakau..."

"Com o Krakau? O que tem o Krakau?"

"Bem, senhor diretor, não quero aborrecê-lo, mas o jornal... o senhor não leu o jornal?"

Claro... O jornal, ele tinha dado uma passada de olho, mas não lido. Estava começando a ficar descuidado. Seria o cansaço, a velhice começando a dar as caras? Ou então outra coisa, algo que já sentia havia muito tempo e nunca ousara nomear. Seria isso, afinal, repulsa? Nojo que tirou o seu prazer, um asco que lhe estrangulava? O diretor artístico se levantou bruscamente e parou diante da janela; parecia ter esquecido da presença do velho Meier. Com os olhos semicerrados, viu o pálido sol de inverno espreitar por trás das nuvens. *Neve*, pensou melancólico; foi apenas uma breve pausa, um descanso, um respiro longe das obrigações. Era assim o tempo todo, ninguém sentia mais vontade de fazer nada e preferia deixar as coisas acontecerem como quisessem. O medo de abrir o jornal pairava no ar e as pessoas pareciam estar sempre com a consciência pesada. Por que o medo, por que a consciência pesada? Pensando bem, tudo começou mais ou menos na época em que chegou a famigerada carta para Krakau. Se naquela época tivesse... Com súbita determinação, pegou o jornal que ainda estava sobre a mesa e começou a ler. Não demorou muito em sua busca; o relato do tumulto da noite anterior estava anunciado em letras grandes, na primeira página. A reportagem era bem detalhada e muito emocionante — aliás, foi escrita pelo sr. Wendt — e trazia detalhes de tudo o que valia a pena saber, todas as fofocas, todas as calúnias sobre Erich Krakau. Não poupava acusações contra os responsáveis, os que ainda toleravam a presença do judeu, sim, que até o apoiavam, e mostrou como o povo, por fim, não tinha outra escolha a não ser recorrer à autodeterminação se não quisesse mais suportar aquela afronta. O artigo falava do surto espontâneo da raiva popular e culminava na certeza fulminante de que toda a população se sentia na mais perfeita consonância com seu Führer e compartilhava sua aversão e repulsa por seres de espécie e raça diferentes. Berkoff não conseguiu dizer uma palavra. O faz-tudo Meier emergiu novamente de seu canto e ficou perto do diretor artístico, olhando por cima do ombro: "É disso que eu estava falando, a coisa do Krakau, veja, e poderíamos ter evitado".

Berkoff se virou para ele quase com raiva: "Evitado? Como?".

O velho ergueu as duas mãos como se estivesse se defendendo: "Não quis ofender o senhor, só quis dizer que...".

"De fato, ele poderia ter sido afastado há muito tempo", acrescentou Berkoff com um sorriso amargo, mas Meier balançou a cabeça com tristeza: "Não é isso. Afastar ou demitir o Krakau. Ele é um bom sujeito, alguém de quem todo mundo gosta, quer queira, quer não, um desses homens quietos que trabalham e não se gabam, não explodem de vaidade. Quem está no ramo há tanto tempo quanto eu sabe de tudo, conhece essas pessoas. Não, logo no início era possível ter feito algo, quando a coisa toda começou. Mas é aí que mora o problema, pois todo mundo pensa que não pode ajudar, que é fraco demais e que tudo é inútil, e assim ficam os cavalheiros parados, observando e observando... e colaborando". Berkoff mordeu o lábio inferior, nervoso, mas não disse nada. O velho zelador do teatro, por outro lado, ao ver que nenhuma objeção foi feita, prosseguiu, há muito tempo queria dizer isso, mas era somente um homem simples, que teve uma educação medíocre e devia tudo o que é e o que tem a si mesmo, que nunca teve a oportunidade de colocar em palavras tudo o que pensava e sentia. Mas agora falaria: "É uma desgraça para a cultura, uma verdadeira desgraça cultural", e começou a gesticular efusivamente com as mãos à medida que ficava mais agitado. "Isso com Krakau e essa coisa com os judeus em geral. O que Krakau, por exemplo, tem de diferente de nós, hein? Ele não se parece com um de nós, e não sente e pensa como um de nós? Esse disparate de que são diferentes, de que estão explorando e parasitando, talvez sirva para enganar esses meninos imaturos desocupados por aí nas ruas. Isso é pura demagogia, nada mais. Mas os bons cavalheiros nas altas posições, os finos e cultos cavalheiros olharam e deram de ombros, e aqueles que observam e não fazem nada estão colaborando, só digo isso."

"Não é só isso", respondeu então Berkoff. "É a máquina, o Estado, o rolo compressor que está crescendo de maneira assustadora e está ameaçando esmagar todos nós. Nem todo mundo ficou paralisado, caro Meier, como o senhor diz, algumas pessoas protestaram, mas no fim não puderam fazer mais nada a não ser se despedir. O senhor acha que ameaçar pedir demissão é uma arma? Acha que as pessoas teriam medo disso?"

Meier não estava satisfeito. Ele insistiu que muito havia sido negligenciado no início de tudo e que as pessoas agora tentavam se esconder atrás de digressões e oferecer desculpas esfarrapadas. Agora, é claro, já era tarde demais para qualquer ação, mas naquela época, no início, algo ainda poderia ter sido feito; uma rejeição unânime e coerente de todas as pessoas bem-intencionadas e de sentimentos normais teria derrubado moralmente todo o movimento. "O senhor é um idealista, Meier", disse o diretor artístico, "e ainda muito jovem, apesar de seus cabelos brancos. Vá chamar o Brünn e o maestro Jung para mim, preciso falar com eles."

O dia estava confuso. A correspondência ainda não havia sido verificada, os assuntos urgentes não haviam sido marcados na agenda e o relógio já marcava dez horas. Havia um ensaio para uma nova peça em meia hora, que ele queria muito ver. Parecia feitiçaria. E não é que Jung também tinha uma questão urgente para discutir e um importante ensaio de orquestra marcado? Ele se dirigiu à mesa de trabalho para se certificar dos compromissos consultando seu bloco de notas, mas parou no meio caminho. Sentiu-se nauseado, a consciência pesada o atormentava como nunca.

Brünn entrou, rechonchudo e sorridente. Se apressou em direção ao diretor artístico e o cumprimentou com sua habitual efusividade: "Diretor, o senhor precisa ver Fernbach no novo papel. Ela está se saindo bem. Será uma grande estrela! Mas, pelo amor de Deus, não deixe ela perceber que o senhor está satisfeito, senão a moça logo ficará convencida". Riu alto e com sinceridade, aquela sua risada retumbante, que ressonava no peito e na cabeça. "O senhor vem mais tarde para o ensaio?" Só então, quando recebeu apenas um aceno de cabeça rápido como resposta, ele se deu conta da expressão séria de Berkoff. "O senhor havia mandado me chamar, diretor?"

"Sim", respondeu Berkoff com a voz carregada. "Eu queria discutir algo com você, um assunto muito sério, relacionado a um colega, o caso Krakau."

Antes que Brünn pudesse responder — e parecia que ele não tinha pressa em se manifestar — Jung entrou. O pequeno maestro estava agitado como sempre, mas agora estava pálido e tinha uma expressão séria; ninguém jamais o vira assim. Jung ficou intrigado ao ver Brünn, pois presumia que se tratasse de uma das reuniões de sempre. O diretor artístico informou em poucas palavras por que o havia chamado e em que assunto desejava a sua opinião. "Porque", concluiu ele, "veja bem, não podemos mais fechar os olhos e fingir que tudo está correndo como antes. Krakau é nosso colega e está sob custódia."

"Precisamos tirá-lo de lá", disse Jung, mal escondendo sua agitação, "não há muito o que se discutir a esse respeito."

"Como o senhor imagina que faremos isso, maestro?", interveio Brünn. "Nós vamos lá, nós três, e simplesmente o tiramos de lá, assim? Quando a polícia prende alguém, não solta tão fácil."

"Uma injustiça foi feita contra Krakau, uma injustiça completamente vil e baixa, uma grande afronta foi cometida contra ele e, portanto, contra todos nós."

"Paciência, senhores, paciência. Se exaltar tanto assim ajuda em algo? Devemos primeiro considerar as opções e os caminhos práticos. Pensei em pagar uma fiança e apresentar um pedido de libertação do detido, em nome dos colegas, por meio de um advogado. No entanto, antes disso, gostaria de ouvir as opiniões dos senhores a esse respeito."

Jung comunicou imediatamente sua aprovação à proposta de Berkoff, enquanto Brünn quis primeiro saber como a situação se desdobraria, isto é, se Berkoff pretendia assinar o requerimento sozinho ou qual era o plano. "Não", respondeu o diretor artístico, "eu pensei que nós três assinaríamos em nome de todos os colegas, pois uma única assinatura provavelmente seria um tanto fraca."

Brünn concordou com cada ponto levantado, obviamente que ter três assinaturas é melhor do que uma, mas, com a mesma legitimidade, o requerimento também poderia ser assinado por todos os colegas. Virou-se para um lado e para o outro, cuidando para manter seu sorriso amigável no rosto. Eles não deveriam pensar, de forma alguma, que ele não compartilhava os mesmos sentimentos por Krakau, que não faria tudo ao seu alcance para libertar o colega da prisão indigna, mas... e ele parou para enxugar a testa com um pequeno lenço.

"Mas?", perguntou Berkoff com um sorriso sutil, sagaz.

"Bom, eu acho que, por esse caminho, não alcançaremos nada além de nos comprometer." Jung queria saber em que sentido poderiam se comprometer ao apoiar um colega. "Não apenas isso, queridos amigos, nós nos tornaremos suspeitos, suspeitos de sermos amigos de um judeu."

"Então, desembuche de uma vez, Brünn, o que o senhor sugere?", perguntou Berkoff.

O que ele sugeria, na verdade, não era muito mais nem muito menos do que... nada; fazer nada.

"O quê? Então desistiremos de Krakau?" "Cruzar os braços!?", disseram Jung e Berkoff quase ao mesmo tempo.

Eles não deviam culpá-lo por não compartilhar das mesmas ilusões; era simplesmente a natureza dele dar nome aos bois. Ele não dava esse conselho por covardia ou preguiça, nem por falta de interesse, muito menos de amizade, mas porque enxergava a inutilidade do procedimento e porque todo o seu ser se opunha a desperdiçar tempo e energia. Berkoff argumentou que poderiam ao menos tentar; se não ganhassem nada, pelo menos não teriam perdido nada, e, aos seus olhos, a omissão equivaleria à cumplicidade.

"Sim, se ao menos as coisas fossem assim, caro diretor, isto é, se só fosse possível ganhar e não perder nada. Mas abram os olhos, meus caros senhores. Olhem ao redor." Ele então estendeu teatralmente as mãos e desenhou um amplo arco no ar. "Um vento diferente está soprando, e muita coisa mudou. Não podemos nadar contra a corrente, nenhum de nós pode."

Jung e Berkoff mergulharam em um silêncio constrangedor, ambos desconfiados dos próprios pensamentos. Se a exaltação de Brünn fosse genuína, significaria então que teriam de ficar alertas. No entanto, quem poderia saber se o próximo, mesmo sendo amigo, já não estava prestes a mudar de lado e desistir de uma luta inútil e perigosa antes de a luta ao menos começar? No entanto, Brünn, ao perceber que ninguém respondia, notando até mesmo o silêncio de Jung, embora com os dentes cerrados, continuou. Aos poucos, ele foi abandonando suas reservas, tornando-se mais livre em seu discurso e abrindo mão cada vez mais da ideia de parecer estar, ao menos internamente, de acordo com eles, condenando a ação da multidão. Mas por quê? Por que ele deveria disfarçar? Ser a favor de Krakau não significava se opor ao poder estabelecido? Ele não queria de forma alguma ser considerado um opositor do governo, tornar-se um suspeito. Ele não era mais um rapazote, não era um combatente, não era revolucionário, e não pretendia trocar seu pão de cada dia por alguns ideais incertos. Explicou isso a eles da maneira mais lógica possível. Isso, portanto, eles não podiam exigir dele, mas se houvesse qualquer outra maneira de tomar alguma providência… Entretanto, esse era o curso que o mundo seguia: é cada um por si, e cada indivíduo, sem dúvida, vai colocar seus próprios interesses em primeiro lugar. "Essa é a lei da vida", concluiu ele com um gesto grandioso.

"A lei da selva", acrescentou Jung de maneira mordaz.

"Isso também, se o senhor preferir. A selva, ah, há uma representação mais perfeita de nossa existência do que a selva? Vejam como tudo se projeta em direção à luz, em uma luta árdua e implacável, como a trepadeira envolve a árvore para conseguir subir, ficar acima dela. Flores e arbustos, árvores e animais, somente observem, cavalheiros, uma única massa lutadora e combativa, cada ser inimigo mortal do outro; apenas o ser mais forte vence, mas o fraco, aquele que cai, é derrotado nessa competição assassina, também ele não viveu em vão. Em decomposição, ele se tornará um novo solo fértil para novas espécies fortes."

"Bravo!", disse Berkoff secamente. "Muito bem dito. Que magnífico orador o senhor é. Agora só falta nos dizer se considera Krakau um dos fracos e esse jovem Eberle um dos fortes. Querido Brünn, todas as comparações são deficitárias e essa é particularmente claudicante, ela manca de maneira repulsiva. Não parece que os fracos estão prestes a derrotar os fortes aqui nessa selva? Como uma intriga da natureza ou talvez alguém tentando interferir nos assuntos de Deus."

Imediatamente, a insegurança voltou a tomar conta de Brünn. Talvez sua convicção fosse demasiado imatura e ainda não testada, ou talvez ele mesmo sentisse que não era bem um ato louvável não ajudar um colega em apuros, e, de certa forma, considerações ideológicas aqui poderiam parecer meras desculpas, ou ainda, talvez ele visse em Berkoff, apesar de tudo, seu chefe, isto é, o homem de quem ainda dependia. Seja como for, ele perdeu um pouco da compostura. E agora Jung, o pequeno e delicado maestro, se colocou à sua frente, diante do grande e forte homem, e olhando para ele como se o desafiasse, disse: "Então é isso, Brünn? O senhor não fará nada por Krakau? O que o senhor falou sobre o mais fraco e o mais forte e a lei da vida e da autopreservação parece muito bonito, mas, cá entre nós, o senhor não acredita nisso, não é mesmo? Ah, faça-me o favor, o senhor não pode estar falando sério".

Mas não havia sorriso algum no rosto de Brünn em resposta à reprovação de Jung. Pelo contrário, sua expressão se tornou ainda mais gélida e reservada. Assim, Jung deixou de encará-lo e começou a falar de novo, andando de um lado para o outro: "Nisso que o senhor chama de política, de modo geral, eu nunca me envolvi e não tenho planos de fazê-lo. Eu só acho que na profissão que escolhemos só pode haver uma medida: o desempenho pessoal, a habilidade, o talento. Aonde chegaríamos se, de repente, começássemos a julgar por meio de outros critérios? Quiçá por descendência, por linhagem ou por religião. Desculpem-me, mas isso seria ridículo e idiota, seria como querer medir água em côvado em vez de litro. E, além disso, eu acho que, apesar de todas as ideologias, dogmas e cosmovisões, há uma voz em nosso peito que nos diz infalivelmente o que é certo e errado, ou seja, que nossa consciência é uma balança sensível que se inclina sem hesitação para um lado ou para o outro. E, nesse caso, só pode haver um veredito: foi feita uma injustiça contra Krakau. Ele foi vítima de um ataque da escória. Sim, Brünn, é a escória que está nos atacando e quer nos puxar para baixo junto com ela. Defenda-se".

Assim encurralado, Brünn se refugiou em uma audácia. Se Jung estava tão ansioso para ajudar Krakau, que o fizesse, pelo amor de Deus, ninguém o impediria. Mas ele mesmo, não, ele não se envolveria em nada daquilo. E estava decidido, ele não se juntaria aos dois. Afinal, quem sabe que tipo de declarações eles poderiam deixar escapar, declarações que poderiam custar-lhes suas profissões e liberdade. Ninguém poderia impedi-lo de cuidar de si, e se, por exemplo, Berkoff quisesse arriscar seu cargo, isso era problema dele, e ele, Brünn, não se meteria nisso. Não expressou tudo isso dessa forma, mas deixou claro o suficiente. Sem dúvida, também já estava considerando a possibilidade de que, se Berkoff se comprometesse demais, um possível novo diretor artístico poderia facilmente se chamar Brünn.

"E essa é, senhores", disse ele concluindo, "mais ou menos a minha opinião, que talvez eu tenha expressado com um pouco de exagero e com demasiados detalhes, mas, meus senhores, nesse caso não se trata apenas do assunto de um colega, e sim de uma questão de princípio, e me perdoem, eu não brinco com isso." Brünn então se retirou, orgulhoso e suado, com ar de homem ocupado que não quer mais ser incomodado.

"Quando as pessoas começam a falar de seus princípios, toda discussão se torna desnecessária. Não há crueldade, vilania ou baixeza no mundo que não possa ser desculpada ou justificada por um dogma, um princípio, por assim dizer", disse Berkoff, enquanto abotoava os três botões de seu paletó, como se estivesse com frio.

"Considero o ódio aos judeus um dos produtos mais perniciosos e repugnantes da estupidez humana", respondeu Jung. "Parece não haver remédio para combatê-lo e nenhum povo, nenhum país parece imune. Veja a Polônia, a Rússia, a Romênia, até mesmo na França houve o caso Dreyfus."

"Ah, não, o senhor não deve comparar tais situações. Em que

um país inteiro entrou em comoção por causa de um único judeu, onde um Zola pôde fazer suas acusações. Terra afortunada. Tente fazer isso aqui, acusar os culpados, os verdadeiros culpados, quer dizer, dar nomes a eles e colocá-los em evidência. Ah, meu caro amigo, não vão deixar você nem começar a falar! Hoje em dia não se permite que o oponente fale, por aqui proíbem a própria boca de se abrir, e é daí que vem essa inédita unidade fabulosa, sem contradições, de um povo inteiro."

Jung subitamente retomou sua caminhada pelo recinto e marchava de um lado para o outro, com a cabeça baixa. "Deixe para lá, diretor", disse ele. "Prepare o requerimento e no lugar de uma assinatura conseguirei cinquenta outras."

"Ah, sim, caro maestro", foi a resposta de Berkoff, acenando amigavelmente para Jung, "O senhor se lembra daquela situação com a bandeira, quando não queríamos permitir que hasteassem a nova bandeira nacional no teatro, e quando por fim tivemos de permitir? Naquela época já deveríamos ter pedido demissão."

"Discordo. Aguentar é o que temos que fazer, permanecer em nossos postos, pense que temos responsabilidades."

"Muito bem, mas o senhor também está pronto para resistir e permanecer no seu posto, se talvez houvesse outro diretor e se essa pessoa... bem, no final das contas, fosse Brünn?"

Por um momento, Jung encarou o diretor artístico assustado: "O senhor está falando sério, diretor? Meu Deus, agora vejo tudo, começo a ver para onde estamos indo".

Quando Berkoff saiu com Jung pelo corredor, Meier, o zelador do teatro, foi até eles com gestos agitados.

"Ela está aqui", sussurrou ele, agindo como se estivesse prestes a revelar um terrível segredo.

"Quem está aqui?", perguntou Berkoff.

"Ah, eu sabia que isso aconteceria", foi a resposta um tanto incompreensível. "A própria, diretor, e ela exige falar com o senhor."

"Mas diga logo quem é!"

Meier se inclinou bem perto do ouvido do diretor artístico e sussurrou em um silvo sinistro: "Ela, Lisa Krakau".

Berkoff mordeu os lábios e voltou para seu escritório. "Por favor, deixe-a entrar", disse ele com a voz um pouco carregada.

"O que o senhor vai dizer a ela?", perguntou o maestro.

"Bem, temo que o que tenho a dizer não será muito reconfortante."

"Sim", disse Jung, enquanto se preparava para sair, "precisaríamos ser mais fortes, muito mais fortes."

Ora, se Berkoff esperava encontrar uma mulher trêmula e lacrimosa, ele estava enganado. Embora sua voz tremesse um pouco ao cumprimentá-lo, ela não deu a impressão de estar angustiada ou sem esperança. Suas bochechas estavam levemente coradas e os olhos cintilavam de coragem e raiva. *Esta mulher...*, pensou Berkoff, *não me disseram que ela estava doente e precisava de cuidados especiais?*

Lisa se sentou na única poltrona na sala escassamente mobiliada e olhou para o diretor artístico. *Que homem magro, e que ombros curvados ele tem*, passou por sua cabeça. Ela o conhecia apenas superficialmente e estava pela primeira vez sentada frente a frente com ele.

"É sobre meu marido", disse ela com uma voz sombria. "O senhor sabe o que aconteceu com ele?" E logo ela demonstrou que estava muito bem orientada, muito melhor do que o próprio Berkoff. Ela conhecia Eberle e sabia da trama que havia sido armada para privar seu marido de seu sustento e honra, da raiva invejosa e infantil do padeiro, e sim, até mesmo dos artigos difamatórios que haviam aparecido nos jornais contra ele. "E chegamos a esse ponto. A noite de ontem deveria ter sido um ponto alto para Erich. Era como se ele quisesse provar a si próprio que ainda tinha razão de estar aqui, que o lugar dele ainda era neste teatro, no meio e ao lado de seus colegas." Por um instante, sua voz ameaçou falhar, mas ela se recompôs. "É como uma ironia do destino. Imagine, nos últimos dias não fiz nada além de preparar nossa emigração, e, depois do concerto, tudo seria logo colocado em prática."

"A senhora tem planos de emigrar, justo a senhora?"

"Por que o senhor se assusta? Eu já previa que coisas assim aconteceriam."

"Meu Deus! A senhora previa isso?"

"Sim", respondeu Lisa com um leve sorriso. "Bem, não exatamente assim, e também não faz muito tempo que comecei a enxergar tudo com nitidez. Na verdade foi só depois de ler um artigo numa revista e conhecer aquele tal de Wendt. Além do mais, o senhor sabe, às vezes uma mulher sente mais do que um homem pode deduzir."

Berkoff se levantou abruptamente e pareceu que retomaria seu lugar à janela. "Sra. Krakau, a senhora deve amar muito seu marido."

De repente, as lágrimas vieram aos olhos de Lisa. "Ajude-me, sr. Berkoff. Ajude-me a libertar Erich."

"Eu gostaria muito de fazer isso, mas duvido que minha pouca influência possa lograr algum êxito."

"Isso não é verdade, qualquer pessoa pode fazer a diferença, só que a maioria pensa que sua contribuição é tão pequena que não vale a pena fazer um esforço. E a omissão é muito mais conveniente..."

Era a segunda vez naquele dia que Berkoff ouvia essa acusação, mesmo que com outras palavras.

"Não sabemos o que pode acontecer, sr. Berkoff, não sabemos o que significa ser levado sob custódia protetiva. Pode ser que tudo corra bem e que ele seja libertado em breve, mas por que não deixam falar com ele, por que impedem qualquer contato e recusam qualquer informação? Dizem que coisas terríveis já aconteceram."

"A senhora já esteve lá, digo, a senhora já foi até a polícia?"

"Sim, mas foi inútil, eles nem mesmo quiseram me dizer se ele está lá ou não."

Berkoff olhou perplexo para a mulher diante dele. "Estamos planejando redigir um requerimento, Jung, eu e vários colegas. Estou disposto a arcar pessoalmente com uma fiança. Bem, eu não sei se vai adiantar. Meu advogado precisa assumir o caso, eu sou um pouco desajeitado nessas coisas, se a senhora me entende." Ele fez um gesto de cansaço e sorriu, como se estivesse se desculpando. "Deveríamos ligar para ele", acrescentou um pouco mais animado e pegou o telefone. "Sim, vou falar com o dr. Max, ele é o homem certo para a ocasião."

Lisa não tirou os olhos de Berkoff enquanto ele tentava entrar em contato com o advogado. Com os olhos arregalados, ela acompanhava cada movimento do diretor artístico e parecia querer ler cada palavra de seus lábios antes mesmo de serem pronunciadas. Demorou muito tempo até que a conexão fosse estabelecida, uma eternidade até que o dr. Max fosse chamado ao telefone. Berkoff começou a explicar o que havia acontecido, o que ele próprio pretendia fazer e perguntou o que o dr. Max aconselhava. As respostas foram curtas e, aparentemente, sem muita deliberação. Então, de repente, Berkoff colocou o telefone de lado. "Ele é um sujeito engenhoso", disse ele, fazendo um sinal para ela. "Vai resolver isso."

"Mas o que ele disse?"

"Espere um momento, ele vai me ligar de volta. Parece que tem ótimos contatos; vamos esperar um pouco."

A atenção de ambos agora estava concentrada no pequeno aparelho, enquanto seus pensamentos se moviam em direções diferentes. Era difícil dizer o que Lisa estava ponderando; seus nervos tensos pareciam impedi-la de pensar em qualquer coisa além de se perguntar dolorosamente: onde ele pode estar agora? E ainda: não será tarde demais?

Berkoff, por outro lado, não conseguia desviar os olhos da pequena mulher. Sim, era verdade, ela estava grávida. Krakau tinha contado a ele havia muito tempo, e ainda assim mal dava para perceber. Talvez os quadris estivessem um pouco mais largos, os seios um pouco mais cheios. Mas... e então foi interrompido pelo toque do telefone. Berkoff se levantou de imediato e pegou o aparelho. Era a ligação esperada, mas dessa vez era Berkoff que ouvia, e o outro que falava. Quanto mais ele falava, mais consternado ficava o diretor, e mais curtas e monossilábicas eram suas respostas. "É", disse Berkoff, quando a chamada terminou, "que inferno, isso é enlouquecedor." Ele se agitou, perdeu a paciência de repente. "Parece que estamos em um hospício."

"O que ele disse?"

"Parece que não vai ser tão simples, foi o que o dr. Max disse. Ele também não obteve nenhuma informação, pelo menos nenhuma da qual pudesse deduzir algo. Mas presume que alguém está interessado no caso, uma pessoa influente."

"E se o senhor fosse pessoalmente, o senhor mesmo, o diretor artístico Berkoff", disse Lisa suplicante, "e mencionasse a fiança..."

"O dr. Max me desaconselhou com veemência a fazer qualquer coisa por conta própria. Quer primeiro sondar o terreno." Ele omitiu, é claro, que o advogado havia lhe dado o conselho de se afastar do assunto para não se queimar. Mas Lisa retomou o assunto: "O senhor tem de me ajudar! A quem mais posso recorrer? Esqueça por um momento que é perigoso, não pense que isso ou aquilo possa acontecer, pense apenas que não há nada mais magnífico do que ajudar".

"Não é bem assim, devemos lidar com essas coisas com calma, cautela e ponderação. Agindo de maneira precipitada não conseguiremos nada. Devo eu, um cavaleiro errante, ir até o castelo inimigo, ou a senhora quer se tornar um carcereiro, assim como Leonore? Não é assim, não é bem assim, mas... quando se trata de influência, quando alguém tem um interesse especial no caso, só uma pessoa pode nos ajudar. Meu Deus, por que só agora me ocorreu isso? Oertzen! Albert von Oertzen! O *Gauleiter*! Éramos camaradas na guerra e Deus sabe que ele me deve uma."

Lisa balançou a cabeça. "Mas se ele é *Gauleiter*..."

"Von Oertzen é um homem de honra. Mas agora, por favor, a senhora deve ir, para não perdermos mais tempo."

Deixado sozinho, Berkoff permaneceu imóvel e de pé atrás da mesa, olhando para o horizonte. "É tão pouco o que podemos fazer", murmuraram seus lábios quase silenciosos. "Bem, o pouco que está ao meu alcance será feito."

20.

Na casa do mestre padeiro Eberle, pelo contrário, reinava a mais pura alegria. E não apenas Fritz, que caminhava como que em êxtase, mas também seu pai e sua mãe estavam orgulhosos e satisfeitos. O caminho estava livre, e agora era apenas uma questão de poucos dias até que o filho ocupasse o lugar vago. Agora, o loiro e sardento Fritz, que ninguém imaginava que pudesse fazer qualquer coisa que prestasse, realmente se tornara um artista. A sra. Eberle ouvia feliz e absorta as palavras do marido. "Eu não disse naquela noite, quando Fritz tocou aquele negócio lá? Ele tocou tão bem, aquele moleque. Todos ficaram encantados, lembra?"

"Claro que sim", lembrou a mãe, "Como eu poderia esquecer esse dia?"

"E ele passou anos perambulando por essa casa, e ninguém sabia do que ele era capaz."

"Eu...", tentou argumentar a mulher.

"Cale-se", interrompeu o mestre padeiro. "Você sempre o mimou e protegeu demais. Se eu não o tivesse tratado com rigidez, ele nunca teria se tornado o que é agora."

Assim, Fritz se tornou o centro e o orgulho da família, e o tio Arthur foi rapidamente informado. O mestre padeiro usou o telefone para comunicar que Fritz em breve entraria para a orquestra municipal. Quando ele informou ao irmão que o inconveniente do Krakau havia acabado de ser removido do posto, Arthur não pôde deixar de responder que isso não garantia que a vaga seria de Fritz. Expulsar um velho e colocar um novo eram coisas diferentes. *Ele está com inveja*, concluiu o pai, *por não ter conseguido fazer nada para ajudar o sobrinho. A verdade é que Fritz fez tudo sozinho.* Ele estava cheio de um amor recém-descoberto por seu filho.

E o jovem loiro? Bem, além da satisfação pela vingança bem-sucedida, havia outro sentimento nele. Esse homem que tanto o humilhou estava agora exatamente onde deveria, e a sua mais profunda humilhação havia sido recompensada. Mas quando nada mais aconteceu e ninguém chegou para convocá-lo para o lugar vago, Fritz foi ficando inquieto. Procurou Noltens, mas este não queria mais saber do assunto, e quando o garoto o pressionou, o grandalhão se tornou rude: "Não sou tão tolo, meu caro, para colocar o dedo nisso. Não sou sua babá". E então perguntou se Fritz achava que lhe conseguiria um cargo de ministro em troca de uma cerveja. Na verdade, Noltens estava desconfortável e temia que a aventura pudesse ter consequências desagradáveis. A intervenção repentina da polícia e o completo desaparecimento de Krakau o fizeram acreditar que surpresas não podiam ser descartadas. Fritz se tornara então mais experiente na triste descoberta de que é muito mais fácil destruir outra pessoa do que se estabelecer sobre as próprias pernas. Em sua angústia, ele se lembrou do primeiro mentor, Wendt.

Então Fritz foi no seu encalço. Heinrich Wendt já não morava na obscura rua suburbana, onde ocupara dois pequenos quartos. Custou a Fritz algum esforço para descobrir o novo endereço do jornalista. Os vizinhos eram lacônicos e afirmavam não saber de nada; alguns nem sequer admitiam que conheciam a pessoa procurada, tratando com desconfiança o jovem que ainda lutava para vencer a timidez. Enfim, em uma tabacaria, ele descobriu o que procurava, e um bocadinho mais. Um homem idoso de cabelos grisalhos e olhos selvagens estava atrás do balcão e ficou imediatamente inquieto quando Fritz mencionou o nome de Wendt. Perguntou se ele estava ali para pagar as dívidas do jornalista. "Não? Bem, o exímio senhor chamado Wendt certamente não perde tempo pagando contas." E ainda acrescentou: "Ele é tão econômico que nem gasta dinheiro com as coisas que compra". Fritz começou a gaguejar e explicou que só queria saber o novo endereço de Wendt e que não sabia nada sobre suas dívidas. "Jornalista? Essa é boa. O senhor também tem dinheiro para receber dele?"

Wendt havia tido alguns êxitos, pois agora morava em um pequeno apartamento em um bairro cercado de áreas verdes e jardins floridos. Ele havia retomado sua antiga profissão, usando sua revista para chantagens que rendiam lucros bastante convenientes. No entanto, passou a agir com mais cautela e sutileza do que antes. Agora que mais uma vez estava subindo pela escada escorregadia e traiçoeira do sucesso, não queria colocar sua sorte em risco por nenhuma imprudência. Alegava proteger apenas interesses nacionais e patrióticos, e as vítimas escolhidas sabiam muito bem como uma difamação em sua revista, agora influente, poderia ser fatal.

Wendt não estava em casa. Fritz esperou quase o dia inteiro. Ficou na escada e rondou a frente da casa, quase incitando a esposa do porteiro a chamar a polícia. Finalmente Wendt subiu as escadas em companhia de uma jovem elegante, vestida com peles. Ele ficou surpreso ao ver o aprendiz de padeiro e mal conseguiu esconder a irritação: "O que você quer, Eberle? Estou sem tempo".

Que presença, que postura magnífica e, ah que maravilha, Wendt quase parecia não ser mais vesgo. Bem-vestida, até a pessoa mais humilde causa uma impressão confiável. Wendt passou por ele, dirigindo algumas palavras explicativas à acompanhante. "Já está tarde", respondeu ela com uma voz bem aguda, "você sabe que tenho ensaio daqui a uma hora." Uma atriz de teatro, então. Eberle a encarou como se ela fosse uma aparição. O casaco de pele macio e sedoso, as pernas finas e longas nas meias de seda; *caramba, como o sujeito conseguia fazer isso?*, pensou Fritz cheio de inveja, enquanto Wendt destrancava a porta da casa e deixava a dama passar à frente. Quando Fritz percebeu que Wendt estava prestes a entrar no apartamento e que sua longa espera seria em vão, uma raiva desmedida o dominou. "Sr. Wendt", gritou, "nós ainda temos assuntos inacabados." E subiu a escada em três saltos, postando-se ao lado de Wendt, que o olhou intrigado. "Agora é hora de cumprir o contrato." Inacreditável o que esse mancebo se permitia. Em vez de ficar grato por não ter sido jogado escada abaixo, se atreveu a adverti-lo. Wendt o examinou de cima a baixo com escárnio. A qual contrato se referia, se ele pudesse ter a gentileza de ser mais específico. "Este é", disse ele à moça, que apareceu curiosa na porta — agora sem casaco — "o aprendiz de padeiro Fritz Eberle, um grande violoncelista, o sucessor de Krakau." E se segurou para não rir.

Fritz esqueceu todas as inibições. "O dinheiro o senhor pegou rapidamente, não é? O dinheiro pelo qual vivia implorando. Mas agora, quando alguém vem exigir algo que já está pago, o senhor se torna o mais nobre dos cavalheiros."

"Eu te proíbo de falar assim."

Agora era Eberle que estava no controle; só precisava levantar a voz para deixar o outro em situações cada vez mais embaraçosas. "Para que o senhor pegou tanto dinheiro, para mobiliar um apartamento caro, comprar coisas chiques? Eu vou lhe dizer para quê, parece que o senhor não se lembra mais."

"Se acalme, ou vou te jogar para fora, seu rapazinho insolente." E um pouco mais calmo, reassumindo um tom zombeteiro, Wendt continuou: "Então o senhor não está satisfeito com os meus sucessos. O que mais quer, se me permite perguntar? Não é o bastante que eu tenha mandado prender Krakau?".

"O quê? Foi o senhor que mandou prender Krakau?"

"Quem mais o faria, talvez o senhor mesmo, ou o seu estranho comparsa Noltens? Bem, mas o que não estava no nosso contrato é que eu tivesse que lhe ensinar a tocar violoncelo."

Fritz ignorou o deboche e então disse, com um tom quase suplicante: "Sr. Wendt, meu pai talvez esteja disposto a investir mais um pouco de dinheiro se o senhor puder alcançar o que pretendíamos naquela época".

Wendt o examinou com os olhos semicerrados. "Bem", disse ele por fim, "vou ver o que posso fazer."

"Esse Eberle", explicou ele um pouco mais tarde à jovem, enquanto se acomodava confortavelmente numa poltrona, "esse aprendiz de padeiro loirinho que você acabou de ver, é um verdadeiro fenômeno. Por que eu não desisto dele, por que me envolvo em empreendimentos arriscados por causa dele? Eu vou te dizer, nunca vi tanta incompetência combinada com uma autoestima inabalável, nunca vi tanta força de ódio. Dê a esse homem um mísero sucesso, e ele é capaz de grandes coisas — de destruir grandes coisas."

Após essa profética digressão, a jovem, ocupada em desabotoar alguns botões teimosos de seu vestido, perguntou se ele iria ficar filosofando a noite toda, pois, se esse fosse o caso, ela preferiria ir resolver algumas outras coisas.

Mas onde estava Erich Krakau? Por que era tão impossível obter informações sobre seu paradeiro? Ele não estava desaparecido nem havia sido sequestrado para um local desconhecido, mas estava sob a custódia segura da polícia. A princípio fora colocado em uma sala que tinha pouca semelhança com uma cela de prisão, o que o fez acreditar que sua estadia seria temporária. No entanto, as primeiras horas se arrastaram como uma eternidade, e quanto mais calmo tudo ao seu redor ficava, mais inquietos seus pensamentos se tornavam. Depois de terem trancado a porta e o deixado completamente sozinho, Krakau ficou atordoado; tudo havia acontecido tão rápido que ele não teve tempo para se recuperar. Então, a solidão fez seu efeito. Não havia passado nem meia hora quando Krakau se levantou e bateu na porta. Mas tudo permaneceu silencioso e imóvel, assim como a sólida porta de carvalho. Levou um tempo para perceber que seus esforços eram apenas um desperdício de energia. Exausto, se jogou na cama e tentou acalmar seus pensamentos. Aquela interferência durante o concerto havia sido claramente planejada, mas será que arquitetaram também sua prisão? Ele não queria acreditar nisso. Parecia mais plausível que a ação precipitada e um tanto imprudente do policial, que o considerou em perigo, fosse a razão de sua reclusão. Então era possível que fosse solto em breve, sim, ele deveria ser liberto, pois qual seria o motivo de mantê-lo sob custódia? Até agora, as perspectivas pareciam bastante reconfortantes, mas apesar dessas considerações otimistas, parecia improvável que ele fosse liberado naquela noite, e a ausência de qualquer guarda tornava impossível entrar em contato com o mundo exterior e informar Lisa do seu paradeiro.

Ela não estaria esperando ansiosamente por ele há horas? Como ela suportaria aquilo no estado em que se encontrava? Foi então que ele ouviu uma porta se abrir em algum lugar, um som fraco chegou aos seus ouvidos, e imediatamente pulou e bateu outra vez com os punhos na porta. “Ei!”, gritou, “abram a porta.” Mas seus esforços pareciam não provocar nem mesmo um eco.

Então, Krakau começou uma caminhada de horas pela sala, indo e vindo, enquanto seus pensamentos seguiam círculos estreitos e cada vez mais apertados, assim como seus passos. Só ao amanhecer a exaustão o jogou na cama e o deixou encontrar um breve e inquieto sono.

Acordou com o som de vozes, o tilintar de louças e tigelas. Levou alguns segundos para se lembrar de onde estava. O café estava sendo trazido para ele, isso estava claro, e provavelmente o velho que colocara a bandeja na pequena mesa trêmula era o encarregado disso. Mas o que os outros queriam? Oficiais entraram na sala, alguns de uniforme, outros à paisana, entre os quais Krakau pensou ter reconhecido o jovem oficial que o trouxera até ali. Agora, outro senhor de uniforme, um homem corpulento com um rosto largo e bem-humorado, apareceu. Acreditando que Krakau ainda estava dormindo, começou a dizer ao jovem oficial: "Não há nada para descobrir. Ninguém quer saber de nada ou quer se envolver no assunto. O melhor é soltá-lo".

"Mas", interrompeu o outro, "o senhor telefonou para Stübner?"

"Como se isso fosse simples assim. Ele deve estar na cama roncando. Nem as trombetas do Juízo Final o acordariam."

Todos riram, pois era bem sabido que o *Gauleiter* adjunto passava as noites de bar em bar.

"Não, não vai dar", interrompeu o jovem oficial, ambicioso e nervoso, "não podemos libertá-lo antes de falarmos com Stübner, porque me deram a entender que ele está interessado no caso."

Com isso, todos se prepararam para sair. Foi então que Krakau se levantou. Recomposto e calmo, ficou de pé diante dos oficiais. "Eu lhes asseguro", disse ele com a voz rouca e sonora, "que o sr. Stübner, de quem o senhor acabou de falar, não me conhece e possivelmente não tem qualquer interesse em minha pessoa."

"Veja bem, meu caro Krakau", respondeu o gordo, olhando

para o prisioneiro com benevolência, "o senhor não entende; nem sempre nós entendemos o que está acontecendo por aqui."

"Sinto muito", acrescentou o jovem oficial com polidez, "por não poder fazer algo pelo senhor nesse momento."

"Permita-me pelo menos informar minha esposa."

"Se o senhor quiser escrever algumas linhas, não há nenhum impedimento para isso."

Krakau se viu sozinho mais uma vez; agora, no entanto, com uma xícara de café fraco e algumas fatias de pão com manteiga, e com a consoladora certeza de que pelo menos estavam cuidando dele. Porém, embora tivessem permitido que ele escrevesse, não tinham pensado em trazer papel e tinta.

E essa suposta carta teria que ser transmitida de alguma forma depois; mas esse raciocínio lógico não pareceu ter ocorrido a ninguém. Ainda assim, o humor de Krakau teve uma melhora considerável. Até mesmo considerou a possibilidade de Lisa já ter descoberto o que acontecera e ter sido avisada de que ele estava sob custódia. Quanto mais ele pensava, mais convencido ficava dessa suposição, e encontrou conforto na ideia de que a incerteza dela já teria sido aliviada. De repente, uma nova fadiga o dominou. Uma necessidade incontrolável de dormir o forçou a se deitar. "Vamos esperar para ver o que acontece", disse ele em voz alta, "se quiserem algo comigo, vão me acordar."

Não quiseram nada com ele. Apenas um funcionário mirrado trouxe um prato de sopa por volta da hora do almoço e colocou sobre a mesa. Isso não despertou Krakau, e o funcionário retirou a sopa com a mesma indiferença tranquila quando voltou e encontrou o prato intocado. Quando Krakau acordou, já estava escurecendo. Pulou da cama, alarmado por ainda estar no mesmo lugar, e achando ainda mais incompreensível que já fosse noite. Como Krakau não sabia do aparecimento e desaparecimento do prato de sopa, convenceu-se de que ninguém havia se importado com ele desde cedo pela manhã, e, de repente, lhe ocorreu o terrível pensamento de que iriam deixá-lo morrer de fome naquele local. Ele se lembrou de algumas histórias que contavam, todas levando à conclusão de que o infeliz prisioneiro acabava tirando a própria vida como último recurso para não enlouquecer. Céus, aquela hora do crepúsculo parecia existir para gerar pensamentos terríveis. Correu até a janela, que se abriu com facilidade, mas acoplada a ela havia grossas barras de ferro a título de grade. A porta também estava firmemente trancada. Droga... Como estava frio. Ele se apressou em fechar a janela, mas isso pouco adiantou, a sala não tinha aquecimento. Ele estava no meio do recinto e sentiu o frio subindo pelas pernas. Medo. Senhor Deus, medo do desconhecido, do escuro, do frio, medo de enlouquecer... Mas não, não o esqueceram; passos ecoaram pelo corredor e se aproximaram da porta. Krakau ouvia com a respiração suspensa. E agora alguém destrancava a porta, talvez fosse o funcionário gordo trazendo a notícia de sua libertação. Certamente perceberam que não havia mais perigo e que ele poderia ir para onde quisesse. Nada disso. Não era um funcionário, mas três jovens vestidos com o uniforme de uma *Sturm-Abteilung* surgiram na frente dele. Agora, não o chamavam mais de "sr. Krakau", os rapazes da SA adotavam um tom bruto militar, e "o judeu Krakau" foi conduzido para fora da cela. Foi escoltado por um homem de cada lado e um na frente. No caminho, Krakau pensou em fugir. Os dois rapazes à sua esquerda e à direita pareciam fracos, e ele poderia facilmente lidar com eles. Mas, mesmo que o ataque surpresa fosse bem-sucedido, a perspectiva de escapar dali era muito pequena. Não conhecia o prédio em que estava, nem saberia que caminho tomar para escapar dos perseguidores. Pelo visto, chegaram ao destino. O líder levantou a mão e eles pararam em frente a uma porta.

Atrás dela havia uma sala mal iluminada. Com um gesto, o líder do grupo mandou que Krakau entrasse.

"Eu exijo uma explicação", disse ele, "com que direito estão me mantendo prisioneiro aqui?" Todos riram em resposta; estavam se divertindo tanto com o "eu exijo" quanto com a palavra "explicação" e, na verdade, com todo o comportamento do judeu. "Entre ou levará uma surra", gritaram, "entra logo na jaula judia." Mesmo após terem fechado a porta atrás de Krakau, tiveram vontade de soltar uma gargalhada: "Ele exige explicações, ha! ha! ha!, tomara que ele não acabe amassando o colarinho engomado".

"Seja bem-vindo à jaula judia", disse uma voz. Krakau virou a cabeça surpreso. Aqueles rostos pálidos e distorcidos, que pareciam flutuar no ar dos dois lados da cela retangular, eram reais ou fruto de sua imaginação hiperativa? Depois que seus olhos se acostumaram à penumbra, reconheceu os corpos pertencentes às cabeças fantasmagóricas e viu que algumas pessoas estavam sentadas em dois bancos rústicos de madeira à sua frente. "Onde estou?", perguntou em voz baixa, enquanto passava a mão pela testa, como se quisesse afastar as sombras.

"Sente-se, meu jovem", disse uma voz grave em dialeto judeu. "Estamos contando nossas experiências uns para os outros para passar o tempo. Alguns de nós, o senhor deve saber, estão indo de um campo de concentração para o outro, alguns estão indo para lá pela primeira vez." O orador era um velho com uma longa barba e suíças, o único que mostrava a aparência típica de um judeu do Leste.

"Eu não", respondeu Krakau, "eu não tenho nada a ver com isso. Não cometi nenhum crime."

"Nenhum de nós cometeu", foi a resposta. "Ninguém fez nada além de ter sido concebido por pais judeus."

Krakau se sentou em meio ao silêncio geral que se seguiu a essas palavras. "O senhor é Krakau, o violoncelista", disse alguém se levantando, "eu conheço o senhor." Quem disse isso foi um velho que mal conseguia se manter em pé. Seu rosto era quase invisível na iluminação débil, só seus olhos assustadoramente brilhantes se destacavam, espetados entre bochechas pálidas e encovadas. "Quantas vezes meu filho me falou do senhor e me chamou a atenção quando o senhor passava pela rua, 'aquele é Erich Krakau, ele é um grande músico'. Meu filho, meu Joseph." E ficou lá no meio da sala com as pernas tortas, uma figura tragicômica. De repente, cobriu o rosto com as mãos e caiu de joelhos. Soltou um pranto num tom horripilante e estridente: "Deus, ó Deus, como me castigastes".

Krakau achou o comportamento do velho incômodo e intrusivo. Os gritos feriam seus ouvidos. Ele gostaria de ter gritado algo como "se controle, seu velho chorão!".

O velho parou de gemer de maneira tão abrupta quanto começara. "Ouçam o que me aconteceu", começou com uma voz anasalada. "Ouçam o que fizeram comigo." Estendeu os braços e exclamou: "Senhor, tu és minha testemunha de que só falarei a pura verdade. Todos vocês me conhecem, bem, quem não conhece o velho Nathan Schifnagel, quem não conhece a minha loja, onde se pode comprar coisas usadas, quase novas, por uma pechincha. O Senhor me açoitaste; onde está a loja, eu pergunto a vocês, onde está a placa Nathan Schifnagel? Espezinhada, assim como eu fui espezinhado, destruída, assim como eu fui destruído. Que venham e me acusem aqueles a quem eu causei algum mal; se eu enganei alguém, que testemunhe contra mim. Mas foram eles que vieram, Senhor, rapazes, pessoas que eu nunca havia visto na vida, arrancaram e quebraram a placa da minha loja, me pegaram e me arrastaram para fora de casa. Me trouxeram para cá, para este porão, ah, e todos vocês sabem que tipo de porão é esse. 'Onde está o seu ouro, judeu?' Senhor, acham que eu tenho ouro. 'Eu não tenho nada.' E aí eu levei um soco nas costelas. De que adianta jurar, protestar, chorar e suplicar? Disseram que roubei do governo, do povo alemão, e que eu tinha ouro escondido.

Mas aquelas pessoas não acreditaram em mim, e eu, eu disse para elas perguntarem para o meu filho. 'Ah, você tem um filho?', eles gritaram e pararam de me atacar. Ah, que o Senhor me perdoe por ter mencionado teu nome diante desses cães, Joseph, meu filho. Não sei se foi o diabo que os guiou ou se foram ajudados por algum outro espírito maligno, mas em menos de meia hora eles o trouxeram. Meu Joseph estava pálido e tremendo. O que eles queriam de nós agora? O que inventariam para nos torturar? Deus!, criaste os seres humanos só pra trazerem desgraça uns para os outros? Tu também punes, castigas com rigor, mas não és cruel. Cruel é apenas o ser humano, uma cópia distorcida".

Ele havia quase gritado as últimas palavras, mas então parou ansioso, como se esperasse que sua blasfêmia despertasse algum tipo de resposta. Todos os presentes olhavam para o chão, quietos e imóveis. Até mesmo Krakau não achava mais o velho repulsivo, e os gritos e lamúrias não feriam mais os seus ouvidos, mas o seu coração.

"Fomos obrigados a nos despir", continuou o velho, agora com uma voz mais baixa, "o casaco, o colete, a camisa e a camiseta de baixo, ah, e como riam a cada peça que tirávamos do corpo, mostrando cada peça um ao outro e as segurando com as pontas dos dedos. Lá estávamos, um de frente para o outro, tremendo de frio, com o torso nu. Então nos entregaram bastões e ordenaram que nos atacássemos. 'Bata em seu pai até que ele confesse onde escondeu o ouro', disseram a Joseph. E: 'Bata em seu filho, porque ele ousa levantar a mão contra o pai', disseram a mim. Não atrevemos a nos tocar, até que um daqueles cachorros pegou um chicote e açoitou Joseph. 'Bata, seu covarde!' E Joseph ficou enlouquecido com a dor, e me bateu, me acertou com toda a força. E como eu fiquei confuso, eu também bati de volta. Ah, que espetáculo atroz, ó, para sempre essa vergonha. E aqueles moleques riam e atiçavam Joseph com chicotadas cada vez mais fortes, que ele, louco de raiva e de dor, revidava em mim. Então uma hora Joseph desabou, sangrando e inconsciente no chão..." O velho de repente interrompeu a narrativa. Murmurando e soluçando baixo, buscou seu lugar de volta no banco.

"Paciência, paciência", exortou o barbudo, aparentemente um rabino. Mas os outros se revoltaram, as feições espectrais conturbadas. Então isso era tudo que tinha como conselho?, perguntaram. Afinal, para todas as histórias ele não havia respondido nada além daquelas duas palavras.

"A paciência não é apenas uma grande virtude", respondeu o rabino com uma voz gentil, "mas também uma arma poderosa, principalmente... quando não se tem outra em mãos." Acrescentou essa última parte com um leve sorriso, revelando dentes brancos que cintilavam no meio da barba escura.

21.

Quando Joachim Berkoff se preparava para visitar o *Gauleiter* Von Oertzen, como havia prometido à sra. Krakau, não imaginava a agonia e a confusão que estava prestes a atrair para a vida do velho amigo. Berkoff apenas insinuou a Von Oertzen que havia uma questão importante a discutir com ele. Von Oertzen ficou um pouco surpreso, pois havia muito não ouvia falar do velho companheiro de guerra. Além disso, também ficou um pouco intrigado porque Berkoff não quis se explicar melhor pelo telefone e por isso o convidou ao seu apartamento naquela mesma tarde. O diretor artístico chegou sem um plano definido, confiante de que durante a conversa encontraria as palavras certas. Contudo tinha plena ciência da dificuldade de sua empreitada, pois conhecia o senso de dever de Von Oertzen, bem como sua lealdade inabalável à palavra dada. O amigo era um dos poucos altos funcionários do Estado que, apesar de todas as mudanças e substituições, não apenas foram mantidos em suas posições, mas também foram confiados a cargos ainda mais importantes. Homens longevos e meritórios, nomes honestos e irrepreensíveis ainda eram imprescindíveis. Pensem em Von Oertzen. Com uma reputação inabalável, era lembrado por ser o tenente-capitão, o herói de tantas batalhas, um dos nossos!, e não havia crítica sobre ele que se sustentasse. É claro que lhe foi designado um Stübner, um adjunto que executava — sem o conhecimento do *Gauleiter* — expurgos, prisões, torturas e execuções, sem os quais acreditava não conseguir sobreviver. E Von Oertzen trabalhava, dava ordens e comandos, mas não tinha tempo para se certificar das respectivas execuções; ele era a cabeça, mas não era raro os membros agirem de forma independente; com ponderação, é claro, para que sua curiosa autonomia não acabasse sendo percebida pela cabeça. De toda forma, Oertzen era enganável como todos os homens honestos por natureza, e estava convencido de sua utilidade à pátria e de que a servia com a melhor das intenções.

A saudação foi fria, o que não o surpreendeu após tantos anos sem se ver. Só aos poucos voltaram a se acostumar com o antigo "você". Foi Von Oertzen quem acusou Berkoff de se afastar. Mas Berkoff contra-atacou da mesma maneira. Ele não tinha se escondido. Era um homem que, assim como Von Oertzen, estava na vida pública. Ficaram em silêncio se encarando por algum tempo, sem dizer nada. Berkoff fumava um cigarro recostado em uma poltrona. "Aqui é confortável e tranquilo", disse ele, "um apartamento de solteiro bem aconchegante." Von Oertzen não respondeu. Quanto mais olhava para seu convidado, mais forte se tornava a lembrança; ele via muito além do Berkoff atual, um pouco curvado e com uma expressão de sábio, via o jovem e esguio suboficial que todos amavam. Um jovem magro com olhos infinitamente nostálgicos que num momento de perigo salvou a sua vida. Não se poderia negar uma certa semelhança entre os dois homens: tinham a mesma alta estatura, mas Von Oertzen era um pouco mais robusto, sua postura era mais ereta e militar. E lá estavam os mesmos olhos azuis de marinheiro que involuntariamente ficavam semicerrados ao fitar o horizonte.

Falaram por um tempo sobre coisas triviais, neutras, tateando e tomando cuidado para não mencionar a verdadeira razão daquela reunião. "De qualquer forma", concluiu Von Oertzen, "ambos chegamos a algum lugar." Ele riu como um cidadão próspero, que olhava para o futuro com tranquilidade, e para o passado com orgulho. "Com certeza", foi a resposta de Berkoff, que de repente ficou sério e abandonou o tom casual. "Mas não estamos mais do mesmo lado." "De certa forma, somos escravos de nossas profissões, as quais escolhemos há muito tempo, seja por acaso ou por destino. Infelizmente, não entendo nada de música e arte." "Não é disso que estou falando", disse Berkoff, se endireitando na poltrona e olhando pensativo para seu charuto. "Naquela época, me parece, tínhamos os mesmos ideais. Você se lembra daquela noite no mar do Norte, quando ficamos juntos na proa e olhamos para as estrelas."

"Você acha que me tornei um traidor?"

"Como você pode permanecer em seu cargo diante de toda a injustiça que acontece ao seu redor?"

Von Oertzen colocou a mão no braço do amigo para acalmá-lo: "Sobre isso não", disse ele. "Não vamos falar sobre isso."

"Mas como?", protestou Berkoff. "É exatamente para isso que vim."

"Ah", disse Von Oertzen aturdido, enquanto Berkoff se levantava e ficava em pé diante dele. "O que tenho a dizer não pode permanecer não dito, mesmo que minha abordagem inicial pareça rude. Você sabe o que aconteceu?", indagou ele. "Você conhece Erich Krakau, não? Krakau é o violoncelista solo da orquestra municipal, um músico extraordinariamente talentoso, uma pessoa honrada, tranquila e trabalhadora, que sempre honrou nossa instituição e continuaria a fazê-lo hoje, se não fosse por um defeito, uma terrível imperfeição nos dias de hoje: ele é judeu. Essa característica transforma o respeitado e amado cidadão em um pária despojado de direitos, um bandido perseguido, sujeito a todo tipo de arbitrariedade. Por outro lado, Fritz Eberle, filho de um respeitável mestre padeiro, nada tem de notável, exceto a crença de ser um bom violoncelista, o que não passa de um devaneio originado de sua extraordinária autoestima. Ele solicitou a entrada em nossa orquestra, e quando o rejeitamos, alegando que não havia vaga, ele argumentou que ainda havia judeus empregados conosco e que o curso dos acontecimentos exigia que os antigos combatentes pela causa alemã fossem levados em conta. Embora não víssemos o que ser um antigo combatente tem a ver com ser um bom instrumentista — e, a propósito, o rapaz tem apenas vinte e dois anos —, deixamos que ele fizesse uma audição; assim minaríamos seu frágil argumento e ele calaria a boca. O resultado foi lamentável, e Krakau o avaliou, aconselhando-o a seguir o ofício do pai. Como Eberle conseguiu desencadear toda essa intriga está além do meu conhecimento; mas o que sei é que ele conseguiu banir Krakau, que era o último judeu da orquestra, e presumo que deve estar bastante orgulhoso de seu sucesso." E Berkoff continuou a contar sobre os meios incomuns que Eberle havia utilizado para eliminar o odiado rival — se é que aquele termo realmente era apropriado à situação. Era para isso que servia o partido, para isso servia a *Sturmtrupp*; o que não se conseguia através do próprio mérito era alcançado facilmente com ameaças e violência. Berkoff falou sobre o escândalo no início do concerto, sobre a intervenção fortuita da polícia e sobre o desaparecimento ainda mais fortuito de Krakau. Ele via todos os eventos como uma cadeia conectada, sem saber que algumas coincidências, coincidências fatídicas, haviam contribuído.

"Bem", concluiu o diretor artístico. "Você vai rir de mim agora? Vai me dizer que é impossível que o direito e a justiça sejam pisoteados dessa forma? Vai considerar tudo isso como fruto da minha imaginação?"

Oertzen também havia se levantado; ele estava muito calmo, muito sério: "De jeito nenhum, Joachim, nada disso. Eu acredito em você, e entendo sua preocupação com o desaparecido. Vou investigar o caso e verei o que posso fazer".

"Você precisa libertá-lo, Albert. Precisamos que você faça isso acontecer, você é a nossa única esperança."

Von Oertzen o convidou com um gesto a se sentar novamente, e ele retomou seu lugar na poltrona.

"Veja bem", disse ele, inclinando-se para a frente de modo a olhar nos olhos do amigo. "Você certamente vai pensar que sou tendencioso quando digo que você está exagerando. Todos estão exagerando. Vocês estão considerando acontecimentos casuais, abusos, tumultos repentinos como fenômenos emblemáticos, mas esquecem que uma revolução se iniciou e continua em curso, e que, em uma revolução, acontecimentos lamentáveis são inevitáveis. Entendo a preocupação pelo seu colega, sua revolta contra a suposta injustiça, mas você há de concordar que o incidente tem uma importância pontual e não passa disso."

"Eu não acredito nisso. Pelo contrário", respondeu Berkoff. "Me parece que foram feitos todos os esforços para evitar uma revolução e que isso ainda é a principal preocupação daqueles que estão no poder. Você diz que não são fenômenos emblemáticos. Bem, o fato é que algo como o extraordinário Parágrafo Ariano encoraja a arbitrariedade e a violência."

"Uma convulsão, sem dúvida, mais profunda do que muitas outras que a história conhece. O povo alemão está se relembrando de sua força, se preparando para sacudir as indignas correntes que o mantém cativo. Precisa se libertar das influências estrangeiras para sobreviver. O espírito judaico pacifista está corroendo a medula do povo alemão."

"Mas Albert", exclamou dramaticamente Berkoff. "Eu esperava muito mais de você do que essas frases prontas. Os antigos judeus, quando ainda eram um povo, não conheciam esse espírito judaico pacifista, como você chama. Eles eram muito combativos, como a história nos conta, e o livro deles, a Bíblia, ainda é um livro muito combativo e forte. Mas talvez seja mais correto se você disser que queremos nos libertar do espírito cristão."

"O povo alemão talvez precise de uma religião própria."

"A religião da selva, como meu amigo Jung a chama."

Von Oertzen não pôde esconder que ficou magoado com o escárnio maldisfarçado e a ironia nas palavras de Berkoff. Sua mente era mais obtusa, seus pensamentos mais lentos, ele não tinha muito senso de humor e, portanto, não gostava de ironia.

"Joachim", disse ele com ar de importância, "eu preciso te perguntar algo muito relevante: você é alemão?"

"Sou", respondeu Berkoff um pouco surpreso com o tom sério. "Bem, em primeiro lugar, sou um ser humano, biologicamente falando, um *homo sapiens*; daí, pela natureza e essência de minha profissão, sou um artista; e, finalmente pela minha cidadania, sou prussiano e, portanto, alemão." Com isso, retomou o tom irônico e viu como havia ofendido o amigo. "É tão importante assim?", perguntou ele agora com mais seriedade, "confirmar isso?"

E Albert von Oertzen respondeu, encarando o amigo: "É extremamente importante, Joachim, saber que se é alemão".

A conversa voltou a se tornar mais calorosa quando começaram a abordar assuntos mais pessoais. Ambos não eram mais jovens, a vida os tinha moldado. Embora tivessem tocado nas questões candentes de outrora de maneira hesitante e cautelosa, tornou-se óbvio o quanto se distanciaram um do outro.

Enquanto descia com pressa as escadas, Berkoff teve uma sensação muito peculiar, uma sensação de leveza que havia muito já não sentia. Chegou à rua e sentiu o ar frio de inverno em seus pulmões. "Ah", exclamou o diretor artístico, enquanto assobiava pelos dentes como um menino. "Talvez seja a consciência, que hoje está tão leve. Deus sabe, nunca pensei que ter a consciência pesada pudesse ser tão difícil. Ela te puxa para baixo de tal forma que você não consegue mais levantar a cabeça."

E começou a caminhar com ânimo pela rua sob o clima invernal, e, de longe, quase parecia um jovem apressado, impelido pelo excesso de confiança. Mas o que poderia ter liberado essa tensão? Seria apenas a postura corajosa de Lisa Krakau, que, consciente ou inconscientemente, servira de exemplo, ou os olhos brilhantes da mulher não seriam tão inocentes nesse súbito desenrolar de acontecimentos?

Von Oertzen queria cuidar do caso, se ocupar do prisioneiro, e isso quase equivalia à sua própria libertação. De certa forma tranquilizado, doeu-lhe que o amigo tivesse se afastado tanto dos ideais compartilhados no passado e, hoje, se prestasse a encobrir, com seu nome honesto e digno, uma corporação marcada por todas as características da desonestidade.

Por seu lado, o *Gauleiter*, após esse reencontro, esse breve passeio pelo passado, se sentiu como um homem que, não acostumado a beber, havia apreciado um vinho forte demais. Um gosto desagradável na língua se fazia presente e uma pressão no peito o atormentava. Não sentia nada da leveza que animava tanto Berkoff, nenhum pingo da elevação oriunda do sentimento de ter resolvido uma questão. Berkoff, ele se lembrava agora, sempre foi diferente, e a consonância de ambos nunca havia sido tão perfeita quanto a memória deles os iludia. O espírito crítico do atual diretor artístico, que não recuava diante de nada, que não hesitava em abordar as coisas mais sagradas, o lembrava do jovem Berkoff, que sempre o havia superado em sagacidade. Sempre fora mais lento e obtuso nessas questões. Mas era exatamente por isso que ele admirava o amigo.

22.

Para investigar o caso e cumprir sua promessa, Von Oertzen se dirigiu à delegacia na manhã seguinte. Sua súbita aparição causou alvoroço entre os policiais, pois o *Gauleiter* não era um visitante frequente. Assuntos policiais eram geralmente deixados a cargo de Stübner e de seus subordinados. Ao ver como policiais mais jovens e recém-contratados se posicionavam de modo diligente ao seu redor e como os mais velhos, cuja maioria lhe era conhecida de longa data, se afastavam taciturnos, ele começou a ficar desconfiado. O zelo excessivo de um lado e o descontentamento quase ostensivo do outro lhe pareceram suspeitos, e então decidiu cuidar mais de perto desse deveras importante departamento. No entanto, outras surpresas ainda o aguardavam. Ao começar a se informar sobre Krakau e sua prisão, descobriu que tudo relacionado ao caso parecia já ter caído no esquecimento. Um tipo de amnésia havia atingido tanto os policiais mais jovens quanto os mais antigos. Sentiu como se estivesse esbarrando em uma parede invisível que recuava, como se fosse elástica, sempre que ele se aproximava. Essa resistência passiva, mas descarada, o irritou além da conta, e ele teve dificuldade em se controlar. A única coisa que conseguiu descobrir foi que Stübner estava por trás de tudo. Este nome era o último refúgio de todos aqueles a quem ele questionava; eles se barricavam, por assim dizer, atrás desse nome para transferir a responsabilidade a alguém mais poderoso.

"Stübner?", disse Von Oertzen com a voz cortante. "Onde ele está? Exijo vê-lo imediatamente."

Esse desejo do senhor *Gauleiter* parecia difícil de ser atendido pelos presentes. Não era possível determinar com certeza o paradeiro de seu próprio "adjunto", nem o carregar imediatamente para lá. Os policiais estavam todos de pé no austero escritório administrativo, desejando estar bem longe dali. E, embora já estivessem acostumados a considerar Stübner como o verdadeiro chefe, começaram a sentir a aproximação da tempestade. Von Oertzen tamborilava impacientemente com os dedos na janela, enquanto um silêncio constrangedor reinava no ambiente.

"E então?", disse ele virando-se de repente. "É assim tão difícil encontrar esse senhor?" E como ninguém respondeu, ele perdeu a paciência e repetiu seu desejo com sua voz de comando. Entretanto, mal terminou de pronunciar o nome "Stübner" aos gritos, o dito-cujo apareceu. Ele surgiu sorrindo à porta, grande e corpulento, e perguntou com bastante calma e confiança quem desejava falar com ele. O *Gauleiter*, que agora estava controlado, se afastou da janela em direção ao centro da sala e disse:

"Eu desejo falar com o senhor." Os policiais observaram com ansiedade e medo o início da batalha entre os poderosos. Viram como Stübner abaixou a mão que havia erguido em saudação, como o sorriso desapareceu de seu rosto e seus pequenos olhos começaram a brilhar com malícia. Estariam eles demonstrando medo ou prontidão para a luta?

"Exijo esclarecimentos sobre Erich Krakau", começou Von Oertzen. "Onde ele se encontra e por que foi levado sob custódia?"

"Erich Krakau?", perguntou Stübner, em um tom de surpresa, como se estivesse ouvindo esse nome pela primeira vez. Ele não sabia de nada, nem da prisão, tampouco do tal prisioneiro. Essa completa ignorância, fingida ou genuína, deve ter parecido zombaria para Von Oertzen.

"Um homem é preso e ninguém sabe de nada sobre o assunto; ele é detido, e ninguém sabe de nada; ele desaparece sem deixar rastros, e mais uma vez ninguém sabe de nada. O senhor é responsável por essa indiligência, Stübner; quero um relatório sobre o caso até as três horas no meu escritório."

Por mais assustados que estivessem os policiais mais jovens e mais velhos, gostaram da reprimenda a Stübner. A crença que tinham nele, em sua autoridade ilimitada, estava vacilando. Eles não hesitariam em abandonar o temido adjunto e passar para o lado do *Gauleiter*, sua simpatia rapidamente já pendia para o mais forte. O que pretendia Stübner esperando, parado ali, mordendo o lábio inferior com raiva? O que ele tanto olhava em direção à porta como se pudesse chamar o chefe de volta? O superior havia lhe dado uma ordem, por que refletia e hesitava tanto?

Mas para Stübner as coisas não eram tão simples. Ele havia sido humilhado na presença de seus subordinados e, acima de tudo, por um homem que ele pensava ter superado havia muito tempo. O que seria mais natural do que direcionar seu ódio subitamente aos policiais presentes, já que o verdadeiro culpado estava fora de seu alcance? Uma tempestade desabou sobre os coitados, e não demorou cinco minutos para que o jovem oficial que efetuou a prisão de Krakau na noite em questão se apresentasse. E foi nesse contexto que o nome de Wendt foi mencionado pela primeira vez.

"Wendt", gritou Stübner, "tragam-me esse Wendt já!" E, logo em seguida, se recompôs para esperar a chegada do homem. Era uma manhã quente, e toda a confusão se resumia a apenas um judeu. Quem poderia imaginar isso, em uma época em que vidas humanas eram tão facilmente perdidas quanto pétalas no vento do outono?

"Paciência", advertiu Stübner a si mesmo. "Vou preparar uma armadilha para ele, para o exímio cavalheiro sr. Von Oertzen, eu vou lhe dar uma bela de uma rasteira." Wendt chegou e encarou Stübner com uma expressão inocente no rosto, o que só deixou o oficial mais irritado.

"Onde você se escondeu?", gritou Stübner. "Com qual prostituta você anda desperdiçando seu tempo?"

Wendt ignorou o acesso de raiva de Stübner com um sorriso educado, mas estava tão agitado que seu estrabismo se acentuou. O adjunto exigia esclarecimentos sobre o caso Krakau e por que ele havia sido levado sob custódia. Mas Stübner deveria estar sabendo, respondeu Wendt, que era necessário proteger o músico da atitude ameaçadora do público.

"E por que ele não foi libertado em seguida? Por que acabou sendo largado entre os esquecidos?"

Wendt não conseguiu mais esconder seu espanto: "O senhor sabe que Krakau é judeu?".

"Bem, decerto, mas o que ele fez? O senhor se atreveu a agir em meu nome; o senhor me meteu em uma enrascada por usar o meu nome."

Nesse momento, Wendt considerou apropriado indignar-se também. Na realidade, ele agia e trabalhava não em nome de Stübner, mas a serviço de si mesmo. Ou o sr. Stübner podia dizer que ele já havia prestado algum mau serviço? No entanto, todos os seus esforços abnegados visavam, acima de tudo, a nação, e talvez fosse possível, no caso de Krakau, que de modo inconsciente ele tivesse ultrapassado os limites. Stübner que o perdoasse se ele tivesse agido de maneira estabanada, mas que não atribuísse a ele motivos ruins ou egoístas. Stübner olhava para ele divertido; um pensamento lhe ocorreu enquanto o jornalista falava. Ah, sim, ele certamente se vingaria do orgulhoso sr. Von Oertzen, que teria de pagar caro por tê-lo exposto diante de seus subordinados. E agora, como se inspirado, ele descobria como proceder. Ao se dirigir novamente a Wendt, sua voz soava conciliadora: "Wendt, o senhor deve agradecer a Deus por sua ascendência ariana, pois o senhor traz mais problema do que seis judeus".

Wendt agradeceu esse elogio com um sorriso e, sentindo-se aliviado, já estava prestes a se retirar quando a expressão de Stübner eclipsou novamente. Ele o agarrou pela roupa e o puxou para perto:

"Escute aqui, 'caro' Wendt, o senhor tem uma cabeça bem espertinha, seria uma pena perdê-la. O senhor provocou a custódia de Krakau e insinuou que estava agindo em meu nome. Eu não quero saber quais negócios privados o motivaram a agir dessa maneira, só quero que o senhor me traga provas suficientes para acusar Krakau. O senhor está me entendendo? Não há inocentes em nossas prisões. Então, me arranje as provas de culpa. Dou-lhe o prazo de até esta noite... ou, digamos, até amanhã cedo. Caso contrário, vou responsabilizá-lo e jogar essa sua cabecinha tão astuta aos seus pés, para acabar de uma vez com esse seu maldito estrabismo."

Ele deixou o "caro" Wendt sozinho, convencido de que o astuto encontraria uma acusação contra o detido, pois a preocupação com a própria liberdade e segurança era motivação suficiente para Wendt. Stübner se perguntava, no entanto, por que Von Oertzen havia metido na cabeça o caso desse judeu que tocava violoncelo. Provavelmente ele o considerava inocente. E é aí que ele atacaria. Se Von Oertzen ordenasse a libertação imediata de Krakau, ele apresentaria o material coletado por Wendt e exporia o rival ao mundo.

À tarde, Von Oertzen recebeu o sargento de polícia Müller, que apareceu a mando de Stübner. Era aquele policial roliço que havia falado de modo gentil com o prisioneiro Krakau após sua chegada. Stübner o escolhera porque, por acaso, foi o primeiro que ele encontrou após a conversa com Wendt. Para o propósito de manter o *Gauleiter* afastado, qualquer policial servia. A mensagem que Müller foi incumbido de transmitir integralmente era explicar que a investigação sobre o caso Krakau ainda estava em andamento e que conclusões finais ainda não podiam ser tiradas, que por favor o *Gauleiter* tivesse um pouco mais de paciência. Von Oertzen ouviu o pedido em silêncio. Havia ficado muito mais calmo desde a manhã, mas ainda estava determinado a não desistir da investigação até que o caso fosse completamente esclarecido. Perguntou se isso era tudo, e quando o macilento Müller confirmou, pediu a ele que se sentasse. O obediente policial se sentou, curioso para saber o que aquele homem tão poderoso queria dele, um simples sargento.

Von Oertzen perguntou sem rodeios se ele também não achava estranho tanta demora para descobrir por que um preso estava sob custódia. "Ah", recuou Müller assustado, já que não poderia se permitir fazer um julgamento sobre o caso. Temeu ser envolvido na disputa entre os dois homens e tinha medo de ser esmagado entre os poderosos. Mas Von Oertzen não o poupou: "Seja honesto de uma vez e diga o que o senhor pensa".

Encurralado, o bom homem ficou num embaraço ainda maior. Não era uma época em que se dizia o que se pensava, não mesmo, e, afinal, a opinião de um homem tão simples como ele não importava. Mas Von Oertzen insistiu em uma resposta, e Müller, após alguma relutância e rodeio, teve de dizer algumas coisas que preferia não ter dito, admitir algumas coisas que lhe pareciam alta traição. Em seguida, consolou-se com o fato de que Von Oertzen não era apenas seu superior, mas o principal funcionário da província, o que lhe garantia certa proteção, e aos poucos foi ficando mais falante.

“Estamos em uma situação difícil”, disse ele, “está ficando cada vez mais difícil ser um policial leal e se manter assim, porque obstáculos insuperáveis começam a se acumular entre cada obrigação e dever. Aqui devemos acreditar em coisas que nunca foram vistas e que nunca aconteceram, acolá somos instados a esquecer eventos dos quais fomos testemunha. Ah, a confusão surge a todo o momento e com muita facilidade! Nós, mais velhos, somos monitorados, mas quem nos monitora também tem vigia atrás, e assim por diante até... bem, nós não sabemos até onde isso vai.”

“Mas”, objetou o *Gauleiter*, ficando pouco satisfeito com tais observações demasiado genéricas, “como é possível que um prisioneiro desapareça sem deixar rastros?”

“Ele não desapareceu, acredite em mim, todos sabem onde Krakau está.”

Von Oertzen mordeu os lábios; se algo o atingia, era esta palavra: “todos”. Todos sabiam, exceto ele, o principal oficial, o responsável. Que intriga era essa posta em prática e quais meios foram utilizados para enganá-lo? Mas o pior de tudo era pensar em quantas coisas poderiam ter acontecido e ainda estavam por acontecer, das quais ele nunca soubera e jamais saberia? Custou muito para que ele conseguisse se controlar e não deixar transparecer seu transtorno para o policial. Indiferente, Müller foi ganhando cada vez mais confiança:

“A história com o Krakau, o senhor veja bem, é também uma dessas coisas; todos pensávamos que fazia parte das coisas que deveríamos esquecer, ainda mais porque o próprio interessado já faz parte dos esquecidos, e agora...”

“Onde está Krakau?”, indagou Von Oertzen, interrompendo-o bruscamente. De modo involuntário, o policial retomou uma postura mais formal: “Ele está na jaula dos judeus”.

O policial se calou, presumindo que essa explicação seria suficiente e não precisaria entrar em mais detalhes. Como ele poderia saber que Von Oertzen não sabia da existência dessa tal jaula dos judeus? E o próprio *Gauleiter*, que mal conseguia esconder sua impaciência, ordenou: "Vá em frente, me diga tudo o que você sabe sobre a jaula dos judeus".

"Não muito, não muito. Todos nós tentamos saber o mínimo possível sobre essas coisas." De súbito, ficou sério e, enquanto seus olhos fitavam distraídos o vazio, começou a falar, como se fosse consigo mesmo: "É uma sala pequena no subsolo, quase sem luz e ar. Mas não dá para descrever. Eles são presos lá, os que não fizeram nada que justificasse uma condenação, mas que ainda assim precisam desaparecer; a única culpa deles talvez seja serem judeus ou ter alguém poderoso como inimigo. De lá, são enviados para campos de concentração, quer dizer, aqueles que não são ceifados por um infortúnio misericordioso, não são eliminados por um tiro acidental durante o transporte ou não caem vítimas de um suicídio engenhosamente planejado. Mas por favor, senhor, poupe-me de ter que continuar falando sobre isso".

Von Oertzen fez um gesto de dispensa: "Está bom, já sei o suficiente", disse ele em um tom que acalmou o homem. E então, antes de dispensá-lo, aconselhou o sargento a manter a conversa deles em segredo, para o seu próprio bem.

23.

O estado em que Lisa Krakau passou aqueles dias era difícil de descrever. Daria ainda para chamar aquilo de vida? Aquela tensão constante, a oscilação ininterrupta entre medo e esperança que transformava todas as coisas e o cotidiano em funções mecânicas e insignificantes. Aquilo tudo pairava como uma nuvem sombria sobre cada coisa que ela fazia e dizia, sobre o que seus sentidos percebiam. E o pior de tudo: nada acontecia. Absolutamente nada. Seus esforços não resultaram em nenhuma sucesso. Não descobriu o paradeiro do marido. Tampouco a conversa que Berkoff teve com o *Gauleiter*, na qual ela depositara tantas esperanças, trouxe alguma luz à situação. Uma vaga promessa do *Gauleiter* de cuidar do assunto era, em última análise, o único resultado daqueles dias. Lisa se culpava por não fazer mais, mas não sabia por onde começar. O que mais ela poderia fazer além de ligar para Joachim Berkoff todos os dias para saber se havia alguma novidade? A cada conversa, suas palavras e voz se tornavam mais urgentes e desesperadas, mas a confiança do diretor artístico era inabalável, mesmo que ele apenas a aconselhasse vez ou outra a ter paciência. "Eu conheço Von Oertzen. Ele leva tempo, mas é fiel feito um cão, e sua lealdade vale ouro", acrescentava toda vez que se falavam.

Lisa passou a odiar o apartamento, porque cada centímetro de chão, cada cadeira, cada mesa lembrava o marido. Ela não havia entrado na sala de música desde aquela fatídica noite e evitava com angústia olhar para coisas que Erich particularmente apreciava. Havia algumas gravuras em metal no corredor que a faziam querer chorar sempre que as via. Uma existência triste, Senhor meu Deus, uma espera constante por... redenção ou catástrofe.

Ficou na sala de jantar junto à janela pressionando a testa contra o vidro frio. Era início da tarde, mas já escurecia. "Quão distante ainda está a primavera, quão distante está a esperança?", murmurou consigo mesma. De repente, a campainha do apartamento tocou. Todo seu corpo vibrou e logo em seguida ouviu o som da empregada abrindo a porta, e uma voz masculina perguntando por ela ressoou. Já não havia ouvido essa voz antes? Mas, naquele momento, ela não conseguia se lembrar.

Era Wendt. Entrou com muita facilidade, parecendo um pouco desconfortável, mas ela teve a sensação de que ele estava lá para ajudá-la. Embora não parecesse exatamente o que alguém imaginaria de um anjo salvador, talvez ele fosse melhor do que o olhar estrábico sugeria, e afinal, tamanha feiura facial não era motivo para condenar uma pessoa. Ela o recebeu mais amigavelmente do que Wendt esperava, apertou-lhe a mão e pediu que se sentasse. Queria saber por que ele estava ali, o que queria dela, ao que Wendt não podia responder facilmente em poucas palavras. Era, de fato, uma tarefa difícil a que havia se proposto, e ele precisava de toda a sua astúcia para obter um resultado neste negócio delicado. O que ele queria era, por assim dizer, que ela mesma entregasse a corda pela qual o marido poderia ser enforcado. Quando soube que a investigação do caso Krakau havia sido ordenada pela mais alta instância, imediatamente lhe ocorreu a ideia de que Lisa Krakau estava por trás de tudo aquilo. Aquela pequena mulher era capaz de tudo; só Deus poderia saber como ela havia chegado até o *Gauleiter*, mas de alguma forma havia conseguido, disso ele não duvidava.

Ele começou a explicar o quanto lamentava o que havia acontecido, mas lhe doía ainda mais o fato de não ter podido fazer nada para evitar. "Os eventos são mais fortes do que nós, as condições desfavoráveis, a fria hostilidade das pessoas." Ele sovava as próprias mãos, apertando e amassando-as constantemente enquanto se esforçava para proferir seu discurso. Lisa permaneceu em silêncio. O que ele estava querendo dizer? Era uma visita de condolências? Mas quando seu interlocutor mergulhou no silêncio total, ela quebrou o silêncio: "Diga-me o que aconteceu", disse ela, "não me poupe de detalhes. Depois desses dias, estou preparada para ouvir coisas desagradáveis."

Wendt se endireitou e tentou olhar para ela:

"A senhora não está indo no lugar certo para fazer sua queixa."

"Queixa?", repetiu Lisa surpresa, "Eu não me queixei, apenas pedi ajuda a algumas pessoas. Ou é um problema que eu esteja fazendo todo o possível para libertar meu marido?"

"Mas a senhora não deveria ter ido a Von Oertzen."

"Eu não fui até ele."

"Figurativamente falando", respondeu Wendt. (Maldição!, ele precisava descobrir quem havia iniciado a situação com o *Gauleiter*.) "Quer dizer, alguém em seu nome, a seu pedido, esteve lá."

"Sobre isso eu não posso falar", respondeu Lisa. Wendt começou então a explicar de maneira laboriosa por que Von Oertzen não era o destinatário adequado. Um *Gauleiter* tem outros assuntos em mente, não pode lidar com cada caso individual, seguir cada requerimento, cada queixa, pois seu dia também tem apenas vinte e quatro horas.

"Qual é a consequência?", perguntou Wendt. "O caso é repassado para o adjunto, que eu conheço bem, por um acaso." *Ah*, pensou Lisa, *esse sujeito sabe mais do que está dizendo. Talvez ele queira tirar alguma vantagem da situação.* "Então o adjunto começa a investigação, e qual é sua primeira pergunta? O que há contra o preso, ele é culpado ou inocente?"

"No que diz respeito a isso, podemos ficar tranquilos. Meu marido não é nenhum criminoso."

"Não, não é tão simples, minha senhora, ouvimos todo tipo de coisas, e, em suma, parece que nesse mato tem cachorro."

Lisa empalideceu, o que Wendt logo percebeu com satisfação. Era típico de sua parte que atribuísse a consternação da mulher a uma consciência culpada, e a ideia de que a preocupação com o destino do marido poderia ser a causa nem lhe ocorreu. Afinal, não é fato que cada pessoa usa a si mesma como medida para julgar os outros? *Aí tem alguma coisa*, ele pensou, *preciso descobrir o que é.*

"Sr. Wendt", disse Lisa, e sua voz calorosa soou estranha para ele, "o senhor seria capaz de responder uma pergunta com honestidade?"

Wendt se apressou em responder: "Certamente, cara senhora".

"O que o senhor quer de mim? O senhor veio para me ajudar?"

Lá estava ela novamente com aquela maldita franqueza que o desarmava. Ele se lembrou de seu primeiro encontro e da resolução de humilhá-la. E não seria agora a melhor oportunidade? Mas ele não ousava encará-la; tinha medo de seus olhos, e a humilhação parecia outra vez impossível.

Após uma breve pausa, ele respondeu: "Acredito que essa pergunta responde a si mesma. Para que vim até aqui, por que estou trilhando este caminho pouco seguro?".

"Bem, pode ser para espionar", disse Lisa com voz monótona. Wendt se levantou indignado. "Desculpe, não quis ofendê-lo. É incompreensível que eu esteja desconfiada, que veja inimigos por toda parte?"

Nesse momento os dois ficaram bem perto um do outro. "Sra. Krakau, a senhora precisa me contar tudo", disse Wendt com a voz rouca, "tudo o que souber, senão não posso ajudá-la."

"Mas eu não sei de nada. Meu marido nunca fez nada além de trabalhar. Ele só sabe de música. Faça as pessoas entenderem isso, fale com o adjunto, já que o senhor diz que o conhece bem, e diga a ele que vamos embora hoje, quando ele quiser. Ou, se o senhor precisar de dinheiro, diga! Tudo o que possuo, tudo o que posso converter em dinheiro, tudo para esse propósito; tudo estará à disposição do senhor."

Ela não sabia mais o que dizer, pois Wendt não se mexeu. "E se eu me dirigir diretamente ao adjunto?", disse ela como se tivesse tido uma grande epifania. "Vou escrever um requerimento para ele, o senhor o entrega?"

Wendt quis objetar que isso lograria pouco sucesso, mas ela o arrastou para o escritório do marido. Lisa correu para a pequena escrivaninha no vão da janela, que parecia ainda mais abandonada do que o grande violoncelo. Quando destrancou a gaveta, de repente não conseguia mais se lembrar do que estava procurando; vasculhando a esmo os papéis, ela lutou para conter as lágrimas.

Wendt ficou atrás dela e viu suas mãos tremendo. Viu como ela mantinha o pescoço curvado de maneira comovente, e de súbito ocorreu a ele o pensamento de que seria bom beijá-la no pescoço, onde os cabelos loiros e delicados brotavam. Jogar fora toda a sua vida por uma mulher dessas, ah, toda a imundice em que ele tinha vivido até agora. Foi apenas um impulso momentâneo, um instante de fraqueza. Como se constatou, não havia papel adequado disponível para escrever o requerimento planejado. Por isso, ela pediu desculpas a Wendt por um momento e se retirou. Ele quis detê-la, dizer a ela como seus esforços eram inúteis. Um requerimento destinado a Stübner; havia algo mais ridículo? Ele imaginou como aquele homem gordo leria o documento, ao mesmo tempo divertido e lisonjeado, para depois arquivá-lo com comentários sarcásticos. Então ele se lembrou novamente de por que estava ali. Era para ajudar a sra. Krakau ou o sr. Wendt? Ele veio para se perder em sonhos sentimentais ou para melhorar a sua própria situação, aliás nada invejável? Seu olhar pousou na gaveta aberta da escrivaninha. Contas, partituras e cartas estavam espalhadas de maneira aleatória. Mas não demorou muito para ele encontrar a carta do dr. Spitzer, e ao lê-la, se deteve na insistente instrução de Spitzer para destruir o texto imediatamente. Ah, santa paz de espírito. Talvez isso pudesse ser usado de alguma forma. Em seguida, descobriu a resposta não concluída de Erich Krakau e a decisiva frase: "Não fui eu, afinal, quem lhe aconselhou a fugir e até lhe ajudou a fazê-lo?". Céus, isso era mais do que ele ousava esperar, era a sua salvação e a acusação contra Krakau.

Enquanto Wendt ainda considerava a maneira mais rápida de escapar impune com seu precioso furto, Lisa voltou. Seja porque ela instintivamente sentiu que algo ameaçador estava acontecendo ou porque percebeu os movimentos apressados de Wendt ao tentar esconder os papéis quando ela entrou, Lisa foi tomada pela suspeita. Imediatamente viu Wendt em sua verdadeira forma e partiu para o ataque. Mas Wendt não se deixou intimidar, pois ele estava à altura dela, já que agora tinha trunfos nas mãos.

"O que o senhor pegou?"

"Papéis, que vou levar com a sua permissão."

"Não se atreva."

Wendt começou a dobrar as cartas, e Lisa pensou ter reconhecido a caligrafia do marido. Correu em direção a Wendt, mas ele a empurrou e disse com desdém que ela deveria começar a escrever o requerimento inútil.

"O senhor é um porco", gritou Lisa encarando-o destemida. "Seja lá o que tenha pegado, não conseguirá reunir evidências contra o meu marido."

"Ah, a esse respeito, o que eu tenho já é suficiente. Ajudar um procurado a fugir, sob as atuais circunstâncias..."

"Ajudar a fugir?"

"Ou o dr. Spitzer não fugiu para o exterior com a ajuda do seu marido?"

Nesse momento, Lisa Krakau perdeu a coragem. Ela sentiu tudo subitamente desabar dentro dela.

"Devolva-me as cartas", ela falou baixinho, "o que você ganha prejudicando meu marido e me causando tanta dor? O senhor é mais forte, admito, devo implorar de joelhos? Diga-me o que quer, nenhum sacrifício vai ser grande demais para mim."

Ah meu Deus, ali estava ela, humilhada, suplicante. Sim, ela estava certa, ele era o mais forte. Wendt olhou para ela por um tempo, saboreando a situação, então disse que não acreditava que ela estivesse falando sério sobre sacrificar algo. Quando ela entendeu e o olhou com espanto e medo, ele perguntou lacônico se, ao contrário, talvez ela mesma tivesse pensado em tal sacrifício? Pois, afinal, sabia qual era o preço mais alto que uma mulher poderia pagar.

Um coração humano é uma coisa frágil, um instrumento delicado do qual não se deve exigir muito. Lisa percebeu seus sentidos desaparecerem. Tudo ficou escuro diante de seus olhos e sentiu as batidas furiosas de seu coração. Wendt viu que ela, em meio à angústia, tentava agarrar o encosto da cadeira e fez um movimento para segurá-la. Então o toque da campainha pôs fim à cena atroz. O som estridente da campainha fez com que Lisa recuperasse o controle do nervos, e Wendt se lembrou do seu real objetivo e fugiu do apartamento.

O sr. Wendt correu para entregar seu recente espólio ao seu empregador, esperando ter feito uma boa e nada insignificante captura. Era bom ter esse Stübner como amigo. Enquanto corria pelas ruas com esse pensamento reconfortante e agradável, se lembrou de repente de que havia esbarrado em uma jovem durante sua fuga do apartamento. Ele parou por um momento. Onde já a tinha visto? Estranho que esse pensamento começasse a perturbar seu maravilhoso equilíbrio.

Essa jovem era Anna Schmidt, a garçonete. Após esbarrar em Wendt, ela viu que a porta do apartamento estava entreaberta e se aproximou com cautela. Lá estava Lisa, calada, com os olhos arregalados e congelada de medo.

"Oi", disse Anna, "não se assuste, sou eu."

"Anna", disse Lisa com a voz fraca, e aos poucos o horror e o medo se desvaneceram de seu olhar.

Devagar e hesitante, a sra. Krakau começou a contar o que acabara de acontecer. Ela não escondeu nada. Anna ouviu sem interromper. Ainda estavam na sala de música, Anna de chapéu e casaco. Finalmente, depois que Lisa terminou, Anna, como se falasse consigo mesma, disse: "Que pena que Wendt e Stübner não estão na lista".

Com cuidado, ela conduziu Lisa até a sala de estar e sugeriu que agora deveriam pensar juntas sobre como proceder. Mesmo que não fosse bom precipitar-se, é definitivamente aconselhável agir com rapidez. "Pense só", acrescentou ela, "se soubessem que você estava naquela reunião secreta comigo."

Lisa teve que sorrir ao pensar nisso. Ao lado dessa moça, ela se sentia segura. Pela primeira vez, olhou atentamente para Anna, notando o nariz ligeiramente empinado, as rugas ao redor da boca e dos olhos, decorrentes de muitas noites sem dormir, de muitos risos e sorrisos. Sua voz era rouca em decorrência do álcool e da nicotina, mas ela falava com muito humor e afeto. Anna estava determinada a prontamente recuperar a fatídica carta das mãos de Wendt. Lisa, no entanto, queria primeiro informar Berkoff sobre a mudança de situação.

"Berkoff pra lá, Berkoff pra cá, ele não vai ajudar muito agora. Ele também é apenas um dos finos cavalheiros."

Ela estava sendo injusta em seu desejo ciumento de ajudar Lisa. Não, ela tinha um plano melhor. Anna presumiu que a carta já estava nas mãos de Stübner. E, portanto, seria hora de recuperá-la de Stübner antes que causasse mais danos.

Lisa a olhou interrogativamente: "Como vai fazer isso?".

"Ah, eu tenho meus meios de forçá-lo." Com isso, ela abriu sua bolsa, revelando uma pequena pistola Browning. "Você está pensando em ameaçá-lo ou até mesmo em atirar nele?", disse Lisa.

"E você está pensando em quê?", protestou Anna, "atacar seu inimigo com versículos da Bíblia? Se esse for o caso, você ainda não percebeu com quem está lidando." Ela começou a andar de um lado para o outro, com um jeito meio coquete, na frente de Lisa. Embora sorrisse, nunca estivera falando tão seriamente em sua vida. "Violência contra violência. Assassinato contra assassinato. Só então estará à altura do seu oponente. Só quando tiver arrancado toda a piedade, toda a misericórdia do seu coração, pois ele também quebrou todas as regras de humanidade. Só quando não lhe sobrar outro sentimento, outro pensamento, exceto vingança e retaliação."

"Meu Deus, o que você está dizendo? Isso é terrível, Anna."

"Ah, que nada! Vou acabar com esse homem e partir com a consciência de ter feito um bom trabalho e de não ter vivido completamente em vão. Acredite em mim, não é difícil matar uma pessoa quando você chega onde eu cheguei."

Lisa se aproximou de Anna e a forçou a se sentar. "Não vou permitir que você jogue sua vida fora por minha causa."

"Lisa, me deixe contar como cheguei nesse ponto, contar como me levaram ao ponto de eu não ligar mais para a minha própria vida." E ela começou a falar. Para Lisa, que pela primeira vez teve vislumbres de uma vida que se desenvolveu de maneira tão diferente da dela, um novo mundo se abriu. Quase tão estranha quanto as experiências e fatalidades que Anna descrevia era a linguagem que a jovem usava. Desavergonhada e sem qualquer tentativa de embelezar ou encobrir, ela contou a história de uma pequena prostituta que quase se tornou uma grande cortesã. Na verdade, se analisarmos bem, não era um destino tão extraordinário, nada incomum nem no início e nem no decorrer. Quantas meretrizes não estão prestes a se tornar grandes damas, quantas mais tarde não amaldiçoam suas formas generosas, que lhes trouxeram felicidade fácil e ilusória? Mas Lisa suspeitou de uma grande paixão, de um amor oculto por trás de tudo, e perguntou com cuidado, para não magoar Anna. Anna se virou para ela e a olhou de súbito: "Se eu amei? Não, nunca amei, bem, até conhecê-la". E com um gesto maternal, ela abraçou Lisa e começou a acariciá-la. Lisa estremeceu e, confusa com seus sentimentos, as duas se separaram, atraídas uma pela outra e, ao mesmo tempo, envergonhadas. Então, Anna retomou sua "confissão" e contou a última parte de suas experiências, da vergonhosa indignidade que lhe fora infligida no campo de concentração e do terrível triunfo de Fritz Eberle.

24.

Erich Stübner era solteiro, no entanto ocupava um apartamento luxuosamente decorado. Além disso, nutria a intenção de se casar. Sim, o grande e corpulento homem de ombros largos e crânio imenso tinha o plano de fazer de uma mulher delicada sua esposa. Uma mulher, no entanto, que havia celebrado muito mais triunfos do que ele, alguém superior a ele em ambição e esforço. Ninguém sabia desse noivado, nem os círculos em torno da aclamada atriz, nem os amigos do *Gauleiter* adjunto que o rodeavam feito parasitas. Ele só se casaria com ela quando tivesse "chegado lá", quando finalmente fosse um dos poucos escolhidos. A dama delicada acenava para ele como um prêmio valioso, e também incitava com frequência sua ambição. Ele precisava dessa incitação, pois tendia a se acomodar, gostava de comer, bebia muito e amava as coisas boas da vida.

Em seu gabinete de trabalho, vestido com um robe de seda, passeando entre duas poltronas enormes e em sua imponente e imensa escrivaninha, ele recebeu a carta das mãos de Wendt e o dispensou com um sorriso indiferente. Daquela carta aparentemente inofensiva, que no máximo poderia servir para enviar um pobre coitado para a prisão, ele faria muito mais. Stübner transformaria aquele pedaço de papel em um degrau para o seu sucesso.

Eis o seu plano: sabendo que Von Oertzen continuaria persistindo naquele assunto e que exigiria provas contra Krakau (afinal, quem diabos havia colocado o chefe no encalço desse homem?), ele procuraria desculpas e insinuaria que sua recusa em liberar Krakau da custódia tinha menos a ver com evidências verdadeiramente incriminatórias contra o prisioneiro e mais com uma intuição. Se ele não estivesse enganado, Von Oertzen, cujo senso de justiça supersensível era bem conhecido de todos os oficiais, seria levado por esse comportamento a dar a ordem para libertar Krakau por conta própria. Mas e ele, como reagiria a esse passo do superior? Parou, olhando para o chão, as mãos cruzadas nas costas. Não seria muito perigoso recusar-se a obedecer? Seu olhar se demorou com carinho na estampa do tapete macio, e pensou que era muito agradável ter coisas daquele tipo e que devia ser muito desagradável ter que abandoná-las ou perdê-las. Não, não, Von Oertzen podia libertar o judeu tranquilamente, por que Stübner se importaria com o prisioneiro Krakau? Assim, seria ainda mais provável que Von Oertzen caísse na armadilha. Porque uma denúncia em Berlim, encaminhada por bons amigos para as mãos certas, daria resultados melhores do que a recusa em obedecer. Um *Gauleiter* que favorece judeus sonegadores de impostos como aquele Spitzer! Esse *Gauleiter* teria que ter padrinhos muito influentes se quisesse resistir a esse golpe. Mas quem estava por trás de Von Oertzen? Alguns generais do antigo exército, talvez, os quais já eram coisa do passado. Ele estendeu a mão direita em direção a um oponente imaginário: "Seu tempo acabou, nobres senhores. Caiam fora. Vamos, rapidinho!".

Enquanto Stübner estava ocupado elaborando sua estratégia, ainda não havia percebido o quão rápido seria forçado a colocar seus planos em prática. O mais improvável aconteceu: o adversário que ele tanto esperava atrair para longe de sua posição segura partiu ele próprio para o ataque. Stübner mal soube o que dizer, tamanha sua surpresa quando lhe foi anunciada a visita de Von Oertzen. A iniciativa repentina do superior ameaçava desestabilizar todo o seu plano. Por que veio até seu apartamento? Será que o homem era mais perigoso do que ele imaginava?

Von Oertzen adentrou nos elegantes cômodos não sem grande espanto. O luxo que o cercava devia ter custado uma fortuna. Como isso era possível, perguntou-se. Ele, que embora pertencesse à antiga nobreza era acostumado desde a infância a uma austeridade militar rigorosa, não sabia como se mover nesses cômodos ostensivamente decorados do arrivista. Como aquilo tudo o repelia, esse luxo suntuoso e sufocante! E ainda por cima esse homem de robe, os membros pesados e volumosos envoltos em seda macia! O conjunto era repugnante. Ele não percebeu a confusão de Stübner, e tampouco suspeitou que, apenas com sua presença, tinha todas as cartas na mão e poderia vencer o jogo.

Logo nas primeiras palavras, Stübner percebeu claramente que não tinha nada a temer do soldado — como ele às vezes se referia ao *Gauleiter.* Von Oertzen quase se desculpou por ir à sua residência. Ele só queria saber o que havia sido descoberto na investigação sobre o caso Krakau, pois o que ele havia ouvido do oficial Müller não podia ser considerado satisfatório.

"Até agora, não muito", disse Stübner, "nada definitivo. A investigação ainda está em andamento."

Por um instante, ambos ficaram em silêncio, cada um esperando o primeiro movimento do outro. Por fim Stübner continuou: "Krakau é altamente suspeito, e estou prestes a expô-lo".

"Eu acho mais que ele tem inimigos pessoais que o difamam. Em outras palavras, a suspeita contra ele surgiu apenas quando já estava sob custódia." O *Gauleiter* adjunto mordeu os lábios. "Se ele tem inimigos, como o senhor diz, também não lhe faltam amigos, ou como o senhor chamaria as pessoas que se esforçam tanto por ele?”

Com um gesto displicente, Von Oertzen respondeu que achava difícil acreditar que Krakau, que vivia apenas para a música, pudesse ter se tornado de alguma forma suspeito.

“Krakau é judeu”, argumentou Stübner enfaticamente.

“O que isso significa? Isso é prova de quê?”

“Bem”, disse Stübner com um movimento rápido, “se eu puder fazer um favor ao senhor, se o senhor se importa tanto com o assunto, por que não libertamos o homem e encerramos a investigação?”

Von Oertzen olhou para cima. Imediatamente lhe ocorreu o pensamento de que o outro estava tentando atraí-lo para um terreno perigoso. O *Gauleiter* adjunto. Talvez não fosse mais suficiente para ele ser apenas o adjunto; talvez ele quisesse provocá-lo e difamá-lo. Não era esse o caminho mais fácil? “Não se trata do homem”, respondeu Von Oertzen. “Trata-se de garantir que nenhuma injustiça seja cometida. O senhor consegue me entender?”

“Perfeitamente, sr. *Gauleiter*”, respondeu Stübner em postura oficial. Com um aceno de cabeça curto, Von Oertzen se virou para sair, mal escondendo seu desprezo e repulsa.

Sem demora, Stübner começou a trabalhar com fervor. Sentado à mesa, escreveu rápido cartas, falando vez ou outra ao telefone, dando ordens, convocando pessoas, agendando chamadas, uma urgente para Munique, duas para Berlim. E no meio disso tudo ainda recebia chamadas de seus capangas, que solicitavam mais instruções.

Então se levantou, suado e sem fôlego. Acendeu todas as lâmpadas; uma luz branca e intensa irradiava do teto sobre ele. Em seguida, foi até a parede e afastou uma cortina escura que escondia um espelho que ia do chão ao teto. Enquanto estava de pé diante de sua própria imagem e cruzou o olhar com o do sósia, sua postura se endireitou e suas feições se suavizaram. Cruzou os braços sobre o peito, abaixou a cabeça um pouco, fez várias poses, experimentou expressões faciais e se observou atenta e minuciosamente.

"É ele ou eu", murmurou entre os dentes, "um de nós tem de ceder." A luz branca iluminava implacavelmente cada ruga e sulco de seu rosto, o queixo grosseiro, os cantos da boca repuxados com escárnio.

E então o alvoroço recomeçou. Chamadas telefônicas exigiam sua atenção, novas consultas, telegramas e notícias. A batalha havia começado e não poderia mais ser interrompida. Agora precisava agir como se Von Oertzen já fosse um homem morto e, mais ainda, como se ele mesmo já estivesse em seu lugar. Tinha de expandir seu poder, criar fatos e ver se suas palavras estavam sendo seguidas, para que, enquanto seu adversário ainda só estivesse nutrindo suspeitas, Stübner já estivesse completamente armado.

Von Oertzen continuou seu caminho após a visita. O que o impulsionava pelas ruas enquanto a noite caía e pequenos flocos de neve começavam a dançar no ar? A conversa com o sargento Müller o abalara profundamente. Não adiantava se iludir. Arbitrariedade, injustiça, violência; todos sabiam, ninguém aprovava, e ninguém se opunha. Ele próprio não havia visto nada, não ouvira nada, não percebera nada. Aceitar uma injustiça de maneira tácita ou não se opor a ela era se tornar cúmplice; o que acontecia embaixo do seu nariz não era de sua responsabilidade? Os pensamentos o atormentavam, e ele sentiu necessidade de estar entre pessoas, de entrar em um café. Mas então se lembrou de algo e foi em direção ao apartamento de Joachim Berkoff. Talvez não o encontrasse, mas era o dia de fazer visitas inesperadas.

Berkoff estava em casa. Estranho, ele também o recebeu de

robe, se bem que um simples, de tecido azul e sem enfeites. Pareceu menos surpreso do que Stübner, dando até a impressão de que já o esperava. Estendeu a mão ao amigo, um gesto que Von Oertzen achou reconfortante; e a conversa deles começou em uma atmosfera agradável de cordialidade. O diretor artístico mostrou seu apartamento. Não havia muito para ver, e, conversando sobre coisas triviais, percorreram os poucos cômodos. Uma sala de jantar, uma sala de música, um quarto...

"Você não está casado?", perguntou Von Oertzen.

"Estou, mas não sou muito mais feliz do que você, que ficou sozinho", Berkoff assentiu.

Não gostava muito de falar sobre seu casamento, pois ele e a esposa não estavam nem divorciados, nem separados. Encontravam-se várias vezes por ano, então passavam dias, semanas e, às vezes, até meses juntos, apenas para se separarem de maneira abrupta. Era uma relação mais do que peculiar.

Chegaram ao escritório de Berkoff, e o diretor acendeu uma luminária de chão que emitia uma luz suave e agradável, convidando Von Oertzen a se sentar. Sem dúvida, esse era o cômodo que Berkoff ocupava quando estava sozinho. No entanto, era estranho que sua conhecida paixão pela ordem e meticulosidade não tivesse chegado até ali. Livros, partituras e folhas de pauta musical misturavam-se a papéis timbrados e manuscritos na mesa. Em um canto da sala havia um piano simples, onde também se acumulavam partituras completas para orquestra e trechos para piano. Parecia mais a casa de um compositor do que a de um diretor artístico. Von Oertzen fez essa observação, e Berkoff admitiu embaraçado que, de fato, se dedicava à composição. Tratava-se de uma espécie de fraqueza, ou melhor dizendo, seu amor frustrado.

"Frustrado? Eu imagino que deva ser muito gratificante."

"Sim, na verdade...", foi a resposta, "mas a musa não me ama. Desde a minha juventude eu a persigo com minha admiração, com todo o amor, mas ela não quer me beijar." E balançou a cabeça em desespero cômico. "O que me resta é trabalhar há anos em uma grande obra sobre a história da música, muito interessante, você diria, mas é apenas uma substituição..."

Sentou-se e expressou o súbito desejo de contar ao amigo sobre seu casamento. Afinal, já estava se confessando e lhe fazia bem contar tudo sem reservas, mesmo que fosse tedioso. Uma fotografia de Katarina estava na mesa, e Berkoff apontou para ela como introdução. Era obviamente apenas uma vaga indicação da jovem sobre quem ele pretendia falar. Von Oertzen, ao vê-la, pensou a princípio em uma menina travessa com cachos loiros e um sorriso maroto. E ele suspeitava que os olhos dela eram azuis, um azul no qual era possível se perder. Essa mulher de aparência tão juvenil, contava Berkoff, era mãe de um menino de doze anos. Ninguém acreditava, e quando a viam na rua, geralmente a confundiam com a babá. Berkoff fez uma pausa, como se esperasse que o amigo risse com ele. No entanto, Von Oertzen não achou a situação tão engraçada. Parecia-lhe que a alegria com que seu amigo falava de Katarina era fingida. Katarina era o que se chamava de moderna e parecia ter saído de uma revista. Vinha de uma família rica, possuía sua própria renda e podia satisfazer todos os seus próprios caprichos. Nunca fora vista trajando vestidos formais; ela andava de vestidos curtos, com sapatos de salto baixo, usava ternos, jogava tênis, fazendo todos os parceiros com quem jogava ficarem de cabelo em pé, e cavalgava em seu grande cavalo puro-sangue quando não estava ao volante de um elegante cupê.

Essa vida se desenrolava principalmente em Berlim, onde ela poderia ter desempenhado um papel na alta sociedade, se quisesse. O casal trocava longas cartas em intervalos irregulares, logo as cartas se tornavam mais frequentes, os telegramas e as longas conversas telefônicas começavam, até que finalmente se encontravam em algum lugar. Uma vida louca, não isenta de emoções, mas que seguia desse modo havia anos. Katarina bagunçava o homem rigoroso e organizado. Era como um dia de primavera, e ele... ele era, afinal, um excêntrico...

Berkoff interrompeu abruptamente o relato e disse sem qualquer ironia que na verdade ele tinha a intenção de chamar Katarina para ajudá-lo no caso Krakau. "Ela teria resolvido o assunto de maneira satisfatória para todos."

A menção ao nome Krakau atingiu o convidado como um tiro. Ele se levantou abruptamente, deu alguns passos pelo cômodo, aproximou-se do piano aberto e tocou algumas teclas com a mão esquerda. Acabou produzido um desagradável desacorde, mas Von Oertzen parecia não perceber; insistia nas mesmas três notas que tocava repetidamente. E então se virou para Berkoff: "Para ser franco, na questão do seu amigo, não posso fazer nada. Nada. Não é apropriado intervir de maneira arbitrária no curso de uma investigação". E assim como evitou pronunciar o nome Krakau, agora evitava olhar para Berkoff. Com uma voz rouca, expressou sua recusa, como se uma vontade alheia lhe ditasse essa decisão. Berkoff estremeceu diante daquelas palavras duras como se tivesse sido açoitado, e a esperança cada vez menor da libertação de Krakau o assustou tanto quanto o rompimento iminente com o amigo que acabava de reencontrar. Mas Von Oertzen começou a falar, a explicar; e enquanto falava, teve a sensação de que partia em retirada, em uma retirada não muito honrosa, para falar a verdade, e que tinha uma semelhança condenável com uma fuga, mas que, no entanto, o conduzia à segurança. Discursou sobre ordem e disciplina, sobre a necessidade incontestável desses dois pilares para qualquer estrutura estatal. Sobre o dever de cada indivíduo em contribuir para a construção do todo. Condenou a compaixão tipicamente feminina, o entusiasmo filantrópico que impedia os alemães de se tornarem mais rígidos, tão rígidos quanto necessário para que, ao se levantarem, nunca mais se curvassem. Berkoff, cada vez mais introspectivo, não respondeu, nem mesmo olhou para Von Oertzen. Não quis testemunhar o amigo pronunciando essas palavras.

Tão abruptamente quanto começou, Von Oertzen parou de falar. Se sentou de frente para Berkoff, acendeu um cigarro e disse: "Sinto muito, muito mesmo".

Só então Berkoff ergueu os olhos, e em tom quase zombeteiro, respondeu que ele deveria ter mais motivos para se lamentar. "Mas me diga uma coisa", acrescentou. "Isso é uma mesa? Diga que não é. Isso é uma lâmpada? Eu te imploro, diga que é uma árvore ou uma cabra. Não? Isso é um braço, uma perna? Está tudo correto? Então eu ainda não estou completamente louco, embora há poucos instantes eu pudesse ter jurado que ali, diante de mim, estava sentado Albert von Oertzen, meu camarada, meu amigo. Então isso é o tão louvado Estado de vocês, seu ídolo, seu Moloque. Sacrifiquem-se por ele, ofertem a ele tudo o que torna a vida humana digna. Vocês querem acabar com o humanitarismo, pois chamam isso de romantismo ingênuo; com a compaixão, pois chamam isso de fraqueza feminina; com a razão, pois pode deixá-los inseguros; com a justiça, já que ela pode prejudicar seus interesses."

Agora era Von Oertzen que permanecia sentado em silêncio. Mas como o agrediam! De um lado Joachim, exigindo atitudes com a mão erguida; do outro, Stübner, o recusando com a testa ardilosamente franzida. E ele? Ah, ele não sentia com clareza que seu amigo tinha razão, e não admirava esse Joachim agora tão indignado diante dele? Berkoff continuou impiedoso em sua indignação:

"Então vocês querem guerra. Daí vem toda essa conversa sobre ser forte, sobre se tornar mais rígido. Não estão satisfeitos em trabalhar e construir, querem destruir. Por algumas faixas de terra, por uma pontinha de honra, querem mandar milhões para a morte. Vocês não conhecem outro sentimento além de vingança, de revanche?"

"Não", disse Von Oertzen, abaixando a cabeça com calma, "houve muita injustiça, há muito a ser reparado. Fomos pisoteados e amordaçados, nossa honra foi jogada na lama. Tudo isso não pode ficar impune."

"Eu não entendo como vocês podem exigir justiça quando, a cada passo, cometem nada mais do que injustiças. Mas sei bem que basta lembrar vocês da derrota que estarão prontos para fazer qualquer sacrifício. Não nego que o ódio e a vingança são forças poderosas, por vezes mais fortes do que o amor e a fé, mas são apenas negativos, destruidores. E o que parece mais poderoso do que a destruição? Aqui se revela força, em relâmpagos e trovões. Ah, é tão fácil ser poderoso, é tão rápido destruir. E quão miserável o amor nos parece em comparação, quão difícil, quão trabalhoso é criá-lo. Folha seguindo folha até começar a aparecer uma flor, e então, após semanas, talvez meses, temos o primeiro fruto. Nove meses leva uma vida humana para se formar; mas vocês querem mudar o mundo inteiro em poucos anos. De qualquer forma, eu não duvido que vocês vão alcançar muitas coisas, quer dizer, vão destruir e destroçar várias coisas. Por que não? Afinal quem prepara sua vingança com tanta persistência e determinação deve um dia alcançar seu objetivo. Não está o mundo todo dormindo enquanto vocês agem sem serem incomodados? Talvez nem seja difícil para vocês arruinarem tudo. Mas eu te digo, o que quer que vocês realizem, seja quão grande for o seu sucesso, até mesmo se impuserem o domínio alemão sobre o mundo, não valerá a pena que um homem se rebaixe a isso."

Então Von Oertzen também se levantou: "Não é assim, Joachim, não é assim, de que adianta tudo isso?".

"Pode um homem mudar tanto assim? Eu conheci um Von Oertzen uma vez... Albert, você se lembra de como durante a guerra, em alto-mar, fantasiávamos sobre qual deveria ser o propósito de um navio como aquele em que estávamos? Não era matar nem destruir, mas ajudar. Um navio, você imaginou, que não deveria ter outra tarefa senão patrulhar as águas, vigilante, para ver se de algum lugar, do outro lado das águas, ecoava um chamado de SOS. Claro, aquilo era um devaneio, uma ingenuidade acima de tudo, mas estávamos impregnados do BEM."

Von Oertzen tentou se desviar: "O que significa tudo isso, justo agora?".

Mas Berkoff continuou, inabalável: "Pois neste momento, Albert, você não está ouvindo o SOS. Vidas humanas estão em perigo... Para o convés, capitão. Abram todas as válvulas. Vidas humanas em perigo!".

Já adiantando, foi em vão. O apelo à própria juventude não foi ouvido. A barragem erguida por décadas de dever e costume era muito sólida para ser derrubada por algum discurso sentimental. O *Gauleiter* partiu, abalado, mas não convencido, com o coração pesado e a premonição de uma iminente catástrofe.

25.

A estadia na "jaula" ficava cada vez mais insuportável. Os prisioneiros já haviam perdido a noção dos dias e havia discussões sobre qual dia do mês e da semana devia ser. Como lhes faltava o contato com o mundo exterior, a luz do sol não entrava na sala e as parcas refeições eram servidas apenas em intervalos irregulares, os coitados ficavam à mercê de sua memória para calcular o tempo. Lembravam-se dos dias pelas atividades corriqueiras e pelos acontecimentos insignificantes que quebravam a monotonia diária. "Schifnagel foi levado em uma terça-feira", calculava um deles, por exemplo. "Eu tenho certeza disso, pois foi exatamente um dia depois da chegada do violoncelista, que por sua vez chegou uma noite e um dia depois de eu ter sido trancafiado aqui." Claro que não era possível chegar a um acordo. Pois, desde a terça-feira que ele definitivamente se lembrava, sua memória falhava e tudo depois disso se misturava em uma espécie de massa viscosa de horas que se esticavam lentamente, com intervalos que se alternavam entre dormir e acordar, entre sonhos e devaneios.

Sim, vieram buscar Schifnagel, o velho, após ele ter tido um acesso de raiva. Outros também já haviam deixado a sala dessa mesma forma. Para onde? O que os aguardava do lado de fora, depois que um homem uniformizado indicando em silêncio que o seguissem aparecia? Liberdade ou um destino pior? Não importava, esperavam com impaciência por esse momento e invejavam furiosos aqueles que partiam, pois ao menos podiam se livrar daquela espera terrível e torturante.

Houve vezes em que Krakau gostaria de ter se rebelado, em que foi tentado a destruir tudo ao seu redor, a fim de conseguir com violência sua liberdade. Em outros momentos, perdia as esperanças, e, resignado, desmoronava em desespero e caía em uma letargia na qual tanto sua mente quanto seu corpo pareciam não mais viver. E esses ainda eram os momentos mais suportáveis, quando seus sentidos congelavam e seus pensamentos se perdiam no vazio. Mas infelizmente quando seu senso voltava a se alinhar em uma cadeia lógica, quando pensava em seu trabalho, em Lisa, na injustiça horrível que lhe acontecera, tinha vontade de bater a cabeça contra a parede para findar essa existência inútil e angustiante. A única coisa que mudou a seu favor é que, agora, só havia quatro deles na jaula. Assim podiam pelo menos se esticar nos bancos de madeira e escapar para o sono tanto quanto a madeira dura e o frio permitissem.

Krakau se ocupava em andar de um lado para o outro naquele espaço, agitando os braços para se aquecer como faziam os carreteiros. Realizava essa sequência de ações em intervalos regulares e em um ritmo preciso, o que, ele acreditava, facilitava a medição do tempo e, além disso, evitava que seus membros ficassem dormentes. Outro homem, ainda jovem, tentava — quantas vezes já não se sabe — convencer o velho rabino de que Deus não existia. Seus principais argumentos eram sempre o próprio destino deles, a situação deplorável em que se encontravam, pois nenhum dos aprisionados havia feito algo que pudesse justificar uma punição tão severa. Como então podia Deus, se realmente existisse e fosse o Deus justo que os sacerdotes descreviam, permitir tal injustiça? Por que Ele não punia os malfeitores? Por que não os ajudava? No início, o ancião ainda respondia às provocações, tentava advertir que não se poderia interpretar aquela provação de poucos dias como um abandono de Deus. Era exatamente nesse momento crucial, nessas situações que a fé era colocada à prova. Citou várias passagens da Escritura Sagrada em alemão e hebraico, fez referência a Jó e a outros que o Senhor queria testar, sem, no entanto, impressionar muito seu oponente. Este acreditava que a Bíblia era um livro morto, e, além disso, considerava pernicioso citar repetidamente as Escrituras, pois esse era o motivo do conservadorismo terrível e obstinado dos judeus que os havia levado mais uma vez à ruína. Ataques diretos a Deus e as dúvidas sobre Sua existência não faziam o velho soltar fogo pelas ventas como os ataques contra o livro dos livros faziam. Mas hoje ele tinha somente um sorrisinho de deboche como resposta. Nesses poucos dias, ele havia se deteriorado de modo assustador. Os olhos grandes e sinistramente pretos se destacavam no rosto emaciado, que parecia mais uma caveira do que a face de um vivo. Os dedos finos do ancião fizeram um movimento de reprovação no ar; ele estava muito cansado para brigar, simplesmente exausto. Krakau fez uma pausa em seu vai e vem olhando, como tantas vezes, com perplexidade para aqueles que discutiam. Para ele, assim como para qualquer outro religioso arcaico, uma discussão sobre a existência de Deus não interessava. Como poderia alguém discutir sobre o fato de um ser humano estar respirando, de uma flor estar desabrochando? E se alguém lhe perguntasse o que ele imaginava sobre Deus, ele provavelmente o teria olhado sem compreender e talvez, perdido em pensamentos, cantarolado um tema de um quarteto de cordas de Mozart. Ele tinha outras preocupações, muito mais urgentes do que essas que aqueles dois nunca paravam de discutir: que seus dedos ficassem rígidos e não conseguissem mais segurar o arco direito, por exemplo, ou onde Lisa poderia estar, o que estaria fazendo e se alguém estava tentando libertá-lo. Quando repassava mentalmente todos os seus amigos pela memória, todos aqueles que lhe deram sinais inequívocos de boa vontade, seus pensamentos sempre voltavam a Joaquim Berkoff. Se alguém estivesse na posição de ajudá-lo, seria esse homem. Mas será que ele faria isso? Ele tinha muita influência e um nome respeitável, mas será mesmo que esse ser tão quieto e modesto lhe estenderia a mão?

O novo dia, que raiou trazendo uma luz solar pálida e um frio congelante sobre a cidade, também trouxe uma surpresa aos internos da jaula. Logo depois do café matinal, que naquela manhã estava com um gosto ainda mais repugnante do que de costume, o velho rabino foi chamado. Ele desapareceu da mesma forma silenciosa que seus antecessores, sem saber o que aconteceria com ele. Foi cambaleando até a porta com as pernas bambas, tendo que se segurar no guarda para não cair. Então, as fechaduras e trancas tilintaram, e os remanescentes se entreolharam espantados. As esperanças foram renovadas. A fila andaria e a vez deles iria chegar. Até lá: manter a calma e não perder a cabeça.

Embriagado pela luz do dia, o velho homem caiu sentado em uma cadeira no gabinete para o qual o levaram. Sem deixar que ele descansasse nem mesmo por um momento, enfiaram um papel debaixo do seu nariz para que assinasse. Mas ele estava incapaz de pensar, incapaz de perceber qualquer coisa; ouvia zumbidos; cadeiras, mesas, pessoas, tinteiros pareciam girar ao seu redor, misturando-se em um caos impenetrável no qual ele se sentia perdido. Os dois oficiais se entreolharam sem saber o que deveriam fazer. Agora o velho parecia fazer uma nova tentativa de ler o papel, até pegou a caneta-tinteiro que estava à disposição, mas suas mãos começaram a tremer de tal maneira que escrever ficou fora de cogitação. No entanto, ele não deveria fazer nada mais do que assinar uma simples declaração, na qual ele deveria certificar que nada havia lhe acontecido durante sua custódia, que havia sido bem tratado. Sua libertação repentina devia-se ao fato de que Stübner havia sido informado por uma fonte segura de que naquele momento em Berlim não queriam qualquer ataque contra sacerdotes, de qualquer tipo que fosse; não queriam criar mártires naquele momento. Stübner entendeu o sinal e se apressou em agir antes das ordens oficiais. Agora que se recuperava do grande revés, queria se certificar de que tudo ao seu redor estava em perfeitas condições. Erich Stübner entrou no gabinete exatamente quando o velho fazia uma nova tentativa de assinar a declaração. Ele viu como, apesar do esforço, as mãos trêmulas não obedeciam ao rabino, viu como o olhar do homem de repente se direcionou ao calendário na parede e parecia não ser mais capaz de se desvencilhar.

"Ah!", exclamou ele rindo. Ao chegar perto do judeu, olhou para ele com bom humor: "Como vocês podem querer forçá-lo a escrever hoje, não estão vendo que é Sabá?".

Os oficiais riram da piada do superior, mas o judeu virou o rosto surpreso para Stübner. Ele olhou mudo para aquele homem enorme e forte, parado diante dele com as pernas afastadas. E Stübner, o grande e poderoso Stübner, não pôde deixar de se aterrorizar diante daquele rosto que era apenas dois olhos emergindo de séculos passados. Rapidamente, quase constrangido, deu algumas instruções para que o velho fosse deixado em paz por enquanto, que o levassem ao seu escritório particular e que trouxessem algo para ele comer, pois já estava prestes a desmaiar de fraqueza.

O *Gauleiter* adjunto, por mais estranho que possa parecer, tinha uma simpatia pelos judeus. Nascido e criado em uma pequena cidade da Prússia Oriental, teve contato com judeus desde a infância. Conhecia seus costumes e feriados, falava o jargão deles com certa familiaridade e era um dos poucos no movimento que não era antissemita, nem por princípio nem por convicção. Para ele, a teoria racial não passava de uma farsa ridícula, boa apenas para servir de isca para os estúpidos. Contudo, reconhecia a necessidade de todas essas medidas para garantir a vitória do movimento. Qualquer coisa que retratasse essa vitória como uma espécie de julgamento divino e fizesse com que seus Führer parecessem instrumentos divinos da providência era muito bem-vindo para ele.

Stübner observou, com prazer e curiosidade, como o velho devorava com avidez a comida trazida de um restaurante próximo. "Infelizmente, nossas prisões não são tão confortáveis", iniciou a conversa. O judeu, por sua vez, interrompeu apenas por um instante sua refeição. Se empanturrava, sem qualquer cerimônia ou timidez; nem mesmo o olhar invasivo daquele sentado à sua frente o constrangia. "Bravo, rabino", disse Stübner ao velho que já quase esvaziara o prato. "Só espero que não fique com dor de estômago." O judeu permaneceu em silêncio, apenas direcionava um olhar desconfiado para o inimigo, como se quisesse perguntar qual era o motivo daquele teatro e o que Stübner queria dele afinal. Após uma pausa, Stübner esclareceu que eles tinham a intenção de liberá-lo, já que presumiam que sua segurança não estaria mais em risco. No que dizia respeito à assinatura do documento, era apenas uma formalidade para fornecer uma negação efetiva às muitas mentiras que circulavam sobre a custódia de segurança.

"Hum", disse o ancião, balançando a cabeça. "O senhor acha que tal declaração vai ter algum crédito? Quando um dia alguém falar da jaula dos judeus, da aflição que as pessoas passavam, o senhor pretende mostrar essas assinaturas?"

"Um dia?", perguntou Stübner sorrindo astuto.

"Bem, vai ter um dia que as pessoas poderão voltar a conversar, não vai? Vão poder sair por aí e se expressar livremente e muitas coisas virão à tona."

"Não é bom quando se fala demais; nem todos sabem usar a língua direito, por isso é que acontece tanta desgraça no mundo."

"Mas essa mudez é tenebrosa, é como o silêncio de um cemitério."

"O que o senhor quer?", disse Stübner se levantando, sério. "As pessoas são inconstantes e precisam de alguém de pulso firme para guiá-las."

"Mas para onde vocês estão nos guiando?", perguntou o judeu, levantando as duas mãos. "Este é o ponto: para onde? Se esse guia for um grande homem, então é bom que ele guie. Se for um incapaz, então é perigoso tanto para o Führer que guia quanto para os que o seguem." Sorriu e se encostou confortavelmente na cadeira. Agora que estava com o estômago cheio podia meditar e debater. O outro já não lhe parecia um inimigo, mas um menino crescido, um aluno. "Vocês são apressados demais e esse é o erro mais grave e desastroso. A história viu grandes e pequenos, conheceu poderosos e fracos, viu serem fundados impérios que conquistaram quase toda a face da terra, e todos ficaram para trás como sonhos fugazes."

"Não restou nada, isso é verdade", completou Stübner pensativo, "nada."

"Resta a palavra, apenas", disse o rabino. "A palavra de Deus e o livro sagrado. O que vocês querem, por que estão nos encarcerando, por que perseguem os judeus? Vocês acreditam que, com isso, fazem com que a palavra não seja dita e o livro não seja escrito? Vejam, onde vocês matam cem, outros mil se levantarão para testemunhar contra vocês e causarão a sua ruína."

"Ruína?"

"Sim, pois vocês vão se arruinar", retrucou o judeu, batendo os dedos franzinos na mesa.

"E como se pode saber disso com tanta certeza?", perguntou Stübner divertido e assustado ao mesmo tempo.

"Porque está escrito no grande livro."

"Ora, quantas outras profecias guarda esse grande livro?" Ele tentou esconder a apreensão por trás da risada forçada, pois o velho lhe parecia muito mais assustador do que divertido.

"Não existe nada novo e nada velho no mundo, tudo já existia antes, apenas a forma muda. Os egípcios não perseguiram os judeus e Deus não os puniu?"

"Ah, então Deus está sempre do lado de vocês?" Sentou-se novamente e olhou para o velho.

"Mais um incrédulo", disse ele como se falasse para si, "há tantos deles agora. O que vocês colocam no lugar quando arrancam Deus do coração? O que colocam no lugar vazio? Colocariam sua própria imagem, sua ambição? Ah, que existência miserável! Pois bem, se vocês não querem acreditar em Deus, vou provar a vocês por que um Estado que persegue as pessoas por causa de sua fé deve entrar em colapso. Porque não há nem direito nem justiça nesse Estado. O direito precisa valer para todos, assim como o ar é para todos, assim como a luz do sol."

"Ah, tá bom, tá bom! Vocês judeus sempre foram os mestres da justiça. Mas esses dois tão alardeados pilares da sociedade humana não passam de um ideal, um belo pensamento, um sonho eterno. Onde está a justiça na natureza? Não vemos diariamente como o mais forte vence, como apenas o mais forte tem direito?"

"Ah, como é fácil falar, como é gratificante poder se referir sempre às leis da natureza quando se acredita estar do lado certo. Mas seria importante procurar saber quem é o mais forte."

Stübner não sabia como lidar com essa objeção. Ele pensou que seria fácil responder a essa pergunta. Se ele quisesse tomar o caso pessoal deles como ponto de partida, pensou, o mais forte seria o velho rabino ou ele, o *Gauleiter* adjunto? Ele fez a pergunta como se estivesse fazendo uma grande piada. Mas o judeu levou a sério. Bateu no peito com as mãos esqueléticas: "Eu sou mais forte. O velho rabino que aceita esmolas de suas mãos, que deve a liberdade à sua misericórdia".

"Eu poderia provar o contrário."

"O senhor pode me matar, tem os seus soldados, seus criados, mas eu tenho a justiça."

"Que grandes palavras! Não há nem justo nem injusto."

"Não são os fortes que criam a justiça, é a justiça que cria os fortes. Deus é a justiça, e o que vocês podem fazer contra Ele?"

O judeu se levantou, mas quando quis dar um passo, perdeu as forças e não conseguiu se manter de pé. Stübner, que estava gostando da conversa, gostaria de continuar a discussão por mais tempo, se um soldado não tivesse aparecido para lembrar que havia coisas mais importantes para fazer do que filosofar com o velho judeu. O rabino, embora fosse sábado e ainda tivesse várias reclamações a fazer, assinou a declaração sorrindo; como ele poderia recusar um pedido tão pequeno a um cavalheiro tão gentil?

Além disso, ele queria voltar para casa, tomar um banho e dormir...

26.

Bruno era um sujeito baixinho, rechonchudo e careca, de olhos risonhos e rosto brilhante; mas por detrás dessa máscara alegre de palhaço, escondia um raro dom de observação, um faro de detetive. Ele já havia servido Von Oertzen durante a Grande Guerra e, depois de uma pequena pausa, voltou a trabalhar com ele quando Von Oertzen retornou à vida pública. O *Gauleiter* se acostumara tanto a ele, a sua assistência silenciosa, sempre solícita e infalível, que Bruno se tornou como uma parte dele, indispensável.

Havia dias Bruno observava com crescente preocupação a mudança na personalidade de Von Oertzen, como se nuvens pesadas se acumulassem na testa do homem já silencioso que se tornava cada dia mais calado. As circunstâncias, no entanto, não permaneceram em segredo por muito tempo; ele nem precisava ter a mente brilhante que tinha para descobrir as artimanhas e intrigas que estavam se desenrolando. Tinha amigos em todos os lugares, entre os funcionários do quartel-general, empregados da casa de Stübner e outras pessoas. Assim, era capaz de se sentar com os amigos, rir, conversar e os questionar sem que percebessem nada. Quando descobriu a conspiração orquestrada por Stübner, já era tarde demais para tomar contramedidas. Astuto, trabalhou rápido. Aquilo já tinha ido longe demais. A remoção de Von Oertzen já era fato consumado e Stübner apenas aguardava uma última ordem assinada pelo Führer para substituir o suspeito e ocupar o lugar do homem arruinado por difamações e acusações. Quando Bruno se deu conta da extensão da intriga, o sorriso desapareceu do seu rosto por um momento. Isso era uma catástrofe, meu Deus, e ele não podia fazer nada além de alertar seu senhor, para que ele pudesse, pelo menos, salvar sua vida e garantir sua segurança pessoal.

Era difícil determinar se, naquele sábado, a situação já havia sido deliberada ou se o funcionário indiscreto da casa de Stübner, que servia para Bruno como principal fonte de informação, fazia as coisas parecerem assim por presunção. No entanto, ele não esperou para agir.

Durante a tarde, começou a se ocupar das malas, empacotando alguns panos e peças de roupas, entrando e saindo correndo do escritório de Von Oertzen, até que este o questionou sobre o que pretendia com toda aquela movimentação. Bruno, que estava tirando os livros preferidos de Von Oertzen da estante, parou e resmungou que Von Oertzen precisava viajar de imediato, sem falta, e que ele já havia começado a preparar tudo.

"Meu Deus amado, Bruno!", exclamou Von Oertzen, rindo contra a vontade, "quem falou alguma coisa sobre viagem?"

"Exato, como o senhor não fala nada, preciso providenciar isso. As coisas não podem continuar assim. Olhe para o senhor, parece uma sombra, um..." O bom Bruno estava indignado, tão indignado que lhe faltavam as palavras.

Von Oertzen se ergueu. Tinha algo de tentador na ideia de viajar, abandonar tudo e ir para outro lugar, quem sabe até para as montanhas. Mas será que ele poderia, nesses tempos críticos, solicitar uma licença? Não seria arriscado deixar seu posto, mesmo que por pouco tempo? Embora estivesse muito agradecido pelo cuidado, balançou a cabeça e fez um sinal para o funcionário interromper os preparativos, viajar estava fora de cogitação. Bruno mordeu os lábios; era evidente que ele já havia imaginado que seu patrão não se deixaria colocar no trem como uma criança. Então foi um pouco mais incisivo e explicou que ele até havia considerado que Von Oertzen deveria passar um tempo com seus parentes na Dinamarca. Ao ver que Von Oertzen ainda assim não havia compreendido ou não queria compreender, Bruno foi mais explícito. Mesmo que o senhor *Gauleiter* não quisesse saber, ele estava em perigo, em perigo absoluto e iminente, e a viagem que estava preparando não era nada mais nem nada menos que uma fuga. Sentou-se satisfeito em cima da mala ao ver o efeito que sua mensagem produzira. Então explicou em detalhes por que Von Oertzen não deveria ter se envolvido no caso Krakau. Pois o caso Krakau, que parecia tão insignificante e sem importância, havia colocado uma corda em seu pescoço. E contou em detalhes o que vinha ocorrendo. Ele estava informado e sabia das atividades insidiosas de Wendt, sabia da fatídica carta que Wendt havia encontrado na casa de Krakau e sabia também da ambição ardente de Stübner, que aproveitou a oportunidade para puxar o tapete de seu superior.

"Então", disse ele, "ao terem nas mãos uma prova da culpa de Krakau, uma prova da qual o senhor obviamente não sabia, ficou fácil apresentar as coisas como se o senhor estivesse defendendo um judeu condenado por ofensas contra o Estado. Stübner tem amigos muito influentes e é implacável."

Von Oertzen permaneceu imóvel e não deixou transparecer nenhuma mudança em seu rosto. Por fim, disse simplesmente: "Você é um amigo fiel, mas eu nunca na minha vida me esquivei de um perigo, nunca fugi".

"Não se trata de um perigo que se possa enfrentar com bravura ou um inimigo contra quem valha a pena lutar de forma honesta, trata-se de uma armadilha vil e infame que prepararam para o senhor e a única honra que o senhor pode obter é não cair nela."

"Então encontraram provas?", perguntou Von Oertzen.

"Sim, encontraram."

"Logo, Krakau não é inocente."

"O senhor se arruinou por um judeu. Isso é ridículo, um Krakau, um Moisés, um músico."

"Me enganaram."

"Finalmente, o senhor está vendo o quão traiçoeiro é esse jogo."

"Bruno, você pode", Von Oertzen começou a falar depois de um tempo, "desfazer as malas, pois eu não vou viajar, não vou fugir. Se quiserem me tirar de cena e levar a julgamento, saberei me defender. Não fiz nada além de manter a lei e a ordem da melhor forma possível. Quero ver quem vai poder me prejudicar!" Em seguida se levantou, não sem orgulho.

O fiel Bruno se calou. Será que esse homem não estava vivendo no presente? *Nada além de manter a lei e a ordem da melhor forma possível*, como se isso ainda valesse alguma coisa nesse mundo. Ele se ocupou em saber se um judeu que estava na prisão era culpado ou inocente. Um judeu, nada além de um judeu, e ele deveria saber que não existia culpado ou inocente quando se tratava de judeus, que esse povo não tinha direitos, era apenas tolerado. Mostrar simpatia por um judeu era suficiente para ser considerado não confiável; e o que eles faziam com os não confiáveis? O país estava cheio de rumores de que às vezes não se contentavam em afastá-los, mas queriam torná-los inofensivos, de uma forma bem mais contundente.

Tais eram os pensamentos de Bruno, mas ele não os expressava. A seriedade e coragem cavalheiresca de Von Oertzen pareciam desatualizadas para o funcionário, mas diante da resolução do *Gauleiter*, não lhe restou nada a não ser ficar calado, preocupado e tomado de pressentimentos sombrios.

Essa foi a primeira noite em que o diretor artístico, Joachim Berkoff, depois de uma ausência de mais de uma semana, apareceu no teatro. Estavam encenando *Fidelio* naquele sábado. Ele chegou em seu camarote durante o primeiro ato e foi imediatamente percebido pelo maestro, a orquestra e os cantores. Foi uma apresentação morosa e sem vigor, sem brilho, arrastada. Jung, que estava escalado para aquela noite, havia cancelado; estranho, havia uma semana ele vinha cancelando, parecia ter perdido o interesse, assim como o próprio diretor artístico. Berkoff se irritou, Leonore era interpretada por uma cantora robusta de seios fartos e extremamente dramática, e queriam que as pessoas acreditassem que aquela mulher voluptuosa, quase arrebentando as calças de tão justas, pudesse se passar por um rapaz. O diretor artístico pensou brevemente que seria necessário prestar mais atenção à aparência e ao corpo das cantoras em geral. Uma personagem como Leonore deveria ser diferente, uma pessoa delicada e fraca, a quem somente o amor fornecia uma força enorme, semelhante a Lisa Krakau; sim, essa foi a única razão que o levou ali afinal, pois agora tudo o fazia se lembrar da Lisa-Leonore. Aquela decepção não estava prevista. Era impossível prever o que aconteceria ao teatro se Jung se retirasse, como tudo seria dirigido pelo esnobe Brünn de acordo com os velhos padrões ridículos.

Absorto nesses pensamentos, ele nem percebeu que mais alguém havia entrado no camarote; uma mão pousou em seu ombro e ele reconheceu com espanto o maestro Jung, o homem em quem mais pensava naquele momento.

"Diretor, eu preciso falar com o senhor", sussurrou o maestro com urgência e tom de segredo. "É muito importante."

Eles se sentaram em duas poltronas no átrio, um em frente ao outro, e se observaram por um tempo calados na penumbra.

"O que está havendo, Jung, onde o senhor se meteu?"

"Eu estou..." começou, Jung, nervoso. "Eu não estava aguentando mais, hoje fui à casa da sra. Krakau."

Berkoff apenas assentiu com a cabeça. "Como ela está?", perguntou.

"O senhor sabe que ela está grávida?"

Berkoff assentiu novamente com a cabeça.

"É terrível, não dá para só ficar assistindo, alguma coisa precisa ser feita. A mulher está à beira do desespero. O senhor tinha que tê-la visto como eu a vi. É de partir o coração, por Deus, poucas vezes presenciei algo tão deprimente. Para piorar a situação, ela passou a se culpar por seu marido ainda não ter sido libertado. Imagine o que aconteceu: um tal de Wendt, ao que tudo indica, um informante, descobriu, de alguma forma, uma carta, uma carta que Krakau começou a escrever para um tal dr. Spitzer, a partir da qual se conclui que ele ajudou esse homem procurado por sonegação de impostos a fugir. Um crime, uma prova de culpa."

Berkoff o interrompeu estarrecido: "O quê?, uma prova de culpa? Então, sim, também não vejo nenhuma possibilidade... Maldição! Essa era a minha única esperança, que não pudessem apresentar nada contra ele".

Mordeu os lábios enquanto Jung o observava assustado e consternado. "Albert von Oertzen é seu amigo", começou ele em voz baixa, quebrando o silêncio.

"Sim, isso é verdade", continuou o diretor artístico. "Esse homem é um dom-quixote da justiça. Se houver apenas uma sombra de culpa sobre Krakau, ele não fará nada por ele. O senhor não o conhece."

Jung tinha outro plano em mente; pensou que talvez pudessem ter mais sucesso se conseguissem dinheiro, e de fato apareceu um advogado que se ofereceu para libertar Krakau por cinco mil marcos. Ele conhecia o homem e o considerava confiável. Nem ele nem a sra. Krakau tinham condições de juntar toda essa quantia, por isso pensaram em Berkoff.

"Isso é muito dinheiro", respondeu o diretor artístico, "e os senhores ainda precisam contar com a possibilidade de uma fraude. Quem garante que não serão enganados e mais tarde responsabilizados por suborno de funcionários públicos?" Então a ideia de recorrer a Katarina lhe voltou à mente; a coisa toda parecia tão complicada e confusa que ele perdeu a coragem. Mas ela estava na Suíça praticando esportes de inverno e, por descuido ou de propósito, não havia compartilhado seu endereço. Jung, por outro lado, observava seu interlocutor com desconfiança. Desculpas? Pretextos? Será que ele já estava cansado da luta, queria desertar também?

Retornaram ao camarote e se sentaram na balaustrada. Nesse meio-tempo, o ensaio já estava na cena do cárcere. O palco era ocupado por Leonore, obrigada a cavar a cova do próprio marido, o velho carcereiro e o prisioneiro pálido e abatido. Era sem dúvida uma cena dramática, apesar de todo o humor involuntário que emanava da Leonore gorda e do muito bem nutrido Florestan. Berkoff fixou os olhos no palco e teve a sensação de que essa fábula nem era tão exagerada assim, como muitos adoravam classificá-la, pois, para ser sincero, o mundo de hoje não parecia mais agradável do que naquela época. O entusiasmo que sentira nos últimos dias e o vigor juvenil que o fizeram lutar por seu colega capturado o abandonavam aos poucos, e ele já estava a ponto de retornar à sua calma resignada, ao seu sono artificial, o qual, por costume de tantos anos, já considerava natural. Outros eram os pensamentos que abarrotavam a cabeça de Jung enquanto deixava seu olhar deslizar do palco para a orquestra e da orquestra para o palco. A resignação não tinha lugar ali; o pequeno e vivaz maestro não teve, em nenhum momento, a intenção de desistir da luta. Na verdade, ele pouco prestou atenção na apresentação, enquanto repassava incansável planos antigos e novos em sua mente e ponderava como poderia atingir seus objetivos de forma mais segura. A tentativa de suborno agora lhe parecia pouco promissora. Na verdade, era arriscada e poderia trazer infortúnios. Além disso, esse parecia também ser o caminho mais longo, pois enquanto negociavam com o advogado, levantavam o dinheiro e ele começava a distribuir o suborno, Krakau poderia muito bem ser transportado para algum campo de concentração. Era preciso levar isso em consideração, pois era muito mais difícil do que se pensava, quando não impossível, tirar alguém desses campos.

No palco, o sinistro Pizarro ameaçava matar o prisioneiro Florestan com um punhal, quando Leonore, munida da coragem advinda do desespero, se jogou no meio. "Antes mate a esposa dele", gritou ela, e, segurando uma pistola, obrigou Pizarro a soltar o cativo. E então, naquele momento, soou um sinal nos bastidores do palco, o trompete, que anunciava a chegada do ministro. Repentinamente, Berkoff ficou hipnotizado por essas cenas. *Ah*, pensou ele, *esse sinal devia soar para todo mundo, para toda a humanidade. Mas que tipo de ministro ele deveria anunciar? Não deveria ser um enviado de Deus?*

Jung agarrou Berkoff e fez sinal para que o seguisse. Ele havia encontrado a saída que esperava, a ideia salvadora, embora fosse um ato de violência, mas que tinha de ser bem-sucedido. "O senhor não é amigo do *Gauleiter* Von Oertzen?", perguntou a Berkoff, que confirmou um tanto surpreso uma vez que Jung já havia feito essa pergunta não fazia muito tempo. Agora estava curioso para saber aonde o maestro queria chegar.

"Acho que uma vez o senhor contou que havia salvado a vida dele."

"Sim, mas essas são coisas que pertencem ao passado."

"De jeito nenhum", disse Jung, cada vez mais imperativo, "ele te deve a vida, e é chegado o momento de cobrar essa dívida."

"O que está querendo dizer, eu não entendo..."

Que ideia mais estranha Jung teve, que tipo de negociação ele tinha em mente? A vida de Krakau pela vida de Von Oertzen, em poucas palavras, era a solução que a sua fantasia impaciente sugeria. O diretor artístico ficou chocado: afinal, não se negocia com a vida humana, não é uma mercadoria que você possa barganhar. Mas Jung o convenceu e a preocupação genuína com o destino de Krakau deu-lhe uma eloquência sem precedentes. Na sua opinião, Krakau estava definitivamente perdido, a menos que alguém o ajudasse, e essa ajuda precisava acontecer imediatamente. Ele dissipou as preocupações de Berkoff e conseguiu atingi-lo em seus pontos mais sensíveis. Von Oertzen era a chave para a prisão de Krakau. Essa era a conclusão de seu discurso, somente ele estava em condições de libertá-lo. E assim conseguiu convencer o hesitante a agir.

27.

A noite em que a decisão acerca do caso Krakau foi tomada estava hostil e fria. Os dois homens pegaram um táxi até o apartamento de Von Oertzen. Jung decidiu esperar no carro enquanto Berkoff falaria sozinho com o amigo. Determinado a convencer o *Gauleiter* usando todos os meios de persuasão disponíveis e a apresentar aquela velha nota promissória somente em último caso, tocou a campainha de Von Oertzen. Bruno abriu a porta e recebeu o visitante noturno com uma desconfiança indisfarçável. Ele não acreditava que o senhor *Gauleiter* ainda o pudesse receber, disse em tom repreensivo, mas em seguida o dono da casa apareceu na soleira do escritório e perguntou o que estava acontecendo. "Ah, é você, Joachim", exclamou. "O que o traz aqui? Alguma novidade?"

Apesar da pouca iluminação no escritório, Berkoff percebeu que Von Oertzen parecia excepcionalmente mal, como se seus pensamentos não estivessem presentes. De fato, ele não havia saído do quarto desde a conversa com seu fiel escudeiro, havia ficado indiferente ao mundo ao seu redor, vítima dos pensamentos que o torturavam. No entanto, bastou Berkoff mencionar o nome Krakau para tirá-lo da letargia. Von Oertzen disse que não havia mais nada a fazer além de transferir o músico para uma prisão adequada e iniciar o processo contra ele. Berkoff pareceu surpreso. O *Gauleiter* contou sobre a conexão de Krakau com Spitzer, a quem o músico ajudou a fugir. Essa mudança nos fatos, era mais que óbvio, tornara a sua intervenção impossível. Berkoff se deixou afundar em uma poltrona e esticou as pernas. Ofereceu um cigarro a Von Oertzen e se forçou a não perder a compostura.

"Cá entre nós, caro Albert, você realmente considera um crime tão condenável estender a mão a alguém em apuros, sabendo que essa pessoa não fez nada desonroso? Não sabemos como ou de que maneira ele fez isso, nem mesmo se ele sabia dos delitos do dr. Spitzer. E a culpa desse médico? Que tentou salvar o que era seu, se proteger da pilhagem estatal."

Berkoff riu, mas Von Oertzen não respondeu no mesmo tom.

"Não cabe a mim discutir as leis, mas sim garantir que sejam obedecidas, esse é o meu dever. Onde iríamos parar se cada um decidisse por si o que é justo e legal."

"Ah, você tem razão", respondeu Berkoff, levantando-se, "isso exigiria um povo composto de indivíduos altamente desenvolvidos, o que este, do qual temos a honra de fazer parte, não é e nunca será, enquanto continuarmos no rumo atual."

Von Oertzen, com os braços cruzados sobre o peito, disse: "Já me expus demais para agradar a você, para ajudar o seu amigo. Você sabe que querem me responsabilizar, fazer um julgamento contra mim porque defendi um judeu?".

"O quê? Estão acusando você... mas logo você, o espelho da justiça?"

"O que não me disseram foi qual acusação recai sobre Krakau, e com fios bem finos e invisíveis teceram uma rede para mim, na qual caí feito um peixe!"

"Você quer se entregar, em vez de se prevenir contra eles?"

"Eu devo fazer o que é meu dever."

"Ah, essa palavra repugnante, como eu a odeio. Você não acredita que há um dever maior que esse para com o seu superior? Você não é antes de qualquer coisa um ser humano? Você também não tem contas a acertar com seu Deus? Que tipo de Estado é esse que tem duas medidas de justiça, uma para judeus e outra para cristãos, e que tipo de homem serve cegamente tal Estado?"

"Talvez", disse Von Oertzen com muita calma, "você tenha razão, e eu tenha emprestado meu braço a uma causa que deveria ter combatido. Depositei minha honra nisso, mas os desonrosos se esconderam atrás dela como se fosse um escudo, sim, eles usaram bem esse escudo, para que no final eu acabasse sendo o desonrado e eles..."

"Defenda-se, Albert."

"Já é tarde demais."

"Para lutar, nunca é tarde demais."

Von Oertzen fez um sinal de recusa com a mão e se sentou, cansado. "Não deveríamos ter nos distanciado tanto, Joachim, pois talvez isso tudo não tivesse chegado tão longe. Eu pensei que estava cumprindo meu dever, nada mais do que meu dever, como convém a um velho soldado, e agora você, um dos poucos verdadeiros amigos, acaba ocupando o papel de inimigo."

Berkoff se assombrou. O que ele poderia dizer para animar aquele homem? E teria coragem de apresentar a ele, nesse estado, a velha nota promissória? A buzina do táxi esperando soou lá embaixo. Estavam impacientes. O diretor artístico se recompôs: "Albert", disse ele, aproximando-se do amigo, "agora que você mesmo reconhece o quanto de injustiça está ocorrendo e já ocorreu, deve usar seu poder para corrigir ao menos esse caso, dentre tantos outros casos malfadados. Salve Erich Krakau".

"Eu não tenho mais poder."

"Hoje você ainda o tem, mesmo que amanhã possam te acusar, hoje você ainda é o *Gauleiter*! Hoje ainda te obedecem, seguem suas ordens. Aproveite o tempo e abra o cárcere."

"E o que será de mim, se eu fizer tudo isso?", perguntou ele, sem ao menos erguer a cabeça.

"Você não vai esperar para ver! Não se entregará de mãos atadas aos seus inimigos. E ademais, há tantos lugares onde o braço da máquina tirânica não pode alcançá-lo, onde um homem justo pode viver em paz."

"Talvez na Dinamarca, com meus parentes?"

"Por exemplo."

De repente, Von Oertzen começou a rir: "Agora você está tocando a mesma melodia que meu bom Bruno, que até já tinha feito as malas. Só que ele me pediu para manter as mãos longe do caso Krakau, e você me aconselha agora a metê-las fundo nisso".

"Melhor ainda que você já esteja preparado. Lance a eles a luva de desafio e que comece a luta."

"Fugindo", respondeu Von Oertzen bem devagar. Mergulhou de novo no silêncio, e Berkoff, que esperava tê-lo convencido, não ousou perturbá-lo. "Não posso fazer isso, pois Krakau não é inocente."

"Bem, se pedir não adianta, então precisarei exigir."

"Exigir?"

"Naquela época, durante a guerra, eu salvei a sua vida — e que Deus me perdoe por lembrá-lo disso — e hoje exijo de você a vida de Erich Krakau. E se você for um homem de honra, pagará a dívida."

"Um negócio, então", disse ele, "um negócio como qualquer outro! Uma dívida que deve ser paga, uma vida pela outra, um processo natural. Mas de quem", acrescentou, voltando-se subitamente para Berkoff, "de quem você cobrará a vida desse Krakau mais tarde?"

O diretor artístico ficou abalado e começou a se desculpar e a se defender. Disse que não era leviano, não havia sido a frivolidade que o levara até aquele ponto. Tinha o maior respeito pela vida humana e não era de sua natureza brincar com isso. Tratava-se de salvar uma vida, e não lhe importava se algum juiz de óculos, um juiz burguês, pudesse considerar Krakau culpado de algo, pois ele sabia que o amigo era um homem acima de qualquer suspeita. Von Oertzen ouviu tudo com atenção, ou pelo menos pareceu prestar atenção às palavras de seu convidado. E quando Berkoff terminou, ele apenas balançou a cabeça de leve. "Você está me tirando minha última proteção, Joachim, minha consciência limpa." Depois dessas palavras, chamou seu criado Bruno e lhe disse em poucas palavras que sairia, mas que voltaria no máximo em uma hora.

"As malas, sr. Von Oertzen?", perguntou o criado, que agora olhava o diretor artístico quase com hostilidade. "O que devo fazer com as malas?"

"Ah, sim, as malas, certo. Quando eu voltar, Bruno, eu lhe direi para onde levar as malas. Quando eu voltar."

"Você vem comigo?", perguntou Berkoff.

"Vamos", foi a resposta. "Vamos, Joachim, abrir os cárceres."

Seguiram em silêncio para a delegacia, onde Von Oertzen saiu do carro e desapareceu no sombrio edifício, deixando Berkoff e Jung aguardando tensos. Uma vez lá dentro, o *Gauleiter* exigiu sem rodeios as chaves da cela dos judeus e convocou dois dos policiais em serviço para acompanhá-lo. Esses, assustados e pegos de surpresa, não ousaram fazer objeções; apenas seguiram o caminho até o porão úmido, abriram a porta da misteriosa prisão e permitiram a entrada de Von Oertzen. O ar úmido e sepulcral que o envolveu quase tirou sua respiração; após se habituar um pouco à penumbra, viu-se cara a cara com o músico. "Sr. Krakau?", perguntou o *Gauleiter* com uma voz estranha até para ele. O outro se inclinou e confirmou.

"O senhor está livre", proferiu Von Oertzen novamente. "E esses dois, o que fizeram?"

Os policiais, aos quais as últimas palavras foram dirigidas, encolheram os ombros. Não faziam ideia e provavelmente ainda estavam tentando descobrir por que os judeus estavam trancados ali. Com um gesto impaciente, Von Oertzen interrompeu os policiais.

"Eles também devem ser soltos de imediato."

Desapareceu de novo tão de supetão quanto chegou, após proclamar, como um deus, a liberdade dos três prisioneiros.

Krakau, que ainda pensava estar sonhando, se viu de repente na rua e nos braços de seus amigos. Jung o cumprimentou como alguém ressuscitado dos mortos e o apalpou de todos os lados, como se quisesse se certificar de que ele estava inteiro e ileso.

"Sim, sim, ainda sou eu, o velho Krakau", riu o músico, espiando com curiosidade para dentro do carro, como se esperasse encontrar alguém lá. Jung explicou que sua libertação não era tanto obra deles, mas do *Gauleiter* Von Oertzen.

"Onde está Lisa?", interrompeu Krakau com impaciência.

"Vamos até ela agora mesmo", disse Berkoff. "Ela ainda não sabe do sucesso da ação." Krakau se deixou cair no estofado do carro como se estivesse embriagado; e, por um momento, o ar fresco e as emoções ameaçaram fazê-lo desmaiar.

O carro, todavia, não se movia, pois ainda esperavam por Von Oertzen, que saiu nesse momento e parecia muito surpreso por encontrar o carro ainda lá. Berkoff acenou para o amigo e lhe pediu que se apressasse. No entanto, meio distraído e ausente, ele perguntou pelo que estavam esperando.

"Por você", foi a resposta de Berkoff, e ele fez menção de sair do carro. Von Oertzen acenou com a mão e não se deixou convencer. Ele se enrolou firmemente em seu casaco, enfiou as mãos nos bolsos e desapareceu na rua escura e fria de inverno.

"Ah, que teimoso", disse Berkoff quando partiram, "esse maravilhoso turrão."

Contrariando todas as expectativas, não foram Jung e Berkoff que fizeram uma surpresa, mas a própria Lisa. Encontraram o apartamento vazio, e se Krakau não tivesse achado suas chaves entre as coisas que lhe foram devolvidas na prisão, eles teriam sido forçados a esperar no corredor. Lisa havia desaparecido, a empregada não estava em lugar algum, e Krakau, cheio de maus presságios, percorreu o apartamento em vão, do corredor até a saída da cozinha.

"Onde ela pode estar?", disse ele para os amigos. "É quase meia-noite." Eles ficaram pelos cantos do apartamento desamparados e desanimados, e a alegria e satisfação que haviam sentido pouco antes deram lugar à decepção. No entanto, toda a exaustão de Krakau desaparecera.

Um movimento na porta de entrada fez com que ficassem em alerta. Alguém tentava abrir a fechadura com uma chave. "Aí está ela", exclamou Krakau, mas não era Lisa quem entrava, era Anna Schmidt, que se esforçava para ser o mais silenciosa possível. Seu susto foi tão grande quanto a surpresa de Krakau e seus companheiros.

"Por favor", Krakau tomou a palavra. "Quem é você? Como conseguiu essa chave?"

"Você é... Você por acaso é Erich Krakau?"

"Você me conhece?"

"Não, não, mas me diga, quem são esses dois? Polícia?" Krakau negou. "Então libertaram o senhor? Mas onde está Lisa?" Sem mais palavras, ela deixou os homens e correu pelos quartos. Krakau a seguiu e a segurou pelos ombros: "Onde está minha esposa? Você precisa me dizer".

"Por Deus, eu não sei. Meu Deus, agora ela deve ter ido até o fim com aquele porco, e não é mais necessário; o senhor já está livre, não é mais necessário! Mas deixe comigo. Se há alguém capaz de pôr fim a essa história, esse alguém sou eu."

28.

Anna havia se tornado amiga íntima de Lisa nos últimos dias e quase sua única companhia, então não foi difícil imaginar para onde Lisa poderia ter ido àquela hora tão incomum. Desde o incidente desastroso com a carta, a pequena mulher não parava de se culpar pela piora na situação de seu marido: "É castigo por eu ter ficado sentada sem fazer nada, por não tomar nenhuma providência e ficar esperando por um milagre".

Anna era impotente diante dessa autoacusação; juntas, elas haviam elaborado vários planos, mas nenhum deles havia sido executado até o momento. Anna sempre voltava à ideia de forçar, sob ameaça, Wendt ou Stübner a devolver a carta a Lisa, enquanto Lisa continuava insistindo que precisava procurar Wendt, sobre quem ela acreditava ter algum poder. Ela pediu que Anna não saísse de perto dela, pois tinha medo de ficar sozinha em casa, e assim, nas últimas noites, Anna havia dormido na casa de Lisa.

No entanto, nessa noite, impulsionada pelo medo e sem dizer nada à amiga, Lisa deixou a casa obstinada a finalmente se encontrar com Wendt. Assim que saiu, andou sem rumo pelas ruas.

Estava forte o suficiente para começar o jogo? Ela sentia um formigamento leve, um desejo de se arriscar?

O próprio jornalista abriu a porta e tentou disfarçar sua surpresa com algumas gentilezas desajeitadas. Como assim, a senhora estava lhe dando a honra de uma visita? Então a convidou a entrar e pediu que lhe entregasse o casaco pesado. Lisa preferiu mantê-lo. Mas ela tomaria ao menos uma xícara de chá com ele? Ela não recusaria esse pequeno favorzinho a ele, não é?

"Não, isso também não", disse Lisa quase sem emoção.

"Bem, então acredito que a senhora realmente veio apenas a negócios, embora eu não saiba que negócios nos conectam."

Lisa se sentou. "O senhor sabe", respondeu ela. "O senhor acabou partindo tão depressa."

"Nossa conversa não havia se encerrado?"

"Da minha parte, não. Sr. Wendt", disse ela, forçando uma calma, "quando o conheci, pensei que o senhor fosse um homem de honra, e quando me ofereceu ajuda, pensei que estivesse sendo sincero. Não queria acreditar que o senhor viria à minha casa para me destruir."

Wendt mordeu os lábios. Mas ele tinha intenção de ajudá-la, exclamou. No entanto, após encontrar a carta incriminadora, teve de tomar uma atitude drástica, cumprir seu dever como cidadão.

"Mas para um cavalheiro não deveria haver um dever maior do que ajudar uma dama. Então, o que o impede de me entregar a carta e extinguir sua vergonha?"

Ele teve vontade de dizer que não podia devolver a carta porque não a tinha mais, e reforçar que sua influência nesse assunto era limitada, depois de tudo o que havia acontecido. Mas ficou em silêncio, pois o desejo de possuir aquela mulher cresceu dentro dele. Agora era o momento de cobrar de uma vez por todas o preço mais alto que uma mulher poderia pagar, e o fato de ele não ter nada a oferecer em troca só o excitava mais. Ele se sentou bem ao lado dela e subitamente pegou em sua mão. Ela permitiu com uma relutância quase imperceptível. "Vamos esquecer a carta por um momento, vamos esquecer seu marido, falemos de algo muito próximo e extremamente importante."

"E isso seria?"

"Falemos sobre mim, por exemplo."

"É sério?" Com um movimento rápido, Lisa se levantou e deu alguns passos pelo quarto. Era um pequeno espaço que servia simultaneamente como sala de estar e quarto, à maneira dos apartamentos de solteiro. As poltronas macias e as almofadas largas indicavam que Wendt costumava ter suas aventuras amorosas ali. Tudo estava ao alcance, a mesinha com os diversos licores, os interruptores de luz para reduzir a iluminação no momento adequado. Ela o olhou com escárnio. E então soltou uma risada.

"Sou uma mulher casada, uma futura mãe. O senhor realmente acha que eu me deixaria levar por algo assim?"

Com uma força brutal, ele a forçou a ficar de joelhos. "Eu quero você", e com olhos incrivelmente cintilantes, acrescentou: "Desde aquele momento no café venho pensando como seria maravilhoso te ver assim diante de mim. E quando a tinha sentada diante de mim com toda a sua arrogância lá na sua casa e ao me tratar como um mendigo, só tive o desejo de humilhá-la. Você pode ser obediente. Ou eu posso usar a violência. A escolha é sua."

"Bom", respondeu Lisa, "estou pronta."

Hesitante, ele soltou o braço dela, que apertava com extrema força, e observou com atenção enquanto ela se levantava devagar.

"Mas jure que o senhor ajudará meu marido. Jure por tudo o que é mais sagrado para o senhor, pois eu presumo que algo no mundo deve ser sagrado para o senhor, talvez uma mãe."

"Você fala demais." E quando ele estava prestes a atacá-la

mais uma vez, algo inesperado aconteceu. A porta se abriu e Anna adentrou o recinto. Em sua mão, um pequeno revólver cintilava. Então ela engatilhou a arma. "Amanhã vão encontrar seu cadáver aqui, e eu vou garantir que não haja dúvidas sobre a identidade do assassino. Vou alegar que você, assim como eu, pertencia a uma organização secreta, que o senhor queria denunciar. Haverá um julgamento, e a lista de conspiradores que será encontrada comigo será muito longa. E esses conspiradores, que não sabem de conspiração alguma, serão enforcados, meu senhor. O senhor está pronto, sr. Wendt?"

Então ela atirou. Era uma arma pequena e muito silenciosa. No total, ela disparou três vezes. Quando o homem no chão não se movia mais, ela estendeu a mão para Lisa.

"Vamos, precisamos sair. Seu marido está livre, e a senhora precisa cruzar a fronteira ainda esta noite."

Epílogo

Aqui termina a história do caso Krakau, no que diz respeito aos eventos que o envolvem diretamente. Para os íntegros, aqueles que acreditam em uma justiça equitativa, pode ser reconfortante saber que Erich Krakau e sua esposa cruzaram a fronteira em segurança, apesar de todos os perigos. E que Fritz Eberle não conseguiu o cargo desejado na orquestra municipal.

Mas o que os defensores da justiça dirão sobre Erich Stübner, que alcançou altas honrarias e se tornou um dos poucos homens que podiam influenciar os destinos do Reich; sobre o diretor artístico Joachim Berkoff, em pouquíssimo tempo, mas depois de mil pequenos aborrecimentos, por meio de uma cadeia de sujas intrigas, foi forçado a renunciar, junto com o maestro Jung? E como esses mesmos defensores lidarão com o fato de Albert von Oertzen não ter encontrado outra solução para si senão tirar a própria vida? Ele cometeu esse ato na mesma noite em que o deixamos. Com sua pistola de serviço, ele se matou logo depois de enviar seu criado Bruno com algumas malas para a estação de trem. Em sua mesa, foi encontrada uma carta que ele havia deixado, escrita pouco antes de sua morte voluntária, uma carta que pouco esclarecia ou justificava seus passos, e mais se assemelhava a um apelo a sua amada pátria e a uma espécie de testamento político.

Alguns dias depois, Joachim Berkoff se encontrou com o maestro Jung no corredor do teatro. Na cidade, as prisões começaram a chamar a atenção e os boatos mais absurdos circulavam. Uma atmosfera de incerteza e suspeitas se espalhava, e vizinhos, amigos e camaradas se olhavam com desconfiança. Contava-se que uma moça chamada Anna, que trabalhava numa taberna, suspeita de assassinar o jornalista Wendt, havia encontrado uma lista de pessoas que supostamente faziam parte de uma associação secreta. Pessoas cuja lealdade ninguém ousaria pôr em dúvida antes, nomes que pareciam, ainda ontem, acima de qualquer suspeita. E Anna Schmidt revelou pronta e voluntariamente os segredos que agora punham os até ontem inocentes em campos de concentração e prisões. De que adiantou eles jurarem inocência? Foram todas as vezes confrontados com o testemunho de Anna, que tinha uma memória infalível e implacável. A polícia secreta agia cada vez com mais pressa. O juiz de instrução, que era assediado diariamente e de hora em hora, havia prometido à acusada uma redução da pena se ela colaborasse com as investigações. E Anna, pelo que parecia, temia por sua vida, porque mencionava nome após nome e apresentava indício após indício.

Jung puxou o diretor artístico para um canto e lhe perguntou em sussurros se já tinha ficado sabendo que Fritz Eberle também havia sido preso. Berkoff parecia pálido e tinha a fisionomia muito abatida, como alguém a quem os pensamentos não davam paz.

"Quem é Fritz Eberle?", perguntou ele de maneira distraída. "Ah, sim, Krakau fez a audição desse rapaz, foi uma ideia sua, uma boa ideia, inclusive. Então ele foi preso? Menos mal, eu já pensava que teria que contratá-lo para a orquestra, já o via como violoncelista solo. Ha! ha! ha! Ele também está entre os suspeitos?"

Jung limpou a garganta: "Diretor, há algo errado com o senhor", disse ele com tom firme.

"A cabeça, meu maestro, a cabeça anda perturbada. Sério, caro Jung, eu preciso tirar férias."

O maestro segurou Berkoff firmemente e começou a sussurrar de novo: "Recebi notícias de Krakau".

"De Erich Krakau?", perguntou o diretor artístico surpreso.

"Sim, ele está em Amsterdam, com saúde, ileso, ninguém o incomodou ou perturbou, é como um milagre. Ele espera se apresentar lá, foi recebido de braços abertos."

Furtivamente, Jung tirou a carta do bolso para citar algumas passagens:

> *É uma pena que o dr. Spitzer não esteja mais aqui. Ele foi para Willemstad com a esposa e o filho mais novo, enquanto o mais velho pretende ir à Palestina. Desculpe-me por incomodá-lo com a história de pessoas que podem ser-lhe mais ou menos desconhecidas. Se faço isso, é somente porque gostaria de provar ao bom doutor como as teorias de um médico às vezes podem não ter muito fundamento. Afinal, foi ele que comparou Lisa a uma flor de papoula, que me aconselhou a poupá-la ao máximo. Manter a realidade longe dela, não destruir seu mundo de conto de fadas; e quando penso em tudo o que ela conseguiu, parece-me quase como se os fracos, às vezes, fossem mais fortes do que os fortes.*

"Nosso bom Krakau se tornou filósofo", interrompeu o diretor artístico, mas Jung colocou o dedo sobre os lábios: "Escute", continuou ele:

envie novamente a todos o meu mais sincero agradecimento pelo amor sacrificial com que fui tratado. Ao senhor, meu caro Jung, ao nosso bom diretor e ao sr. Von Oertzen, que infelizmente não conheço.

P.S.: Lisa está muito agitada com a história de Anna Schmidt. Ela até queria ir a D. para libertá-la da prisão. Seu fiel...

"O senhor deveria", disse Berkoff, "destruir essa carta o mais rápido possível. Pode acabar se tornando perigosa para o senhor."

O maestro dobrou lentamente a carta: "O senhor ainda não me disse o que aconteceu com seu amigo, o *Gauleiter*".

"Meu caro, então o senhor não sabe?"

"Bem, escuto boatos aqui e acolá."

"Bem", respondeu Berkoff, "eu não sei o que estão falando, só sei que ele escapou de todos os rumores e julgamentos."

"Isso significa..."

"Ele deu um tiro na própria cabeça, o bom Von Oertzen."

Jung se assustou e, de repente, ficou claro para ele por que o diretor artístico andava tão perturbado. "Esse suicídio", perguntou ele hesitante, "tem alguma relação com esse caso?"

"Caro maestro", respondeu Berkoff, tentando dar leveza à fala, "por dois dias e duas noites fiquei completamente convencido de que eu, como seu amigo, o havia levado à morte. Então recebi uma carta deixada por ele, na qual ele explicava sua decisão. Era um sujeito bastante peculiar. Ele tirou a própria vida não porque tivesse cometido insubordinação ou porque tivesse agido contra seu superior. Nada disso! Mas porque reconheceu que eu estava certo, que ele realmente estava no campo errado e do lado errado. Porque serviu onde deveria ter se rebelado. Além disso, usaram seu nome, sua honra como fachada para encobrir ações que ele deveria ter combatido com fogo e espada. Entretanto, como poderia um cavalheiro do calibre de Von Oertzen restaurar sua honra, limpar novamente o seu nome?"

"Bem, após receber essa carta, o senhor está um pouco mais tranquilo?"

"Sim, embora eu ainda esteja convencido de que, direta ou indiretamente, tenho culpa por esse suicídio. A consciência terá de lidar com isso. O que o senhor acha, caro maestro?"

Jung balançou a cabeça: "É uma vergonha, e eu não vejo aonde isso vai nos levar. Os melhores se vão, são assassinados ou se matam, deixam o país ou são forçados a deixá-lo".

"E nós, Jung?", interveio Berkoff. "Quando iremos embora? Sim, ou o senhor acredita que ainda seremos deixados em paz por muito tempo?"

"E o que acontecerá quando a última centelha de razão neste país for apagada e o último homem íntegro tiver emigrado? Provavelmente será celebrada uma festa da vitória e, sozinhos, por fim tocarão uma marcha militar sem serem perturbados por nenhuma inteligência."

"Então, meu velho amigo", disse Berkoff, "o senhor verá um espetáculo da grandeza da Alemanha, um espetáculo que cobrirá o mundo inteiro de luto."

Posfácio

Peter Graf

Mais de 10 mil quilômetros separam o Rio de Janeiro de Roterdã. Para Karl Loeser e sua esposa, Helene, que percorreram essa distância em um navio de guerra chamado *Cuyabá* quando fugiram da Europa para a América Latina, em 1934, essa viagem durou pelo menos nove ou dez dias, pois o navio, conforme registrado nos arquivos Lloyd, alcançava no máximo 24 nós — pouco mais de 44 quilômetros por hora. De forma lenta mas constante o jovem casal se afastava do continente que havia sido sua pátria: da Holanda, onde encontraram seu primeiro abrigo e se conheceram; e da Alemanha, onde ambos nasceram e cresceram, ela em Dortmund e ele em Berlim. As reflexões e os sentimentos que os acompanharam na travessia, só podemos imaginar. Medo e confiança se alternavam, e o pesar pela perda da pátria também os comovia, assim como a preocupação com os familiares que deixaram para trás.

O Brasil, país onde então se estabeleciam, era pleno de oportunidades, mas também de perigos. Principalmente para os judeus que enfrentavam o antissemitismo da classe média local e um governante nacionalista e simpático à Alemanha nazista que submetia o país a um regime ditatorial desde 1930.

No que diz respeito aos imigrantes judeus-alemães, a política de imigração de Getúlio Vargas era extremamente contraditória. Por um lado, o governo adotou uma política de imigração restritiva, promulgando leis específicas contra os judeus com o objetivo de impedir sua entrada no país; por outro, inúmeros vistos foram concedidos a judeus que, na visão do governo, poderiam contribuir para a industrialização e o crescimento econômico, trazendo capital e conhecimento técnico necessário à nação. De 1933 a 1945, chegaram ao Brasil entre 16 mil e 19 mil alemães de origem judaica em busca de uma nova vida. Karl Loeser tentou primeiro se estabelecer no Rio de Janeiro, onde não encontrou trabalho apropriado, e depois em São Paulo. Foi ali que Loeser, fluente em vários idiomas, entre eles o holandês, conseguiu um emprego no Hollandsche Bank voor Zuid-Amerika, no qual permaneceu por 25 anos. A cidade para onde se mudou com sua esposa e criou seus dois filhos, nascidos em 1935 e 1937, não tinha a paisagem e a leveza do Rio, mas era uma metrópole em ascensão. A atmosfera da São Paulo daquela época foi descrita por um dos mais famosos exilados judeus no Brasil, Stefan Zweig, que chegou ao país poucos anos depois de Helene e Karl Loeser. Em seu ensaio de 1941 "Vista sobre São Paulo" ele escreve:

> Para apresentar a cidade do Rio de Janeiro teria eu propriamente que ser pintor e para descrever São Paulo precisaria ser estatístico ou economista. Teria que reunir números e compará-los, copiar tabelas e tentar tornar compreensível por palavras o crescimento, pois não são o passado e o presente de São Paulo que o tornam tão fascinante, mas sim o seu crescimento, desenvolvimento e velocidade de transformação, por assim dizer, vistos numa película cinematográfica feita em câmera lenta. [...]

São Paulo não é a cidade para os que querem gozar a vida, nem cidade preparada para ostentação: tem poucos passeios, poucas paisagens e poucos locais de diversões, e nas ruas vemos quase só homens, homens apressados, pressurosos, em atividade. Quem não está trabalhando ou tratando de negócios, após um dia de permanência em São Paulo, já não sabe como passar o tempo. Nessa cidade o dia tem o duplo do número de horas e a hora o duplo do número de minutos que têm aquele e esta no Rio, porque todas as horas são completamente cheias de atividade. Em São Paulo há tudo o que é novo, tudo o que é moderno, uma boa indústria manual e casas de negócio de luxo muito seletas. Mas pergunto a mim mesmo: quem nessa cidade tem tempo para gastar em luxo, em gozos, ao invés de utilizá-lo para obter lucros?*

Karl Loeser tocava violino na orquestra sinfônica amadora, cantava óperas e escrevia (sem que sua família ou outras pessoas soubessem) novelas, romances, peças teatrais, óperas e contos — nunca publicados. Os manuscritos foram encontrados pela família só depois de sua morte, em 1999. Quando jovem na Alemanha, escreveu seus primeiros contos e novelas ambientados em Berlim, na região norte do país ou na capital francesa. Há ainda o manuscrito de um romance mais recente, sem data definida, que narra a história de um médico brasileiro.

Embora Karl Loeser tenha deixado uma versão de *Réquiem* em português, o que pode indicar sua intenção de publicar o livro no Brasil, esse manuscrito nunca veio a público. Possivelmente ele considerava perigoso manifestar sua origem judaica em pleno Estado Novo. Não sabemos se depois da morte de Getúlio Vargas ele retomou o plano de publicação, mas não é difí-

* Stefan Zweig, *Brasil, país do futuro*. Tradução de Odilon Gallotti. Rio de Janeiro: Guanabara, 1941.

cil supor que esse era o destino desejado para o manuscrito. Não se escreve um romance como esse para deixar na gaveta, nem por razões "terapêuticas", a fim de lidar com o sofrimento da exclusão e do exílio. Um livro assim é, acima de tudo, uma obra poética de memória direcionada a um público e que, ainda que ficcional, consegue tangenciar destinos desconhecidos de muitos que ficaram no anonimato. É um testemunho, um alerta, uma denúncia — e quer ser lido.

Em romances como este surge quase automaticamente a questão sobre até que ponto a vida e o destino do autor se refletem na trama. Há indícios e hipóteses que, analisados em detalhes, podem contribuir para uma melhor compreensão da obra. Comecemos pelo protagonista, o violoncelista judeu Erich Krakau. Karl Loeser, nascido em 1909, era, como já mencionado, um músico apaixonado e, embora nunca tivesse trabalhado como músico profissional, possuía um profundo conhecimento não só de música clássica como também do cotidiano de uma orquestra — tanto por experiência própria quanto por influência familiar. Seu pai era músico, assim como seu irmão dois anos mais velho, Norbert, que teve uma carreira de destaque como pianista, compositor, crítico e autor de diversas monografias sobre intérpretes e compositores, incluindo Verdi, Beethoven, Mahler, Schubert, Richard Wagner e Hugo Wolf. Norbert iniciou sua carreira na Alemanha e continuou nos Países Baixos, para onde emigrou antes de Karl. Em Amsterdam, fez concertos de sucesso ao lado de sua segunda esposa, Bartha Elizabeth de Vries, conhecida como Bap, que também era pianista. Além de reger e escrever sobre música, Norbert publicou ensaios sobre filósofos como Ortega y Gasset e trabalhou como crítico no jornal *Algemeen Dagblad*. Ele se estabeleceu rapidamente nos Países Baixos e, ao contrário de Karl, decidiu permanecer no país. Após a invasão alemã em maio de 1940, Norbert se escondeu e sobreviveu aos cinco anos de ocupação nazista. É difícil determinar com precisão até que ponto o personagem de Erich Krakau foi inspirado em seu irmão, mas, ao observar fotografias de Norbert dos anos 1930, percebe-se que ele poderia perfeitamente interpretar o protagonista em uma adaptação cinematográfica do romance. Karl Loeser o admirava muito e é provável que traços de sua personalidade tenham se refletido na construção da personagem Krakau. No entanto, permanece incerto se as experiências vividas por Norbert na Alemanha foram semelhantes às de Krakau, pois não há registros detalhados a respeito. Mas se o destino do protagonista do romance for pura ficção, então é uma ficção bem construída, habilmente entrelaçada com os acontecimentos reais na Alemanha.

Poucas semanas após a ascensão dos nacional-socialistas ao poder, em 7 de abril de 1933, foi promulgada a Lei para a Restauração do Serviço Público Profissional. Sua aplicação resultou na demissão de inúmeros maestros, cantores e instrumentistas judeus de orquestras estatais e municipais, casas de ópera e teatros. Em setembro do mesmo ano, entrou em vigor a Lei da Câmara de Cultura do Reich, que estabelecia, entre outras medidas, que todos os músicos e compositores — inclusive os do setor privado — deveriam ser membros da Câmara de Música do Reich. Como a filiação era praticamente negada a judeus, isso equivalia a uma interdição profissional. Embora tenha levado algum tempo para que os nacional-socialistas atingissem plenamente seus objetivos, no final de 1935 quase todos os músicos judeus haviam emigrado ou sido demitidos, e forçados a ingressar na Liga Cultural dos Judeus Alemães, fundada em 1933.

O romance de Karl Loeser se passa exatamente nesse período de transição entre o início da exclusão até a privação de direitos dos músicos judeus — embora sem mencionar de maneira direta as medidas políticas que sustentaram esse processo. No livro, Erich Krakau é o único judeu remanescente na orquestra. A razão para isso é sua virtuosidade. E assim também ocorreu na realidade pós-1933: algumas figuras influentes intercederam em favor de músicos e compositores particularmente talentosos de origem judaica, tentando evitar o empobrecimento cultural e a perda de qualidade artística das orquestras. Karl Loeser descreve de forma também muito realista as cenas tumultuadas no teatro instigadas por Noltens, o líder de um grupo paramilitar, e camaradas de Fritz Eberle, que culminam na prisão de Erich Krakau. Mesmo antes da nomeação de Hitler como chanceler do Reich, em janeiro de 1933, inúmeras apresentações musicais de artistas judeus já haviam sido interrompidas pela Liga de Combate pela Cultura Alemã (Kampfbund für deutsche Kultur), fundada pelo ideólogo nazista Alfred Rosenberg em 1928.

Quem conhece os relatos sobre a palestra "Um apelo à razão", proferida em 17 de outubro de 1930 por Thomas Mann no auditório Beethoven-Saal de Berlim, pode imaginar em detalhes como essas ações ocorreram. A fala de Mann foi interrompida por ativistas políticos de extrema direita — entre eles os escritores Arnolt Bronnen, Ernst Jünger e seu irmão, Friedrich Georg Jünger —, acompanhados de mais de uma dúzia de membros da SA, elegantemente vestidos de smoking, que tentaram tumultuar a apresentação, mas não conseguiram se sobrepor aos aplausos efusivos da plateia.

Em 1938, Norbert Loeser escreveu em um artigo publicado nos Países Baixos:

> Há muito medo e remorso, mesmo — e sobretudo — entre aqueles que anunciam com trombetas uma nova era; mas eles não passam de arautos da degeneração e da decadência, a banda que lidera o cortejo fúnebre de uma era que se encerra.

No romance, Karl Loeser deixa que o dr. Spitzer expresse essas reflexões durante a fuga para os Países Baixos, em uma discussão no trem com outros judeus que também emigravam, dizendo:

> O senhor está exagerando, meu jovem. Não estou sendo escorraçado, pelo menos não gostaria de olhar a situação por esse prisma... Uma horda de pessoas inferiores está declarando que eu não pertenço mais. Sendo sincero, o senhor acredita que essa horda tem autoridade para falar em nome de todo o povo alemão? Estou ciente de que eles detêm o poder agora. Eu cedo à violência, mas não a reconheço.

O dr. Spitzer conseguiu fugir da violência, mas Erich Krakau precisou sofrê-la na pele antes de deixar o país. Ambos, no entanto, demoraram a aceitar o fato de que os "arautos da degeneração" e a "horda de pessoas inferiores" realmente tinham o poder de cometer injustiças em nome de todo o povo alemão — porque aqueles que poderiam ter impedido essa barbárie não usaram sua autoridade e influência para fazê-lo.

Assim como Ulrich Alexander Boschwitz em *O passageiro*, Karl Loeser consegue recriar com maestria a atmosfera daquela época, trazendo à vida um romance ambientado na província de Vestfália. Seu livro é povoado por personagens cujas ações e emoções refletem toda a complexidade da experiência humana.

Corajosos e covardes, apáticos e perpetradores se misturam no romance, que combina de maneira fascinante elementos da tragicomédia com características estruturais de uma fábula distópica, tornando visíveis os horrores da ditadura, da perseguição e dos mecanismos do terror. Ao longo de 28 capítulos, Loeser constrói um retrato social da Alemanha nacional-socialista no período anterior à Segunda Guerra Mundial, antes da implementação do extermínio dos judeus europeus. A narrativa é impulsionada por jovens caçadores de gente, arrivistas, oportunistas, sádicos e sedentos por poder. Mas também pelo comportamento hesitante de suas vítimas, que, por não conseguirem acreditar no que está acontecendo, ficam expostas à perseguição.

Não é a inércia que os paralisa, mas a crença quase inabalável de que, em virtude de suas convicções, modo de vida e formação, pertencem à melhor parte da população — que agora os difama como inferiores e intrusos. O ódio e as fantasias violentas de seus perseguidores lhes são estranhos. Refugiam-se na beleza da música, da arte e da conversação, mantendo-se firmes nos ideais civilizatórios que consideram essenciais à condição humana. Não apenas por autopreservação, mas, acima de tudo, porque a vida lhes parece impossível e sem sentido de outra forma.

Também ao autor a vida parece impossível de outra forma. Sua postura transparece na escrita, moldando não apenas o enredo, mas a forma e o tom de sua narrativa. Sua prosa é enxuta, influenciada por mestres da Nova Objetividade, mas ao mesmo tempo resiste continuamente à realidade do presente e à crueza da literatura moderna ao embelezar a narrativa de forma fabulosa e servir ao idioma de um mundo que já não existe; não para evocar seu retorno imediato, mas para banir o espírito maligno.

O personagem do dr. Spitzer transmite de maneira mais evidente as convicções de Karl Loeser, por exemplo, quando diz: "Nada disso. A nossa esperança é a humanidade. A nossa esperança, que compartilhamos com milhões de não judeus, é que a escuridão logo abra caminho para uma nova luz". E essa humanidade não conhece religião ou nacionalidade — ela é universal.

O escritor judeu-alemão Jurek Becker sempre se opôs à ideia de ser designado como parte de um grupo com o qual, sendo ateu, não se identificava. Em seu ensaio "Mein Judentum" [Meu judaísmo], ele escreve:

> Sempre que me perguntavam sobre minha origem e ascendência, respondia: meus pais eram judeus. [...] A diferença me parecia, de alguma forma, importante, embora eu nunca a tenha transformado em tema de conversa, nem mesmo de reflexão.

Karl Loeser parecia pensar de forma semelhante. Ele também era ateu e, segundo minhas conjecturas, deve provavelmente ter se "tornado" judeu não por um sentimento de pertencimento, mas porque o antissemitismo e o destino forçado o fizeram involuntariamente solidário aos perseguidos e exilados. Sua visão de mundo era a de um humanista e racionalista, e a língua alemã era o instrumento para afirmar essa identidade, mesmo no exílio. Seu protagonista, Erich Krakau, encontra refúgio na beleza da música. Durante o tempo que passa na "jaula dos judeus", ele não participa do debate dos outros prisioneiros, incluindo um velho rabino que se limita a um sorriso irônico, sobre se Deus existe. Krakau se entrega a reflexões próprias que o narrador assim exprime:

> E se alguém lhe perguntasse o que ele imaginava sobre Deus, ele provavelmente o teria olhado sem compreender e talvez, perdido em pensamentos, cantarolado um tema de um quarteto de cordas de Mozart.

Como disse certa vez o compositor francês Claude Debussy: "Mozart significa que o mundo tem um sentido — e esse sentido é perceptível na analogia da música".

Karl Loeser também encontra esperança e sublimação na música e por isso é natural que ele não deixe Erich Krakau morrer no romance. O protagonista foge para Amsterdam, onde é recebido de braços abertos. Pelo que parece, Norbert Loeser teve um destino semelhante nos Países Baixos. A música salvou sua vida e deu sentido a ela, mesmo longe de sua terra natal. Karl Loeser, por sua vez, não teve a mesma sorte. A vida de imigrante e apátrida teve sobre ele um efeito diferente do que para seu irmão. É novamente o dr. Spitzer que expressa na ficção o que parece ser o seu próprio sentimento:

> Sim, meu caro amigo, essa talvez seja a coisa mais amarga de todas, o sentimento de ser dispensável. Não nos aguardavam, claro que não, quem teria esperanças disso? Mas que não soubessem o que fazer com a gente, o fato de encontrarmos apenas a mesma rejeição lamentável em todos os lados, é uma experiência dolorosa.

Karl Loeser assumiu a responsabilidade de ajudar os familiares que ainda estavam na Alemanha e trabalhou em um banco a fim de levantar fundos para isso. Em 1939, trouxe os pais e a cunhada para o Brasil, salvando-os da morte em um campo de concentração. Nunca foi dispensável, pelo contrário, salvou vidas e manteve outras a salvo — o que poderia ser mais significativo do que isso? No entanto, as circunstâncias não lhe permitiram ser escritor ou músico. Ele escreveu, mas sua obra permaneceu inédita.

Isso vem mudando graças ao seu bisneto, Felipe Provenzale, que me procurou depois do lançamento da tradução portuguesa do romance *O passageiro*, de Ulrich Alexander Boschwitz, e do grande interesse internacional despertado pela edição em inglês da obra. Prometi a ele que leria *Der Fall Krakau*. O resultado disso é esta versão editada e revisada do manuscrito que Karl Loeser escreveu há muitas décadas. Como aconteceu com *O passageiro*, foi necessário recuperar, dentro das minhas possibilidades, o processo de edição que normalmente acontece antes da publicação de um livro — e que, no melhor dos casos, ajuda a extrair o máximo potencial da obra, sempre respeitando a intenção do autor. Isso não foi difícil neste caso, pois um romance tão bem estruturado e habilmente narrado facilita o trabalho. Cabe à crítica literária, e não a uma editora ou um editor, classificar um livro e avaliar seu valor literário. Mas imagino que aqueles que apreciaram *Nach Mitternacht* [Depois da meia-noite], de Irmgard Keun, ou os romances de Gabriele Tergit e Hans Fallada também leram *Réquiem* com grande proveito.

Trata-se de um livro surpreendentemente atemporal e comovente que busca de maneira muito peculiar compreender o incompreensível e que, mesmo evocando a dor, não se exime de ter esperança. Essa era a visão de mundo de Loeser, e aqui e ali na obra se podem encontrar outros traços seus. Tenho curiosidade, por exemplo, de saber se Karl Loeser chegou a mostrar o manuscrito ao irmão, e, caso não o tenha feito, por quê? Karl encontrou o irmão com a ajuda da Cruz Vermelha e, até a morte de Norbert, em 1958, os dois mantiveram contato. Não sei se chegaram a visitar juntos a sua antiga pátria, mas me deparei com um obituário escrito por um colega crítico e escritor amigo de Norbert publicado na revista cultural *De Nieuwe Stem*. O texto é um elogio um tanto enigmático, mas menciona uma viagem de Ben Stroman e Norbert Loeser a Berlim:

> O fato de que tudo ao seu redor na juventude havia sido reduzido a escombros e cinzas, que arranha-céus cintilantes haviam sido erguidos em lugares onde talvez tivesse acreditado que poderia reencontrar suas memórias de infância, parecia não o abalar. Ele já esperava por isso. Mas quando encontrou, não muito longe do centro, o ginásio intacto e a loja de doces onde, quando estudante, costumava se deliciar, uma alegria nervosa e reprimida veio à tona. Em meio às ruínas e aos novos e imponentes, mas aleatórios, edifícios, ele havia encontrado um pequeno vestígio do passado. Um vestí-

gio que ele buscou e preservou no caos da vida cotidiana com força mental inabalável e fé inquebrantável.

Redescobertas como essa têm valor para além do texto que veio a público agora. Elas finalmente colocam o autor no centro das atenções, conferindo-lhe (assim espero) o reconhecimento merecido e lançando luz, até onde se sabe, sobre uma pequena parte de sua vida — na verdade, sobre duas vidas. E essas duas vidas não são importantes apenas para os descendentes de Karl e Norbert Loeser, mas também para nós, leitores, que temos a oportunidade de conhecê-los um pouco por meio deste livro. Fazem parte de um passado comum, sobre o qual assumir responsabilidade hoje significa, acima de tudo, lembrar. Conheci Felipe Provenzale, bisneto de Karl Loeser, em Trier, no outono de 2021. E acredito que ambos nos recordamos com gratidão desse encontro e da longa conversa que tivemos. Karl Loeser estava certo: a escuridão abriu caminho para uma nova luz, e como lidar com as nuvens escuras que insistem em aparecer é uma das lições que nos deu seu romance.

Berlim, setembro de 2022

ESTA OBRA FOI COMPOSTA EM ELECTRA PELA ACOMTE E IMPRESSA
EM OFSETE PELA GRÁFICA PAYM SOBRE PAPEL PÓLEN NATURAL
DA SUZANO S.A. PARA A EDITORA SCHWARCZ EM MAIO DE 2025

A marca FSC® é a garantia de que a madeira utilizada na fabricação do papel deste livro provém de florestas que foram gerenciadas de maneira ambientalmente correta, socialmente justa e economicamente viável, além de outras fontes de origem controlada.